上天让你放弃和等待

是为了给你最好的

所有的欺骗、侮辱和伤害

只是这个世界温柔补偿的序曲

一切都是最好的安排

05

人生卷

青年文摘图书中心 编　李钊平 主编

中国青年出版社

走到哪儿，哪儿就是你的路

Wherever You Are,

There Is A Way to Go

目 录

I 皮肤上的乡愁

II 一切都是最好的安排

III 人的味道

IV 每一场爱情都是传奇

V 人活在世上的品相

VI 每个人都只能做自己

VII 我们已不在激情燃烧的年代

VIII 细节的温度

IX 奇奇怪怪的谋生者

X 人生需要盛装时分

XI 不想一个人孤单

皮肤上的
乡愁

I

文 / 小语耽碎

把异乡住成故乡

我个人认为，"故乡"这个词指的不只是出生地。就拿我来说吧，我是江苏东台人，在上海读的大学，毕业之后就没想过回去。人就这样，见过更好的、更高端的、更丰富多彩的生活，你就不想再回那个相对闭塞的小城，即便那是你的故乡。

那是 2000 年，我疯了似的到处找工作。我父母都是工人，这方面帮不上忙。我母亲在电话里说："李童，你多努力，能留下就别回来。"

我是家里唯一的孩子，家里倾尽全力供我上完大学，就是希望有一天我能出人头地。

都说现在找工作不容易，其实那个时候，也不容易，因为我不是名校毕业生。

我没办法，搬去 10 人间的求职旅馆，15 块一天，到处是"小强"。但是你知道，人心里一旦有了目标，什么苦都能咽下去。我住到第 35 天，终于在一家设计装潢公司找到工作。接到录用电话的时候，我跑去肯德基大吃了一顿。怎么说，我也在上海落下脚了。我相信总会有一天，可以在这偌大的城市中，奋斗出自己的位置。

说起"位置"这件事，许多在外地打拼的人，都有个误区，就是认为到一个陌生的地方，要拼命争出一块属于自己的天地，电视剧里都是这样演的。再看看国外，华人到哪儿都在人家的地盘上建出个中国城。可事实上，这不是真正的"位置"。真正的"位置"，是靠融入得来的。你要学习人家的文化，尊重人家的习惯，人家才会在心里有你的位置。而这样，你也不会觉得自己身在异乡为异客。

我工作半年后，和同事在近郊靠地铁站的小区合租了一间公寓。搬家的那天，我就给同层的两家邻居送了水果，对搬家给他们带来的不便表示歉意。他们都觉得很惊讶，也很高兴，说没见过我这样客气有礼貌的年轻人。

有时候，他们门口放着要扔的垃圾，我出门看见，就会给捎上扔到楼下垃圾桶。如果在电梯遇见同楼的邻居，我还会主动打招呼。再有，每次交房费，我都会给房东准备些小礼物。

房东是对老夫妇，儿子在国外工作，他们和我住得不远，所以他们家有什么事，我都会去帮忙。记得 2002 年，房东阿姨的老公脑溢血晕倒在家里。她第一个想起来的，就是给我打电话。我帮她叫救护车，送他们去医院，还不时去医院探望。房东出院时，他老婆哭着对我说，我就是他们半个儿子。

和我同租的同事说："你个租房的，至于吗？"

我说："你不懂了吧，你把自己当外人，别人就把你当外人，你把自己当家里人，人家自然把你当家里人。"

我在那里住了 3 年。后来，房东的儿子要在国外结婚定居，决定卖掉国内的房子。我同事很心烦，准备找中介，可是邻居知道后，发动全小区的叔叔阿姨帮我们义务找房子，一个星期就找到了。人家都愿意把房子租给我们，便宜一两百都可以。

你说这是为什么啊？还不是因为我不把自己当外人。即便我租房子，我也把自己当成小区的一分子；即便我不是上海人，我也要把这里当成我的家乡来生活。这块土地给了我机遇，给了我人生，我必须热爱它。如果我只把它当成一个暂住的旅店，那么我永远只能是个过客。

2007 年，我和同事合开了一家装潢公司，附近小区的人装修都找我们，因为他们都把我当成多年信得过的老邻居。

2008 年，对我来说，是特别的一年。那年上海的房价有过一段小幅下滑，我出手买了一套，也成了有房一族。我把住在东台的父母接了过来，我们全家分隔 10 多年，终于聚在一起了。那一年，我还认识了我的妻子。我们现在有了一个女儿，生活很幸福。

记得上大学的时候，一位老师曾在课上说过一段王鼎钧先生的话。他说："故乡是什么？所有的故乡都从异乡演变而来，故乡是祖先流浪的最后一站。"

我想，这就是我为家人努力的方向。

文 / 毕飞宇

大　地

在我的老家，唯一的地貌就是平原，那种广阔的、无垠的、平整的平原。你的视线永远也没有阻隔，如果看不到更远的地方了，那只能说肉眼到了极限。

大是迷人的，却折磨人。这个大不是沙漠的大，也不是瀚海的大，沙漠和瀚海的大只不过是你需要跨过的距离。平原的大却不一样了，它是你劳作的对象，每一尺、每一寸都要经过你的手。"在苍茫的大地上"，每一棵麦苗都是手播的，每一棵麦苗都是手割的，每一棵水稻都是手插的，每一棵水稻都是手割的。这是何等的艰辛，不能想，是的，不能想的。有些事情你可以干一辈子，但不能想，一想就会胆怯，甚至于不寒而栗。

有一年的大年初一，下午，家里就剩下了我和我的父亲。我们在喝茶、吸烟、闲聊，其乐融融。父亲突然问我，如果把"现在的你"送回到"那个时代"，让你在村子里做农民，你会怎么办？我想了很长时间，最后说："我想我会死在我的壮年。"

父亲不再说话，整整一个下午，他不再说话。我说的是我的真实感受，但是，我冒失了，我忘记了说话的对象是父亲。父亲是"那个时代"活下来的人，我的回答无疑戳到了他的疼处。我还是要说，父亲"活下来"了，这是一个多么了不起的壮举。

庄稼人在艰辛地劳作，他们的劳作不停地改变大地上的色彩。最为壮观的一种颜色是鹅黄，那是新秧苗的颜色。这是由秧苗的"性质"决定的。秧苗和任何一种庄稼都不一样，它要经过庄稼人的手，"一棵一棵"地、"一棵一棵"地、"一棵一棵"地插下去。在天空与大地之间，无边无垠的鹅黄意味着什么？意味着大地上密密麻麻的，全是庄稼人的指纹。

鹅黄其实是明媚的，甚至是娇嫩的，因为辽阔，因为来自"手工"，它壮观了。

我估计庄稼人是不会像画家那样注重色彩的，但是，也未必，"青黄不接"这个词一定是农民创造出来的。从这个意义上说，这个世界上最注重色彩的依然是庄稼人。一青一黄，一枯一荣，大地在缓慢地、急遽地做色彩的演变。庄稼人的悲欢，骨子里就是两种颜色的疯狂轮转：青和黄。

青黄是庄稼的颜色、庄稼的逻辑，说到底也是大地的颜色、大地的逻辑。是逻辑就不能出错，是逻辑就难免出错。在我仁立在田埂上的时候，我哪里能懂这些？我的瞳孔里头永远都是汪洋：鹅黄的汪洋——淡绿的汪洋——翠绿的汪洋——乌青的汪洋——青紫的汪洋——斑驳的汪洋——淡黄的汪洋——金光灿灿的汪洋。它们浩瀚，壮烈，同时也死气沉沉。对一个永无休止的旁观者来说，外部的浓烈必将变成内心的寂寥。

大地是色彩，也是声音。这声音很奇怪——你不能听，你一听它就没了，你不听它又来了。泥土在开裂，庄稼在抽穗，流水在浇灌，这些都是声音，像呢喃，像交头接耳，鬼鬼祟祟又坦坦荡荡，它们是枕边的耳语。麦浪和水稻的汹涌则是另一种音调，无数的、细碎的摩擦，叶对叶，芒对芒，秆对秆。无数的、细碎的摩擦汇聚起来了，波谷在流淌，从天的这一头一直滚到天的那一头，是啸聚。声音真的不算大，但是，架不住它的厚实与不绝，它成巨响的尾音，不绝如缕。尾音是尾音之后的尾音，恢宏是恢宏中间的恢宏。

还有气味。作为乡下人，我喜欢乡下人莫言，他的鼻子是一个天才。我喜欢莫言所有的关于气味的描述，每一次看到莫言的气味描写，我就知道了，我的鼻子是空的，有两个洞，从我的书房一直闻到莫言的书房，从我的故乡一直闻到莫言的故乡。

福楼拜在《包法利夫人》里说过："大自然充满诗意的感染，往往靠作家给我们。"这句话说得好。不管是大自然还是大地，它的诗意和感染力是作家提供出来的。无论是作为一个读者还是作为一个作者，我都要感谢福楼拜的谦卑和骄傲。

大地在那儿，还在那儿，一直在那儿，永远在那儿。这是泪流满面的事实。

文 / 林东林

皮肤上的乡愁

　　我们对外界的摄入，在五官上其实是有分配的。在不断的进化和使用中，其实很容易落下一种感官，而过度地开发另一种感官。比如皮肤的感觉，就是最容易被我们忽略的。

　　记得有一次，我到宁波去，和一个朋友去看天一阁。在巷子里首先进入眼帘的是一些等待拆迁的老房子，砖墙斑驳，野草横生，那应该是民国年间，或者更早一些时候的房子。

　　我自顾自地惋惜，在巷子里、院子里拍了很多张照片，唯恐有什么景致被漏下了。

　　朋友却很少拍照，她会摸一摸那些斑驳脱落的墙壁，会摘一些荒草的穗子和果实。后来她问我，你为什么不摸一摸它们呢？拍照是没用的，仍然是隔了一层，只有触摸到它们的温度和纹理，感觉到它们的萧瑟和荣枯，那一刻才是真正和它们在一起的。我突然一怔，是啊，从什么时候开始，我开始用眼睛观察多过真正的触摸呢？我的手什么时候藏起来了呢？

　　小时候到树林里去，我会用手摸那些干枯生涩的树皮，摸那些疙疙瘩瘩的树钉，那种树皮、树钉的坑坑洼洼和粗糙的纹理，会把手掌划得涩涩的、辣辣的，但是却很有质感；我还会在碧绿的苔藓上，摸那种绿色和阳光照在其上散发出的绒绒的温暖，会摘一片树叶把它揉碎，看着它的绿色汁液染满手掌，感受那种汁液的清爽、淡淡的冷以及它散发出的气味。

记得那片树林里还有一片沙土，那种沙土握在手掌里，有一种细软的、温润的感觉。傍晚的时候，沙土里还有太阳的余温，我经常穿一条短裤、赤裸着上身卧在沙土里，细细的沙土覆盖在皮肤上，一点一点地传递着热量，直到沙土慢慢冷去，我才恋恋不舍地把身子拉出来，在夜色中穿着沙土的温度回家去。

很多次，我打赤脚走在路上、草地里，或者树林中，有时候脚底被槐树的葛针扎到，有时候被路上的碎玻璃划到。我就停下来坐在地上，把葛针或者玻璃，从脚底板里拔出来，拔不出来的就回到家，用绣花针的针尖拨出来。疼痛是难免的，但是你能感觉到那种丝丝连心的疼的状态，那是一种疼痛的经验。

从少年时候的田园世界，到了一个工业的世界之后，我们的皮肤感觉能力，其实下降得非常厉害。因为生活条件好了，我们不会再赤脚在路上走，不会被葛针扎到或被玻璃划到，所以疼痛的经验就少了；我们不会去玩泥巴，不会去爬树，不会去池塘里游泳，我们的皮肤不再感受到自然的粗糙、细致和冷暖。一个工业化的世界、人造的舒适世界，不知不觉地把我们跟自然分割开来，我们不再感受冷暖，不再感受细致和粗糙，不再感受疼痛。

空调的使用，对我们的冷暖感觉是一大破坏，冷和暖的轻易使用，造成了我们自身温度系统的退化。我们都能感受到，即使是再炎热的夏天，我们也不再轻易出汗了；即使是再刺骨的冬天，我们也不会太冷了，我们四季如春地麻木。

在我们小的时候，其实人和人的身体接触，是频繁的。长辈们会抚摸你的头，老师会握着你的手写字，那写下的每个字，其实都是通过手掌传递过来的，带着老师的体温、抚摸和用心，父母会把熟睡的你从沙发上抱到床上，你会亲昵地揽着伙伴们的肩，会和邻居牵着手一起上学、春游。但在长大之后，每个人觉醒的独立意识，会渐渐把这些排斥在外。世间的各种交际礼仪，让我们成为一个个单独的个体，掌握着精准的、隐私的法则，小心翼翼地和别人接触，人与人之间，握手似乎成为最简单的、最平常的一种身体接触。但在我们心底，其实最缺少的、最怀念的，还是小时候皮肤直接感受到的每个人的温度。

曾经看过日本的一部电影《入殓师》，年轻的入殓师小林大悟，对每一个死者都仔细擦拭过抚摸过一遍，那些死去的年轻的、年迈的、如花的、苍老的身体，都是冰冷的，但是小林大悟却用自己的肌肤、温度和用心，把干净、尊严和体面给予他们，小林大悟也从中感受到了肌肤死亡的温度和纹理的变化。

这样的经验，并不是谁都有的。一直到父亲去世，我都没怎么真正触摸过他，我对他的触觉的感受，只有小时候他用胡子扎我的经历，和半夜里用蹬出被子外的冰凉的脚搭在他身上的经历。父亲去世前，我握着他粗糙的、温热的手，似乎接通了小时候触摸的经验，有一种安定和温暖。他去世后我没触摸过他的身体，因为不敢，等到最后一次摸到他的时候，已经不是皮肤与皮肤的接触了，而是拿着他火化后的骨殖，一块块撒到棺材里面去。

父亲去世的时候，哥哥是握着他的手的。后来趁身体还有温度、还柔软，是和父亲生前交好的两个邻居，给他穿的寿衣。想起来，我有时候会嫉妒他们，因为他们在父亲从生到死的时候，感受到了他皮肤的从温暖到冰冷、从柔软到僵硬，那曾经是属于年少的我的触觉的经验。而这一切，在父亲把它们都带走的时候，我却没能去亲自地、细细地感受。

在这世间，一个人的皮肤，究竟能感受到多少东西，又究竟能留下多少东西？也许没有人会知道，也许我们在感受的时候，忽略掉了这种感觉，或者从没有意识到这种感觉。

文 / 猫 噗

父母爱情

　　我向来以为父母那代人中并不会存在爱情这样的东西，成长相亲结婚生子柴米油盐的流水线下，有什么情愫，那大概只是亲情，再有什么只怕也会淹没在长久的生活中，我总以为所谓婚姻只是两个互相不算讨厌的人一起搭伙过日子。

　　小时候，我问过妈妈："你爱不爱爸爸?"妈妈迟疑一会儿，只抛来一个白眼，说："什么爱不爱的，又不能当饭吃。"我带着这样的回答悻悻离开，继续翻开《围城》，似懂非懂地看着方鸿渐周旋在与孙柔嘉的婚姻之中。那时觉得爱情可真是奢侈啊，爱的人离开了，不爱的人却时时出现甚至要一起走过一生。"结婚仿佛金漆的鸟笼。笼子外面的鸟想住进去，笼内的鸟想飞出来。所以结而离，离而结，没有了结局。"也就是那时候吧，我便在心底坚决地在婚姻与爱情之间划了一条鸿沟。看过再多的童话偶像剧也不能改变我的想法，只觉得那些你情我爱的故事总在两人紧紧相拥时戛然而止，生活总会将两人从温暖的怀抱中分开，前路如何从来没有人会提及。

　　自小我就没见过爸爸对妈妈有过明显的爱意表达，每年的情人节，我总是被爸爸塞 50 块钱推出门，在众人瞩目下窘迫着狠狠地攥着花和巧克力回家。后来在我 16 岁时，爸爸去世，起初那几天我和妈妈总是不能平复，晚上睡觉的时候，两个人躺在床上总会睁眼到天明却一夜无话。头七那天凌晨，我睁眼望向窗外的月亮，期待早点睡着有斯人入梦，却听到妈妈突然开口："生你的时候我是顺产，疼得不行，当时你爸就在我旁边，汗流得比我都多。我一边使劲一边掐你爸的胳膊，生完你我都快背过气去了，你爸的胳膊也青了一块儿。后来听你奶奶说，你姥姥还跟他们道歉说对不起啊没生个儿子，你爸就在旁边抱着你傻笑，你当时又紫又皱可你爸就是不撒手。等我再睁眼，你爸就把红糖水递上来了，他说啊，亲爱的，你辛苦了，女儿真可爱。那是你爸这辈子唯一一次叫我亲爱的，我也被这句话骗了快 20 年。可这个混蛋怎么就抛下咱们两个走了？"我想，那眼泪也是爱情吧，那句"混蛋"也是爱情吧，那个记了 20 年的"亲爱的"也是爱情，那都是我曾不相信的婚姻里的爱情。

　　我突然想起问过妈妈的问题，突然觉得那时接到的那个白眼充满了无限傲娇的羞涩。

文 / （台湾）三毛

夜深花睡

我买花，不喜欢小气派。如果当日要插花，喜欢一口气给它摆成一种气势，大土瓶子哗的一下把房子加添了生命。那种生活情调，可以因为花的进入，完全改观。不然，只水瓶中一朵，也有一份清幽。

说到清幽，在所有的花朵中，如果是想区别"最爱"，我选择一切白色的花，而白色的花中，最爱野姜花以及百合——长梗的。

许多年前，我尚在大西洋的小岛上过日子，那时，经济情况拮据，丈夫失业快一年了。有一日，丈夫和我打开邮箱，又是一封求职被拒的回信。那一阵，其实并没有山穷水尽，粗茶淡饭的日子过得没有悲伤，可是一切维持生命之外的物质享受，已不敢奢求。那是一种恐惧，眼看存款一日一日减少，心里怕得失去了安全感，这种情况只有经历过失业的人才能明白。

我们眼看求职再一次受挫，没有说什么，去了大菜场，买些最便宜的冷冻排骨和矿泉水，就出来了。

不知怎么一疏忽，丈夫不见了，我站在大街上等，心事重重的。一会儿，丈夫回来了，手里捧着一小把百合花，兴冲冲地递给我，说："百合上市了。"

那一刹那，我突然失了控制，向丈夫大叫起来："什么时间了？什么经济能力？你有没有分寸，还去买花？！"说着我把那束花啪一下丢到地上去，转身就跑。在举步的那一刹那，我其实已经后悔了。我回头，看见丈夫呆了一两秒钟，然后弯下身，把那给撒在地上的花，慢慢拾了起来。

我往他奔回去，喊着："荷西，对不起。"我扑上去抱他，他用手围着我的背，紧了一紧，我们对视，发觉丈夫的眼眶红了。

回到家里，把那孤零零的三五朵百合花放在水瓶里，我好像看见了丈夫的苦心。他何尝不想买上一大缸百合，而口袋里的钱不敢挥霍。毕竟，就算是一小束吧，也是他的爱情。

那一次，是我的浅浮和急躁，伤害了他。

以后我们没有再提这件事。

四年以后，我去上丈夫的坟，进了花店，我跟卖花的姑娘说："这五桶满满的花，我全买下，不要担心价钱。"

坐在满布鲜花的坟上，我盯住那一大片颜色和黄土，眼睛干干的。

以后，凡是百合花上市的季节，我总是站在花摊前发呆。

一个清晨，我去了花市，买下了数百朵百合，把那间房子，摆满了它们。在那清幽的夜晚，我打开全家的窗门，坐在黑暗中，静静地让微风吹动那百合的气息。

那是丈夫逝去了七年之后。

又是百合花的季节了，看见它们，立即看见当年丈夫弯腰去地上拾花的景象。没有泪，而我的胃，开始抽痛起来。

文 / 王晓莉

就这么旁逸斜出下去

出单位门时，园林工在修剪道两旁的树木。

经过几个季节的生长，这些以樟树为主的树木都已长得有声有色，每棵树都像一个小型国家，肆无忌惮地扩张着。一年两季的被修剪，成了这些树木的必修课。

专用的园林车顶上，安装了巨大的电剪刀。剪刀下，站了三四个或负责操作开关或负责撸去枝枝叶叶的工人。树下则是一个指挥全局的人，他不住指手画脚地说："剪这里！""那根要砍！""那也是多余的！剪！"

这些随意生长的树木，我每天都要看到它们，不知不觉竟与这些树感同身受起来，仿佛我自己就是那树，或那树的家人似的。因此，指挥的这些话，听得我真是心惊肉跳。

电剪刀在指挥下开动，"哧哧"作响，那些长在树顶端或者树身周边的细嫩枝叶，随之纷纷落马。很快的，这树便被修剪成了一把标准伞，整整齐齐，笔直向上。不消一个上午，这条街就将撑起一长排绿伞，每一棵树都生得一模一样了。

举目望去，街道疏朗是疏朗了不少，光线因此也比原来通透了，但这条街，却陡然枯燥了许多。一些由树的密致、树的互相牵搭笼罩而产生的曲曲折折的韵味消失了。

不能有损于秩序，破坏秩序等于破坏美，等于多余——这大约是园林工人的美学原则。但是，我的美学原则恰好与他们相反。

树最有趣的部分，恰恰在于那旁逸斜出。那几根枝条如何溜出了向上生长的大部队，而独独向着左上角努力？一簇叶子又如何密密麻麻聚集在了一起，像开一个研讨会般比别处热闹、喧腾许多？

它们没有成为树的主干，没有引领一棵树生长的那股绝对力量，用时髦的话说，它们不是"主流"，但是这又有什么关系呢？

它们为树增添了神秘的趣味，它们与"主流"同样有着成长的艰难与美。树，因此有了更多存在的理由。一棵树，完全的秩序，完全的规则，该是多么乏味啊。

在我所喜欢的电影里，除了故事主角，导演往往安排些和故事不怎么相干的人。他可能是个独居多年的老邻居，总是抓住一切机会狂热地宣讲着宗教教义、人生哲理，而他的听众，却是两个踢足球之后累瘫在沙滩上休息的男孩子；也有可能是个热爱酒精的工人，在电影的背景深处，一杯接一杯地喝着苦闷至极的酒。他们类似于文章中的"闲笔"，对于故事的发展或推动其实完全不起作用。

这样旁逸斜出的人，我却总是看得心领神会。很久以后，关于这场电影，我脑子里什么也留不下了，却依然能回忆起他们。

就好像在翻阅一堆历史书籍之后，我能记住的，往往是花絮的部分——它们从历史这棵大树灰色的树身中旁逸斜出，开出斑斓的花朵，人性的色彩与趣味尽在其中。

在我们周遭的生活中，有多少这样的小人物，他们永不知名，总是存在。他们有着和主流人群不一样的心事、不一样的心路，他们很容易就透露出接近于生命本质的部分，不掩饰、不修剪，因而不做作。他们是世界这棵大树上旁逸斜出的部分。如果世界要唾弃谁，他们必是最先被唾弃；如果世界要剪伐谁，他们必最先被剪伐。但在被唾弃之前不能自弃，在被剪灭之前不能自灭。他们的力量来源于此。

关于"旁逸斜出"，我曾听到一个很受鼓舞的故事。

种过苹果树的朋友告诉我，在苹果树的树根，常常会突然蹿出一种叫"徒长枝"的枝子。它以惊人的速度爆发，长势凶猛。当它的势头盖过主干时，有经验的果农会毫不犹豫地把已遭虫蛀、遭风雨侵蚀、多年不长的老干剪去。

事物的新陈代谢并不只有一种方式，令"徒长枝"成为新的主干，也是方式之一。

的确，过了几天，我再看那些树木，还是在被修剪的部位，树身又长出了新芽，它们所朝向的，依然是那个"旁逸斜出"的方向。

在发展规律之外，因着旁逸斜出，事物有了新的种种可能性——这是多么令人鼓舞的一件事啊。

文 / 曹春雷

月亮是乡村的一枚邮戳

　　月亮是属于乡村的。乡村的月亮才是真正的月亮，而城市的月亮不过是挂在天空的一盏灯而已。这盏灯洒下的光芒，却被高楼下七彩的霓虹灯光浸染和淹没。走在霓虹灯下的人，有谁会抬头，去看天上那盏黯淡的"灯"呢？

　　在乡村，月亮的地位就不同了。夜晚，只要天气晴好，月亮就是天空当仁不让的主角，没人会忽视头顶这盏最亮的灯。

　　尤其是在夏日，人们与月亮最亲近。当炙热的太阳终于落下山去，月亮刚从东山上升起来时，家里有石榴树的，坐在树下，看到月亮就挂在石榴树上；家里有樱桃树的，就看到月亮挂在樱桃树上……

　　这时的月亮是自家的月亮，人们迫不及待地将饭桌搬到院子里，灶房里刚出锅的山豆角炖肉，或者是土豆丝炒肉，被女主人麻利地端上了桌。

　　月亮被菜香吸引，急切地爬上了天空，如水的月光倾泻下来，院子里更加清凉了。男主人是要喝酒的，满满地倒上一茶碗，酒水里泛着月光。

　　房前的月季、刺梅，还有什么这花那花的，白天花开得正艳，这时候，花朵披了月光，像是镀上了一层银，显出幽幽的色泽来。清风一吹，花香氤氲。男人就着花香、月色喝酒，"滋滋"地喝着，酒更香了。

　　大街上的月光亮堂堂的。吃过晚饭的人，陆陆续续提着马扎来了。男人们抽着烟，说说地里庄稼的长势，聊聊在外面打工遇到的新鲜事儿，烟头在月光里一明一灭。女人们呢，聚在一起叽叽喳喳，说着些家长里短，不知说到了谁家的男人，不时爆发出一阵哄笑声，惊飞了旁边白杨树上栖息着的喜鹊。

　　直到夜深，村庄才静下来。一户一户的灯，开始陆续灭了。月光还在亮着。

　　也有人家的灯迟迟没有灭，那是即将远行的人，还在与父母说着说不完的话。即将离开故土的这个人，透过窗，看了看天上的月亮。这月亮，是村庄盖在天空的一个邮戳。从此，这个乡村的孩子，无论走到哪里，只要一看见月亮，就会立即想起家乡的月光，想起月光下那个美丽的村庄。

文 / 王春鸣

睡 吧

小时候，在光线昏暗的雕花大床上哭了一会儿，有时候是 5 分钟，有时候是半个小时，总之，看妈妈手里的活儿还有多少，她会走过来轻轻拍拍我，说，睡吧！

睡吧！一句点石成金的谶语，两个字就使我觉得被宝贝了，觉得好了，那些悲伤都远了。考了 70 分，小娟踢了我一脚，在课上辛苦拆了袜子上的彩线编的花儿被老师没收了……所有委屈都不算什么，我开始入睡，并且真的睡着了。那个过程，就好像全身心化作一团慵懒的红豆沙，慢慢被攻陷，变得糯软微甜，失去形状，包裹在厚厚的、温暖的面团中。许多梦早已蹲在枕边等我，它们荡漾着涌过来，于是我微微发酵——难道你没有发现吗？人最重要的长大，其实都是在睡眠中发生的。有多少早晨醒过来，我们从镜中，从墙上的影子里，看到了新的自己。

许多许多年，遇到解决不了的问题，我唯一的愿望是身边有一个直通大地的洞穴，有招手即来的黑夜，好让我睡着。我觉得动物是不容易的，蛇、青蛙、乌龟、熊，它们的生命里必定有大于我的困境，所以它们必须年复一年，为自己寻找黑暗之处冬眠。种子在变成幼苗之前，也必须睡上一觉，其中那些饱满的必定会醒来。而我之所以长得不好看，成绩不好，挣不到许多钱，都是因为我没有办法冬眠，有时候，长长的睡眠显得那么必要，又那么奢侈。

小时候根本不在意被褥枕头是怎样的，只要睡眠和夜晚一起到来就好。如今，睡睡醒醒，醒醒睡睡，觉得自己变得越来越粗糙，而对于睡眠，也越来越渴望和热爱。我需要棉花褥子，清洁的土布床单，散发出桑叶清香的蚕丝被，伤了大心的时候，还需要月光。可是这一切都抵不上妈妈的两个字：睡吧！所以我开始对枕头要求苛刻，别给我换枕头，它是我大脑的存盘，日复一日的梦都在里面存着，和野菊花、荞麦壳、棉絮、蚕沙、决明子们还有我自己的气息混杂着。有时候在太阳下晒它，轻轻地拍打，也会感觉到某些看不见的东西在四散流失。

睡吧！睡觉是一个仪式，在每一天的最后，将自己清洗干净，卸下妆容和衣饰，有时候还有内心的重负。月亮在你闭上眼睛的时候，悄悄来过。

文 / 苇　岸

放蜂人

　　放蜂人是大地上寻找花朵的人，季节是他的向导。

　　一年一度，大地复苏的时候，放蜂人开始从他的营地起程，带着楸木蜂箱和帐篷。一路上，他对此行满怀信心。他已勘察了他的放蜂线路，了解了那里的蜜源、水源、地形和气候状况，他对那里蜜源植物的种类、数量、花期及泌蜜规律，已了如指掌。他将避开大路，在一座林边或丘旁摆下蜂箱，巢门向南，他的帐篷落在蜂场北面。

　　第一束阳光，满载谷粒的色泽和婴儿的清新，照到蜂场上。大地生气勃勃，到处闪亮。蜂群已经出巢，它们上下飞舞，等待着侦察者带回蜜源的消息。放蜂人站在帐前，注视着它们。他刚刚巡视了蜂场，他为蜂群早晨的活力感到兴奋。他看蜜蜂，如同看自己的儿女，他对它们，比对自己的身世还要熟悉。假若你偶然路过这个世界一隅，只要你表情虔诚，上前开口询问，他会热心给你讲蜜蜂的各种事情。

　　放蜂人在自然的核心，他与自然一体的宁静神情，表明他便是自然不可分离的一部分。每天，他与光明一起开始工作，与大地一同沐浴阳光或风雨。他懂得自然的神秘语言，他用心同他周围的芸芸生命交谈。

他仿佛一位来自历史的使者，把人类应有的友善面目，带进自然。他与自然的关系，是人类与自然最古老的一种关系。只是如他恐惧的那样，这种关系，在今天的人类手里，正渐渐逝去。

放蜂人或许不识文字，但他像学者熟悉思想和书册那样，熟悉自然，熟悉它的植物和大地。他能看出大地的脉络，能品出土壤的性质；他识别各种鸟鸣和兽迹，了解每样植物的花事与吐蜜的秘密。他知道枣树生长在冲积土上，荞麦生长在沙壤上，比生长在其他土壤上流蜜量大；山区的椴树蜜多，平原的椴树蜜少；北方的柳树流蜜，南方的柳树不流蜜。他带着他的蜂群，奔走于莽莽大地。南方的紫云英花期一终，他又匆匆赶到北方，那里，荆棵的蓝色花序正在开放。他常常适时溯纬度而上，以利用纬度之差，不失时机地采集生长在不同地区的同一种植物的花蜜。

"蜜蜂能改变人性。"这是放蜂人讲的一句富于文化色彩的话。如果你在蜂场待上一天，如果你像放蜂人那样了解蜜蜂，就会相信他的这个说法。

我把放蜂人讲的关于蜜蜂（主要指工蜂）的一生，记在这里：一日龄，护脾保温；三日龄后，始做清理巢房，泌蜡造脾，调制花粉，分泌王浆，饲喂幼虫、蜂王和雄蜂等内勤工作；十五日龄后，飞出巢外，担负采集花蜜、花粉、蜂胶及水等外勤重任；三十日龄后，渐为老蜂，改做侦察蜜源或防御敌害的事情。当生命耗尽，死亡来临，它们便悄然辞别蜂场，不明去向。

这便是蜜蜂短暂的一生，辛劳不息，生命与劳作具有同一含义。放蜂人告诉我，在花丛流蜜季节，忘我的采集，常使蜜蜂三个月的寿命，降至一个月左右。它们每次出场，要采成百上千朵花的蜜，才能装满它们那小小的蜜囊。若是归途迷路，即使最终饿死，它们自己也不取用。它们是我们可钦可敬的邻居，与我们共同生存在这个世界上。它们体现的勤劳和忘我，是支撑我们的世界幸福与和睦的骨骼。它们就在我们身边，似一种光辉，时时照耀、感动和影响着我们，也使我们经常想到自己的普通劳动者和舍生忘死的英雄。

放蜂人是世界上幸福的人，他每天与造物中最可爱的生灵在一起，一生居住在花丛附近。放蜂人也是世界上孤单的人，他带着他的蜂群，远离人寰，把自然瑰美的精华，源源输送给人间。他滞于现代进程之外，以往昔的陌生面貌，出现在世界面前。他孤单的存在，同时是一种警示，告诫人类：在背离自然、追求繁荣的路上，要想想自己的来历和出世的故乡。

文／顾晓蕊

心灵的原风景

　　记得儿时看黑白电影，影片中的好人与坏人，一目了然，善恶全写在脸上。经历了世事之后，知道人性是复杂的——永远不要贸然地评价一个人，因为你即便知道他做了什么，却未必知道背后的故事。

　　那年中专毕业，我被分配到一家电厂上班，进厂的新人要由师傅带着，我跟乔凡师傅分到一组。他跟我讲的第一句话是，干咱这活儿偷不得懒，勤能生巧，巧自勤来。

　　乔师傅30多岁，长得黑且瘦，话不多，穿着件沾满油污的工作服。衣服宽大不合身，更加衬得他瘦小，从你面前走过时，像个衣服架子在晃动。他绕着设备转几圈，敲敲这，听听那，便知有无异常，我心里很是佩服。

　　半年后，适逢班组人员调整，我被选为工会小组长，虽说是芝麻大小的官，当时觉得挺光荣的。可没过几天，我便发现这活儿难干，有时容易得罪人。

　　那时逢年过节，厂里经常发些米面油、水果等，这活自然派给了我，领回来后分发下去。有次发苹果时，乔师傅领到一箱苹果，打开一看，当即沉下脸来，大声地嚷嚷道，这箱苹果个头小，还有几个烂掉的，为啥偏偏给我了？

他挑出几个坏苹果，愤愤地摔到地上，"啪啪"几声，成了一摊烂糊糊的"泥"。

这突然的情绪爆发，让正忙得额头坠汗的我像被人击了一拳似的，感到难堪极了。那张因气愤而扭曲的脸是那么陌生、难看，仿佛让人看到宽荡荡的衣服下藏着的"小"来。我有些厌烦地想，嗨，这人怎么这样，这么小气！

第二天出工时，我心里觉得尴尬，乔师傅倒是忘记了似的，仍喊我跟随他去干活。我暗叹了一口气，心想，真是个怪人！

几个月后赶上分鱼，单位鱼塘养的罗非鱼，这鱼刺少，味道鲜美无比。每人两条鱼，一大一小，都是搭配着分的。那天乔师傅请假没上班，这种热带鱼不好存放，无奈之下我打听到地址，想着把他那份送家里。

我把装鱼的袋放进车篓，朝他家骑去，心里有些不安，怕他再说什么怪话。

伸手敲门，门开了一条缝，探出个小脑袋来，问你找谁？我说，这是乔凡师傅家吧，单位发的鱼，我给他送来了。男孩眼里闪出惊喜的亮光，笑嘻嘻地说，阿姨，你们单位真好，又发好吃的。上回发的那箱苹果，全钻我肚子里了。

男孩兴奋地请我进屋，我将鱼放到厨房水池里。正要离去，男孩又说，阿姨，喝点水再走吧！男孩扭身去倒水，我这才留意到他右腿有点跛，走路一颠一颠的，像跳着蹩脚的舞步。

随后的闲聊中，得知乔师傅其实是男孩的叔叔，男孩的父母在一次车祸中去世，是叔叔收养了他。在那场车祸中，男孩的腿受了伤，叔叔省吃俭用为他治疗，那天便是到省城买药去了。为此，叔叔一直单身。

　　说到后来，男孩的声音变得很小，像一枚细嫩的叶子，轻颤颤地，飘过我耳畔。

　　我的心猛然间被击中，倏地一疼。那一刻我理解了乔师傅，那份"自私"的背后，藏着一份深沉而含蓄的爱。

　　上班路上，要经过一座石桥，桥上，常会遇到两位乞讨者。年轻的乞者衣衫褴褛，拄着单拐靠在栏杆上，看到有人路过，伸出肮脏的手不断哀讨。离他不远处，有位年老的盲人面前放个瓷盆，从没见他开口说话，只有一把胡琴端立腿上，咿咿呀呀地诉说着无尽的苍凉。

　　起初我从桥上走过时，偶尔会向盆中任意掷几枚硬币。时间久了，柔软的心被城市的风沙磨得粗糙麻木，再路过那里时，只想低头快步走过。

　　初冬的一个傍晚，我下班经过石桥，天很冷，风犹如刀子般滑过，清冷沁骨。桥上行人稀落，各自匆匆地赶路。年轻乞者把盆递到我面前，仍旧用粗哑的声音说，行行好，给点钱吧！

　　我本能地向一旁躲闪，衣角却被扯住，那是一双黑得像炭的手，我心里翻起一阵厌恶。当时天色已晚，我不想跟他纠缠，掏出枚硬币随手一掷，赶紧向前走去。

　　刚走出几步，听到后面有拖沓的脚步声，我扭头看去，男人跟了过来。我心里一紧，嫌给的钱少？

　　我下意识地捂住口袋，加快脚步想甩掉他，边走边不放心地回头，看到令人诧异的瞬间——当啷……他艰难地弯下腰来，将讨来的几枚硬币放到盲人的空盆中，嘴里嘟囔道，这倒霉的天气，要把人冻僵了，喝碗汤暖暖身吧！男人挂着拐杖，一晃一晃地走远了。

　　我很难形容那感觉，唏嘘、感慨，而又困惑不解。

　　或许我将永远无法得知，这个男人为何甘愿在世俗的冷眼中，将灵魂匍匐到尘埃里。然而令人欣喜的是，在他丑陋、卑微的外表下，有未曾泯灭的良善。

这些年来，我遇到过种种令人气恼的事。当一簇火苗从心头燎过，烧得我浑身难受，这时那些熟悉或陌生的面孔，交错浮现在眼前，让我学会冷静自持，淡然以对。

我们都非完人，何必纠结一人一事，有时原谅他人，也是放过自己。我愿意相信，在绝大多数人的心灵深处，有一片未被污染的风景。那个梦境般芳草萋萋的地方，清净、安宁，是灵魂的诗意栖居地。

Ⅱ

一切都是最好的安排

文 / 阿 菲

陌生文艺男深夜来电

有一天我刚刚睡着，就被电话吵醒，对方是个男的，他说：我想你了。此男声音好听，语气深情。我睡意全无，问道：你是哪位？

他说：我想我的前女友了，想打电话给她，但已经是空号了。于是我改掉最后一位号码，拨通，就打到你这儿来了。

我想反正我也不困了，况且又不费我电话费，聊就聊呗。

此男打开了话匣子，从他的儿时聊到如今，又展望了未来，不仅聊到了爱好特长，还和我讲了讲他的爱情，总之听过他的事情之后，我发现他是个既有趣又深情的男孩。单身寂寞的我对陌生男子动心了。聊了一个小时之后，他说：知己难遇，以后我还会打电话给你的。没等我说再见，他就匆匆挂断了电话。

我躺在床上，回味刚刚的这通电话，心想：这真是浪漫的相遇啊。

第二天晚上，他再次打电话过来。

他说：你能摸着你的心告诉我，你有没有想我吗？

不知道是出于礼貌，还是真如此，我说：想了。

他开心地笑着说：爱情就是让人发傻，傻到什么都敢做，我发现我傻到爱上了一个没见过的女孩。

我说：你真的爱上我了？

他说：不得不承认，不仅爱上了，而且很爱。

他停顿了一下接着说：把你的QQ给我，我给你发一张我的相片，如果你觉得可以接受，我们就在一起吧。

我说：你不管我长得如何？

他说：对，因为我知道你很美，在我眼里你已经美得让我神志不清了。

挂断电话之后，我等待他的照片。其实我已经心潮澎湃了，毕竟像我长得这么丑的人，确实需要一个不在乎长相的男朋友。

他加了我的QQ，发了一张照片给我，长得帅气，是我喜欢的类型。他也附上了住址和姓名，而且介绍了自己的工作和收入。

见他如此坦诚，我立即回拨电话给他。我说：我愿意和你在一起。就这样我开始了人生中的第一次恋爱。虽然我们不在同一个城市，但我们总是有说不完的话，我们还约定几月相见，还畅想了何时结婚。

可就在昨天，他打电话给我，在电话那头哈哈大笑。

我问：亲爱的怎么了？

他说：啊！你个大傻瓜！哈哈哈哈哈。

我说：我做错什么了吗？你为什么骂我？

他说：我这样骂你，你是不是伤心了？

我说：是！我好害怕啊，你怎么了？

他说：傻瓜！你伤心就好！就是要让你伤心！

我说：为什么？我究竟哪里做错了？

他说：你前不久是不是在网上买了条红裙子？

我说：你怎么知道的？当时买的红色，寄过来的是橘色的，色差大。

他说：你是不是给了差评？

我说：对啊。

他说：嗯，我就是那个卖家。

当时给差评后我还发微博这样吐槽过："被淘宝卖家骂了，买条裙子，拍的是深红的，发来是橘色的，我给了差评。他打电话过来说：怎么给差评不说原因。我说：色差太大了，要深红怎么收到是橘色的。他说：色差大可以退，你怎么不先找我？我说：我看便宜就懒得退了。他说：你怎么那么懒呢？你懒得退就给我差评吗？你有没有道德？再说只有大傻瓜才穿深红。"

此后，他拉黑了我所有能联络到他的方式。

我写这篇小文就是想对他说：遇见你是我今生最大的缘，即使此后我将孤独永年。

文／（台湾）张国立

守望海洋的猫

　　它趴在那高高的、细窄的窗台上，睁着两眼看下方的海滩与海洋，有如船桅杆上的守望者。

　　打开车窗将望远镜伸出去，那女人依然坐在高楼阳台上喝咖啡，两眼木然地望着大海。

　　这是台湾北海岸著名的浅水湾，面对海洋的山坡上有好几幢高楼，目标潘小姐住在第一排的 11 楼。

　　按照资料，潘小姐 37 岁，主业是平面广告设计师，也在一本居家杂志上偶尔写专栏。未婚，两年前以 170 万买下浅水湾的房子便搬来住，我受托跟踪她一个星期，并将她每天的活动传给委托人。

　　这是跟踪的最后一天，不明白委托人到底想要什么，这位潘小姐的生活太单调，重复同样的动作，毫无神秘性。

　　每天上午 6 点半，潘小姐便出现在阳台上，坐在那把铁质的椅子上看着海上的朝阳，喝手中的麦片。6 点 50 分，她走出大楼到海边散步 45 分钟，8 点 10 分骑着自行车出门到市场买菜，10 点开始工作，天气好会将电脑移至阳台，否则就坐在落地玻璃窗后面。她吃得很简单，尾随她去过菜场，都是两把青菜、一点肉类，从不外食。

望远镜内的女人喝完下午3点的咖啡，又进屋将电脑捧到阳台的小桌上，开始工作了。

我很快在手机上写完今天的跟踪报告传送给委托人，才下车伸个懒腰，相隔不到3分钟，手机发出声响，是委托人的回信：

"报告很详细，谢谢你，这样就可以，答应过的红包会汇进你账户。"

好极了，提前3小时收工，但发动引擎后仍忍不住再拿起望远镜看了一次，报告里刻意没提的那只猫仍趴在夹层的窗台上。当潘小姐于阳台工作时，它都趴在那高高的、细窄的窗台上看下方的海滩与海洋。为什么没在报告上提这只猫？说不出原因，就是觉得不必提，给这女人保留点秘密吧。

3个月后我在杂志上见到自己写的跟踪报告，文字被重新整理过，但确定是我自己写的，作者名为悄悄，她在最后写道：

"我雇了侦探跟踪自己，想透过另一双眼睛看看自己有多孤独。专业的侦探竟漏了悄悄，恍然间我明白，要是悄悄不在了，那才是真正的寂寞……"

文末是潘小姐抱着那只猫笑眯眯看着镜头的照片，原来它的名字是悄悄……陪伴，不在乎是否是同类，而是默默地守候。

文 / 王小妮

月光只照耀自行车

　　月光在这个晚上出奇地亮。在关掉一切灯之后，我看见全世界只剩下两件可见的东西：头顶上的一盘月亮和我阳台上的一辆自行车。

　　它们现在都是雪白雪白的。

　　凌晨两点钟，没有什么人经过，没有人能看见，月光正独自照耀一辆半旧的赛车。没有人会赞叹这辆突然比月光还耀眼的物品！但是它们双方都知道，因为"明亮"这事实正在发生着。

　　车肯定看见了月光。它想，如果顶着这月光一直骑上去，就骑到天空中了。自行车从来没有过上天的经历。宣称亲眼见过不明飞行物体的人，世界各地都有，有人见过在夜空中自行飞翔的雪白赛车吗？

　　月光盯紧这辆车很久了。车梁上有人类的文字。圆圆的轮子中有急欲转动的心情。月光想，如果能蹬上这辆车，滑行一段路程该多好。月光只是发出很软的遗憾，月亮没有脚力，它连温度都没有。它把手伸出那圆的界限，它就不是月亮了。

　　有很多的时候，愿望已经在内部准备好了，但是它太幼稚，还不知道有些事情永远不能实现。月光就停在那纹丝不动的自行车身上。我看它们的时候，那些幻想们正在太空与阳台之间犹豫着。

多少古人都在诗词歌赋中借月亮而抒情，它的白光有潜力渗透人那包裹深藏的内心之中。它在这个晚上，专程落在我阳台的外侧，大气和钢筋的防盗网全不是障碍。它要专程来喜欢这辆自行车，却没有办法踩走它。这孤立无援的白面书生，除了照耀，连提起几公斤的力气也没有。

这事件持续了差不多一个小时，后来，月亮走开，自行车还在。

月亮走离了屋檐，大地得到广阔的一层银亮。阳台上像平时一样朦胧灰暗，只有两只圆车轮的影子缩在墙角。我告诉了好几个人，他们都笑了，说月光怎么可能有选择地只照亮一辆什么车呢？

文 /（台湾）韩良忆

在世界的市场走走停停

一大早还不到八点，我已来到离酒店不远的菜场。在短短三天的冲绳小假期中，我每天早晨都要到那霸市中心的公设市场报到，也没有什么东西非买不可，就只是东张西望，欣赏围着橡皮围裙的鱼贩，把各种我没见过的鱼虾海产，利落处理好，交到静候的客人手里。逛到有点累了，酱菜摊旁有个卖咖啡的小摊，我可以坐在这儿，喝着一杯热腾腾的咖啡，旁观酱菜小贩殷勤地劝说过往的客人，尝一尝他家的货色。

不单是离台北不远的那霸，我到每个异乡的城镇，再怎么忙，也要找个时间逛菜场，最好是露天的传统市场。对于馋嘴的游客，传统市场往往最有魅力。

不同的城市、不同的市场，都有奇奇怪怪、前所未见的蔬果或鱼鲜，比那几乎无所不在、千篇一律的名牌服装店有趣多了。我每次都恨不得把这些奇珍异果、干货土产统统搬回家，分赠给家人朋友。这样的纪念品，应该比风景区的磁盘或钥匙环有意思多了，起码可以让未能同行的人，用味觉分享我的异国经验。

就算不贪吃的人，在旅程中逛逛市场，也会有不同于制式化旅游的乐趣。再美的风景、再令人赞叹的历史建筑，都不能像早上的市场那样，给我那么真切又活生生的生活感。

市场也是观察各地风土民情的好地方。在冲绳、东京、京都或任何日本城镇，市场总是明亮、干净，摊位上的货品一律井然有序，连鲜鱼都根据其种类、大小依序铺放，市场地面不会有一丁点儿的污水痕迹，空气中也不会有一丝令人不悦的异味，凡此种种，都令人体会到日本人那种近乎神经质的规矩、小心和谨慎。

意大利人则不然，各式各样的蔬果多半大剌剌地堆放着，可颜色搭配全都顾到了。艳红饱满的西红柿绝对不会摆在红辣椒旁边，得和明黄的西葫芦或翠绿的甜椒比邻而立，才能彼此衬托，相得益彰。意大利人热闹缤纷的美感，咱不必专门上精品店、博物馆见识，市场上也看得到。

在洛杉矶圣塔蒙尼卡的周末农民市场里，皮肤晒成古铜色、穿着运动衫的小贩，模样并不如想象中胖手胝足的"农民"，倒比较像周末莳花弄草的郊区居民。贩卖有机蔬菜水果的摊位前，总是围聚着最多的人群，几乎所有人都戴着墨镜，提醒着我，这里是阳光普照的南加州富庶地区。

到了巴黎，不管在哪个市场，一定会有那么一两家摊位或商店前面，老是有人大排长龙，凑过去一瞧，才发觉是面包店。平日没有耐性的巴黎人，这时全都像小学生一样排着队，心平气和地等着购买一天中最重要的主食——长棍面包。这样的景象，让我领略法国人对美味的执着。

　　我游走在市场里，置身于正采购日常三餐的人群之间，有那么一时片刻，忘了自己只不过是过路的旅人，差一点以为自己也生活在这个异地的城镇。

　　我在世界的市场走走停停，安心又自在。

文 / 孙碧仪

外婆不都属于厨房

名厨和食家在被问到最爱食物和做菜灵感的时候，常常提到妈妈、奶奶和祖母，总认为在厨房忙上忙下的女人们是构成温暖家庭的一个符号。

但是，外婆可不都属于厨房。

在认识了几个当地朋友的外婆之后，我忽然原谅了新西兰餐馆的整体素质平庸，原谅了拿超市罐头当前菜的老牌餐厅，原谅了奥克兰大堆餐馆里仿佛一个模子印出来的菜单，原谅了那些驴唇不对马嘴的新派菜。那些糟糕的厨子，他们的外婆肯定是过得太精彩了，没空给他们做菜。

周末到朋友家做客，我向她的外婆打招呼："你好，我是 Ruby 的同学 BE。"她是一位满头银发，梳着一丝不苟及肩 bobo 头，肌肤晒成浅棕色的优雅女士。她将翘起的脚尖轻轻晃了一下，似笑非笑地向我点一点头："你好，我叫安娜。"这是第一次有朋友的外婆告诉我她的名字，感觉真的蛮奇怪的。我把同学拖到一边："我怎么称呼你外婆比较合适？"她奇怪地看了我一眼，像是怀疑我忽然脑子坏了："她刚才告诉你了，她叫安娜。"

安娜请我吃饭，一共两个菜：煮速冻蔬菜丁和汉堡包。汉堡包虽然不是麦当劳买的，但也差不多了，是超市买的面包夹着超市买的肉饼。这哪里是外婆家的饭？说是十几岁青少年，背包旅行时吃的东西还差不多。我惊呆了。小伙伴倒是很淡定，她往汉堡包上挤了一大堆番茄酱，猛夸好吃呢。

饭后，我们就着咖啡聊天。咖啡很讲究，不是速溶的。安娜边煮咖啡边顺手点了烟，说她爱旅游，1996 年还跟团去过新疆。她说自己是个作家，写的都是自己波澜起伏的人生……

外婆二号的名字叫 Izzy。她是个人见人爱的外婆，年轻时是个护士。因为喜欢滑雪和徒步，退休后在滑雪场附近打理一家小旅社。她非常利落，爱照顾人，常常穿一条发白的牛仔裤，走路有风。

Izzy 每天早上起来，看看天气预报，保养滑雪和徒步的鞋子器材，和旅社的人们聊天，晚上和大家一起喝酒看电视。她的丈夫已经去世，但有一个男朋友，是个比她小两岁的南美人。这个南美人旅行到这儿，为了她留下已经两年。但他仍然不习惯住在房子里，常常晚上一个人跑出去，住在自己的露营车上。

这天来了十几个滑雪的中学生，Izzy 给他们包餐，我和同学给她打下手，换饭吃。桌子上摆着几个番茄洋葱之类的蔬菜，其他全是罐头，小到 500 毫升的高汤罐头，大到 4 升装的罐头黄桃，从头到尾都是罐头。

学生们的主食是米饭。这种米饭非常简单，煮好的饭装在一个透明包装袋里，在微波炉里转一分钟就能吃，味道像是喷了米饭味香水的塑料粒。菜是牛肉末炖豆子，洋葱和牛肉末炒炒，再加上罐头豆子、罐头高汤、罐头番茄煮成。

让我吃惊的是，孩子们都吃得非常开心，连说太好吃了，连饭后的罐头黄桃淋罐头蛋奶酱都吃得干干净净。

　　虽然有了几次经验，但我还是不死心，新西兰肯定也有隐藏很深的厨神外婆！我不厌其烦地向朋友的外婆搭讪，除了罐头菜，终于得到了一堆烤土豆、煮土豆、土豆泥、炖土豆的菜谱。我终于明白，好多好多的新西兰外婆分给厨房的时间很少。

　　这些外婆不是符号，我记得她们每个人的名字。在母亲和外婆之外，她们是女人、旅行爱好者、爱猫的人、登山家、中国功夫迷……虽然她们做的菜不好吃，但我还是很爱这些外婆。

文／刘 轩

想想刘猫

老爸和老妈在生我之前，其实已经有了一个小孩，只是从我出生，那小孩就失宠了。

那小孩，就是"刘猫"。

刘猫是隔壁读小学的小戴阿姨捡到的，回家挨骂，就送给了我新婚的老妈。

老爸想，取什么名字好呢？叫"咪咪"？太俗了！既然它是猫，又到刘家来，就叫"刘猫"吧！

他们疼爱猫，跟疼小孩一样。刘猫吃的是番茄沙丁鱼罐头，睡的是老爸老妈的被窝。据说老妈怀我的时候，还成天抱着刘猫，肚皮里面是我，外面是猫。所以，我的"胎教"，是"猫叫"。

我真同情刘猫，因为自从有了我，刘猫就被打入冷宫，而且总是因为我挨揍。

当然这也要怪刘猫，它自己不知趣，每当我哭，大人还没赶到，刘猫已经冲至小床边，往里面趴着看。

啪！"看什么？"老妈每次都给它一巴掌，"你吃醋啊？不怀好心！"

　　其实，刘猫对我很好。它是我唯一的玩伴，我也是它唯一的玩伴。而且，我们是"平起平坐"的平辈。

　　刚学会走路的我，据说跟刘猫两只脚站着，正好一样高。

　　刘猫很喜欢把两只前腿，搭在我肩膀上，跟我一块儿走。

　　这种情况真是令人难以相信，但是全家人，包括我奶奶，都说"刘猫确实有这个毛病"。而且，只要刘猫一这样做，大人就会打它。

　　他们总认为刘猫会使坏、会欺负我。其实，心里不对劲的，大概是人，不是猫。

　　他们亏待了刘猫，又用人的报复心理，去揣测。

　　虽然因为太小，我对刘猫没记忆，但是一直到今天，我都感激它，而且感激得一塌糊涂，我敢说："刘猫可能影响我半生！"

　　当我两岁多，小刘猫已经长成英俊的大刘猫，有着黄黄的虎纹和壮硕的身子。

　　它开始喜欢晚上鬼叫，像婴儿哭一样，哇啦哇啦，不停地叫。

　　每次半夜鬼叫，隔壁戴爸爸就会骂他女儿："谁要你抱只死猫回来，送给刘家，自己倒霉！"

　　刘猫叫，是有道理的，它要找女朋友，它有生理的需求，可是老爸不准它出门。

　　刘猫一辈子，没逃出过几次，每次逃家，都害老爸老妈担心。据说几天之后，浪子回头，刘猫都瘦得像个鬼。

　　于是老爸用了各种方法防范，他甚至把日式房子的地板下面，跟院子相通的地方，都钉上了木条。

　　当我在院子里玩的时候，常看见刘猫，从木条之间，向外伸着爪子哭，好像集中营里的犯人，求我伸出援手。

　　终于，有一天，刘猫趁奶奶开门不注意的时候，又溜了出去。几天之后，它回来了，身上开始溃烂，挤出来的不是脓，是水。

最后不得不送到兽医院。

"医生把皮掀起一个口，用镊子夹着棉花，掏进去擦。"老爸后来对我回忆，"好像刘猫的皮和肉都分开了。"

第二天，刘猫夜里哀号了几声，不见了。

第三天，爸爸撬开地板，发现刘猫死在他床铺的正下方。

刘猫被埋在后院，令人伤心了好一阵子，但渐渐地，一家人似乎都把它忘了。

直到我十几岁，开始追女生。

每次奶奶和老妈不准我出门，老爸都会简简单单地说四个字："想想刘猫！"

居然，我就得到了自由。

"年轻人，到了青春期，自然会爱慕异性，这是任何力量都挡不住的。他不寻偶，怎么成家、生孩子？没有孩子，生命又怎么延续？"老爸说，"这是天性，也是天道。用围堵，不如引导。让他从开始就有正确的观念，反而不容易出大麻烦。"

想想刘猫！想想刘猫！

我多么感谢刘猫，使我有了较开明的父母！

文 / 辉姑娘

一切都是最好的安排

早上起来，她发现停电了，不能用热水洗漱，不能用微波炉热牛奶、烤面包，只好草草打理一下就出门。

走进电梯，邻居家的小狗冲进来扑住，上周刚买的长裙上顿时出现两只黑黑的爪印儿。

开车被警察拦，才想起来今天限行，罚了一百。

到了公司，晚了几分钟，又罚五十。

冲进会议室开例会，老板正在宣布工作调整的名单，她的业务被无故暂停，她的职位被取代。

午餐时间，所有人都闹着要新任主管请客，一窝蜂笑闹着出了门，没有人叫她。

她一个人去了餐厅，刚把一口饭送进嘴里，重要客户打来电话，对方取消了最大的一笔订单，她看着面前的午餐，再无半分胃口。

刚回公司，电话响起，妈妈在电话那端哽咽，说姥姥的病又重了，可能熬不过这个月了。

放下电话，短信声响起，居然是暗恋了十年的对象发来的消息：我要结婚了。

黄昏，她站在回家的路边打车，可每位司机听到要去的地点都拒载。

夜色笼罩，头顶的月亮冷冷地俯瞰着她，仿佛无声地提醒，家里还是一片黑暗，她的眼泪在一瞬间夺眶而出。

她擦干眼泪，摇晃着继续往前走。

直到下个路口，一辆车终于停下来，报了地址，司机和气地说这么巧，我们住同一个小区，我正好收工，免费送你回家。

她连声道着谢上了车，电话响起，客户在另一端说，虽然订单取消，可是她的敬业态度让他觉得感动。不知她是否对新的岗位感兴趣？他说，其实我等你辞职已经等了好久。

回家，拿出钥匙，邻居家的门却先开了，邻居笑眯眯地说：今天我遛狗回来，发现你家的电闸坏了，就叫我老公帮你修好了。在她的身后，那只小狗探出头来，汪汪两声，欢快地摇着尾巴。

她推开家门——

一室融融，满眼暖意，一切都是最好的安排。

文 / 夏丏尊

世间没有不好的东西

新近因了某种因缘，和方外友弘一和尚（在家时姓李，字叔同）聚居了好几日。和尚未出家时，曾是国内艺术界的先辈，披剃以后，专心念佛，见人也但劝念佛，不消说，艺术上的话是不谈起了的。可是我在这几日的观察中，却深深地受到了艺术的刺激。

他这次从温州来宁波，原预备到了南京再往安徽九华山去的，因为江浙开战，交通有阻，就在宁波暂止，挂褡于七塔寺。我得知就去望他。云水堂中住着四五十个游方僧。铺有两层，是统舱式的。他住在下层，见了我笑容招呼，和我在廊下板凳上坐了说：

"到宁波三日了，前两日是住在某某旅馆（小旅馆）里的。"

"那家旅馆不十分清爽罢。"我说。

"很好！臭虫也不多，不过两三只，主人待我非常客气呢！"

他又和我说了些轮船统舱中茶房怎样待他和善，在此地挂褡怎样舒服等等的话。

我惘然了。继而邀他明日同往白马湖去小住几日，他初说再看机会，及我坚请，他也就欣然答应。

行李很是简单，铺盖竟是用粉破的席子包的。到了白马湖后，在春社里替他打扫了房间，他就自己打开铺盖，那粉破的席子丁宁珍重地铺在床上，摊开了被，再把衣服卷了几件做枕，拿出黑而且破得不堪的毛巾走到湖边洗面去。

"这手巾太破了，替你换一条好吗？"我忍不住了。

"那里！还好用的，和新的也差不多。"他把那破手巾珍重地张开来给我看，表示还不十分破旧。

他是过午不食了的。第二日未到午，我送了饭和两碗素菜去（他坚说只要一碗的，我勉强再加了一碗），在旁坐了陪他。碗里所有的原只是些莱菔、白菜之类，可在他却几乎是要变色而作的盛馔，丁宁喜悦地把饭划入口里，郑重地用筷夹起一块莱菔来的那种了不得的神情，我见了几乎要下欢喜惭愧之泪了！

第二日，有另一位朋友送了四样菜来斋他，我也同席。其中有一碗咸得非常的，我说：

"这太咸了！"

"好的！咸的也有咸的滋味，也好的！"

我家和他寄寓的春社相隔有一段路，第三日，他说饭不必送去，可以自己来吃，且笑说乞食是出家人的本等的话。

"那么逢天雨仍替你送去吧！"

"不要紧！天雨，我有木屐哩！"他说出木屐二字时，神情上竟俨然是一种了不得的法宝。我总还有些不安。他又说：

"每日走些路，也是一种很好的运动。"

我也就无法反对了。

在他，世间竟没有不好的东西，一切都好，小旅馆好，统舱好，挂褡好，粉破的席子好，破旧的手巾好，白菜好，莱菔好，咸苦的蔬菜好，跑路好，什么都有味，什么都了不得。

这是何等的风光啊！宗教上的话且不说，琐屑的日常生活到此境界，不是所谓生活的艺术化了吗？人家说他在受苦，我却要说他是享乐。当我见他吃莱菔白菜时那种愉悦丁宁的光景，我想：莱菔白菜的全滋味、真滋味，怕要算他才能如实尝得的了。对于一切事物，不为因袭的成见所缚，都还他一个本来面目，如实观照领略，这才是真解脱、真享乐。

艺术的生活，原是观照享乐的生活，在这一点上，艺术和宗教实有同一的归趋。凡为实利或成见所束缚，不能把日常生活咀嚼玩味的，都是与艺术无缘的人们。真的艺术不限在诗里，也不限在画里，到处都有，随时可得。能把它捕捉了用文字表现的是诗人，用形及五彩表现的是画家。不会作诗，不会作画也不要紧，只要对于日常生活有观照玩味的能力，无论谁何，都能有权去享受艺术之神的恩宠，否则虽自号为诗人画家，仍是俗物。

与和尚数日相聚，深深地感到这点。自怜囫囵吞枣地过了大半生，平日吃饭着衣，何曾尝到过真的滋味！乘船坐车，看山行路，何曾领略到真的情景！虽然愿从今留意，但是去日苦多，又因自幼未曾经过好好的艺术教养，即使自己有这个心，何尝有十分把握！言之怃然！

文／张丽钧

遇到今天的我，你是幸运的

初春时节，到凤凰山去踏青。不经意间往水塘上瞟了一眼，看到水面上点缀着一个个梭状的漂浮物，菱角大小，浅褐色，东一个，西一个，像是谁随手抛到水上的；俯身细看时，发现每个"小梭子"都由水底一根细线袅袅地牵着。纳罕地问我夫："你说，这究竟是什么东西呢？"我夫仔细观瞧半晌，哑然失笑道："荷钱儿呀！"——对呀！不是荷钱儿，又能是什么呢？只是，未及舒展的荷钱儿居然是这般楚楚可怜的模样，我真真是头一回见着。几天之后再来看，却见那一个个褐色的"小梭子"已欣然打开了蜷曲的自己，变成铺展于水面上的翠绿荷叶了。看着它们不由分说抢占水面的阵势，不由人心生快意——是呢，春天不就该这样么？不谦让，不讲理，先将暗淡混沌的画布涂一层逼人眼目的绿色再说。

荷钱不能开口说话，我替它说了：遇到今天的我，你是幸运的。

周敦颐赞美莲花"濯清涟而不妖"，曾有个女学生指着这个句子问我："老师，为什么作者说莲花'不妖'？那么，谁'妖'呢？"我被她问愣了，想了一会说道："'不妖'嘛，就是说这花不显妖媚之态，它不会魅惑你的手，让你轻易就可以把它摘回家去，它是一种自重的花；谁'妖'

呢？芍药'妖'吧——你看，刘禹锡不就有诗道'庭前芍药妖无格'嘛！"
站在盛开的荷花前，我又忆起这段有趣的师生对话。其实，"妖"也罢，
"不妖"也罢，不过是文人强加于花的一种自我情愫。我单喜欢荷花对污
泥的报复！立足于那么污浊的环境，却义无反顾地用完美报复着丑陋。
我喜欢在荷塘边的柳荫下小坐，听任那一派清芬涤尽我浑身的庸懦。我
殷殷叮嘱自己：看一回荷花，你就要添一些勇气。

　　荷花不能开口说话，我替它说了：遇到今天的我，你是幸运的。

　　溽暑中，我像孩子一样，擎着两枝青青的莲蓬，一粒一粒抠着吃
白嫩嫩的莲子，就像在欣赏一片荷塘精妙的季度总结。是谁，把荷钱的
心思、荷花的心思，一股脑儿地提炼出来，凝成这一颗颗饱满沁香的籽
实？这籽实，不就是一个池塘的锦心绣口么？吃罢了莲子，也不要丢掉
那空空的莲蓬，带回家，插进花瓶，看它慢慢褪掉青色，用委顿却不失
风致的姿态忆念着远方的池塘。谁见了都会夸："好美的插花！"这时候，
你就可以驱遣着思绪幸福地回到那个快乐的日子，向朋友娓娓讲述起一
粒一粒抠着吃白嫩嫩的莲子的故事。尽管你仅仅吃了有限的几个莲子，
但你心中那美好的回味却是难穷尽的。

　　莲子不能开口说话，我替它说了：遇到今天的我，你是幸运的。

　　秋了，带着一丝侥幸去池塘，心说，或许，有一两朵慢性子的荷
花，愿意在这秋风乍起的日子里，耐心等我。哪知，我想错了，所有的
荷花都不见了踪影，连荷叶都已萎黄残破。我的相机，陡然失去了使
命——这般光景，镜头何来胃口？正要转身离去，却见荷塘深处有一叶
小舟，两个穿了水鬼服的挖藕人正在那里忙碌，许是挖出了又肥又长的
莲藕，他俩齐声欢叫起来。我忙举起相机，将他们欢快的劳动场面拉到
眼前——嚯！好多的藕呀！小船上的两个大筐都装满了。那藕，看上去
黑黢黢的，被污泥严严地包了，却让你忍不住想象着它俊白的模样。我

一边按着快门一边跟自己说：你好福气，看到了荷花美丽的根由！却原来，夏日里见到的那些撩人眼目的翠叶娇花，竟是打从这一截截不起眼的根茎上生发出来的。说起来，这该是件多么让人称奇的事——当荷香随夏风飘忽远去，藕，从淤泥深处抽出一缕珍贵的芬芳，成为思荷人齿颊留香的佳肴美馔。

　　莲藕不能开口说话，我替它说了：遇到今天的我，你是幸运的。

　　在这池塘中安家的，就是这样一种植物，无论你在哪个时刻遇到它，都会觉得它是绝好的：幼年有幼年的疏狂，盛年有盛年的风光，中年有中年的奉献，老年有老年的气象。有谁，能像它那样，把一生活成一个美妙的寓言？有谁，能像它那样，在生命中的任何一个时刻都可以说：遇到今天的我，你是幸运的……

文 / 桃花湖

原生态孩子

很多人说学前教育越早越好，不要输在起跑线上嘛！可是著名作家池莉说："'不要输在起跑线上'是没有逻辑的混账话。"

去年 3 月，我随几位教育专家，到德国巴伐利亚州洛尔镇考察德国的森林幼儿园后，觉得池莉说的神句是对的。

到达米罗索森林幼儿园，是一个细雨霏霏的上午，钻进森林，看着站在林间仰望雨丝、无所事事的园长雷娅，我们一头雾水：你的幼儿呢？你的办公室呢？你的幼师呢？翻译告诉我们她的回答："都变成雨丝飘走了。"

"三无"园长，同行笑着说。园长告诉我们，他们森林幼儿园有 25 名 3 ~ 6 岁的幼儿，没有教室，像今天这样的小雨，孩子们穿上雨衣照样玩成林间的燕子，要是大雨如注，他们会搭起帐篷，让师生躲避一下。

那上什么课程呢？雷娅园长没有回答，轻轻用手指了指森林远处，定睛一看，树上出现了一群五颜六色的知了——一群正在爬树的孩子。"我们没什么教材，玩具嘛，也就是泥巴、树枝、小草什么的，孩子们来幼儿园就是玩耍，他们上学只要带一点防虫子叮咬的药品就行。"雷娅说。

　　一位同行问："不可思议，那怎么学习？"雷娅说："为什么要学习呢？他们还没有到学习的年龄呀。"我想起德国幼教专家福禄培尔的话：我们应该让孩子在大自然中玩耍，而不是过早地学习数字和字母。

　　一个"知了"大叫："一条毛毛虫，在荡秋千！老师，毛毛虫吃什么？"

　　幼师奔过去，给孩子仔细讲解毛毛虫的孵化、生长、食物，孩子连连点头。

　　"这不是学知识吗？"同行说，"现身说法，寓教于乐，教材来自大自然，老师不必像国内的幼儿园那样，为了学习，还专门为幼儿创设教学情境。"

　　"由着性子爬树，孩子摔下来怎么办，家长会找麻烦吧？"同行疑惑了。

　　"我们幼儿园开办了4年，没有出过一起安全事故。你瞧，这么厚的落叶和青草，就是摔下来也没事。倒是有些幼儿还故意摔倒，好玩呗。再说了，我们规定每个幼儿最多只能爬6英尺高。我们老师的职责，就是保证幼儿安全，至于孩子怎么玩，玩多久，那是孩子自己的事。"

　　除了玩爬树，孩子们创意多多，"大朋友，您可以帮我搅拌一下这些泥浆吗？"这里的孩子一点不怯场，对我比画后，要翻译讲出来。

　　我不明白孩子的意思，只好按照他说的做。原来这孩子要做一块可可香草树叶巧克力，嗬！内容够复杂的。我搅拌的褐色泥浆是他们的可可浆，"越黏稠越好，可别偷懒哟，我会奖励你一块最棒的巧克力！"孩子的额头沁着汗水，忙着摆弄橡树叶子。

　　细雨中，有些孩子在点火，小脑袋贴在地面上，吹着吹着，一脸疑惑："怎么一下雨，火苗就胆小了，不出来，还冒烟，是不是雨里面有个妖怪？"

幼师连忙解释水、烟和火的成因，还讲了一个妖怪的童话。

两个孩子坐在几个树枝搭成的椅子上打起架来，旁边的两个孩子见怪不怪，一个在漫不经心地削树枝，一个在摇晃树叶上的水滴。园长说："让他们打去，这也是有氧运动。"

我们吃了一惊：冷酷啊，这样打下去，出了问题怎么办？这在国内，是教学事故呢！

不过，后来我们才知道：雷娅虽然嘴上这么说，可孩子打架时，还是有幼师在一边"观战"，孩子们有危险的举止，他们会过去"怀柔"一下。"战争"结束后，老师还会讲一些打架的危害，等等。

"自己的事情自己解决，"园长说，"打架也不例外，我们得让孩子像树木一样生长，你想想要是树木打起来，有人劝架吗？"

除了爬树，他们喜欢玩泥巴、探险、烧烤、抓虫子、捉迷藏、找鸟蛋、削树枝等。据说，德国已有1500所这样的森林幼儿园，连英美等国家也在引进。

人的
味道
的
III

文／张玉清

牛骨头

秋耕时生产队的"黑瞪眼"跟邻队的一头公牛顶架受了伤，自此一蹶不振，至秋末，眼见伤势难愈，队长便决定杀了吃肉。

喜讯像长了翅膀的鸟，在孩子们中间飞来飞去。当我们急不可耐地等到放学，一溜烟跑到生产队的场边，牛已杀毕，屠夫刘秃头正将牛的内脏剥下恶狠狠地抛在一个大铁盆里。

这时已聚拢了大堆人，队长和会计张罗着分肉事宜。会计手里倒托着一个油腻腻的帽子，里面是白纸团做成的阄。队长在喊："抓阄了，抓阄了。"

人堆里便站出来各户人家的代表，上前来抓阄。一头牛的内脏和蹄血等物数量有限，没法全队人口均分，所以每逢这种时候就把这些东西分成若干份，做好阄，由大家来抓，看运气，抓到"肝"的得肝，抓到"肺"的得肺，抓不到的没有份儿。也不是白给，而是抵肉，比如"上水"两斤抵一斤肉，"下水"三斤抵一斤肉。这是划算的事，因此人们对抓阄极为踊跃。

凡有这样的事，全是我爸出马。我急急地在人丛里寻着我爸，想知道我家的运气。却见我爸不紧不慢地吧嗒着烟袋，根本没去抓阄，而是凑在队长跟前说话。

原来爸是在跟队长商量要用放弃抓阄的权利来换那副牛骨架。

队长说："行，牛头不算，那得留着完了事给刘秃头和帮忙的爷们儿下顿酒，还有你家的肉就抵了。"

爸笑眯眯地点头说："行，行。"

我一听急得都要哭了："爸，咱不要肉要骨头干啥？不要骨头，不要骨头！"

爸用烟袋往我脑门儿上一晃："你懂个屁！"

阄抓完了，刘秃头也已将牛解毕，开始分肉。这时，我爸已将除了牛头之外的所有骨头都装进一个大筐里，又让我将那根粗大的牛尾巴拎在手上往家走。

我爸装牛骨头时人群里就有议论："嘿，不要肉要骨头嘿。"

"这牛骨头比肉上算？"这是奚落和疑问。

"七叔是精细人，他要骨头必有道理。"

"道理个屁，老七这回可是走了眼了，刘秃头一副好刀法，那骨头剔得一丝肉不留，啃都没地方下嘴。"众人哈哈地笑起来，刘秃头也得意地笑。

我跟在爸后面走，打量爸背筐里的牛骨头，果然每一块都白森森不见肉星，心里一边埋怨爸糊涂，一边恨死了刘秃头。

到了家，我娘早已迎在院子里，一见我爸背来一筐牛骨头，立刻变了脸。我爸重重地放下筐，喘了口气，说："一口人一斤，咱家总共才分四斤肉，我把它换了这筐骨头。"

我妈说："换骨头干什么？这骨头上一点肉都没有。"

我爸说："咱炖着看，看有没有肉！"

爸搬了三块石头，在院子中央摆成"品"字形。我家有一口大铁锅，因为太大，只有村里谁家有事要做几十人的大锅饭时才来我家借走用，平时它便倒扣着弃在院子的一角。我爸把这大铁锅"嘿"的一声搬起来架在石头上，就成了一个露天灶。爸吩咐我娘把锅刷干净，吩咐我去三大妈家借来一柄大铁锤。

爸已经担了一挑水放在院子里，先将我家门口的石台阶冲刷干净，又亲手将铁锤也在清水里洗了两遍，这才要我帮着他开始砸牛骨头。

就在洗净的石阶上，爸用铁锤，将筐里的骨头一块块拿出来砸。牛骨头硬逾铁石，爸脱了夹褂，让我躲开些，蹲起身子，抡圆了铁锤奋力砸。砸了足足一个小时，才将那些骨头全部砸完，爸累出了一身汗，我在一旁帮忙，也把双手震得发麻。爸把这些骨头用清水洗了一遍，全投在大铁锅里。

娘抱来了棒秸，正要添水点火，爸却拦住了，说："慢，先别点火，这东西得用硬火炖，等我去拾些好柴来。"

爸说完，背起装牛骨头的大筐，拿了把镰刀，拽上我去了村东的树林子。

爸告诉我别捡地上的枯枝败叶，地上的只捡粗的树枝，又让我仰起头往树上找，找树上已风干但还没有掉下来的干树枝。爸说干树枝烧起来有火力，这样才能把牛骨头炖好。

天快黑下来了，不远处的村子里已飘出了炖牛肉的香味。爸很沉着，把弄到的干树枝一根根折断，长的捆成一捆，短的装在筐里。爸说："行了，够了。"就将好大一捆树枝扛在肩上，让我背着那只筐，回家。

到了家，爸吩咐妈用屋里的锅灶先做饭，吃完饭再炖骨头。我等不及地说："还不赶快炖骨头呀，人家可都吃上了呢。"

我爸说："赶快炖今天也吃不上了，这骨头得炖一宿呢。"

吃了晚饭，爸放下筷子就去烧火炖骨头。先用一把棒秸点着塞在锅灶下，然后把我们弄来的干树枝放到火上，树枝立刻噼噼啪啪地燃起来。

爸蹲在灶前，看着火势填柴，让火始终保持旺盛的势头。

娘拿来了葱姜大料，爸却急忙把这些炖肉的作料从娘手里拿过去，说："什么也不能放，先用白水熬。你们谁也别插手，全由我来管。"

娘说："你弄什么呀？"

爸胸有成竹地说："你们该睡觉睡觉去，明天早晨再来看。"

娘嘀咕了一句回屋哄妹妹睡觉去了，我不肯走，凑在爸跟前。爸专注地填着柴，火光把他的脸映得红通通，爸的脸上带着点让人捉摸不透的意味。

锅盖下沸腾的水咕噜噜地响着，诱人的肉香由淡至浓地溢出来。我坐在爸身边咽着口水，一边不住在打瞌睡。爸却不停地填柴，我们拾来的柴连一半也还没有烧下去。

我实在忍不住了，问："爸，还没熟呢？"

爸说："得等这些树枝都烧完才行，你先去睡觉吧。"我一听泄了气，便极不情愿地回屋。砸骨头拾柴早把我累得够呛，回到屋里头一落枕头就睡着了。

半夜里我醒了一回，迷迷糊糊从窗子往院里看，见灶上已没了火，只剩一堆余烬一闪一闪地在黑暗里亮着，爸仍静静守在灶前，看不清面目，嘴上的烟袋一明一灭。

我轻轻敲了敲窗玻璃，小声叫："爸——"爸听见了，起身掀开锅盖捞了两下，用碗端进来一块骨头，小声说："吃吧。"

我抓起骨头来啃，上面只一点点筋肉，炖得十分酥烂，入嘴即化一般，淡巴巴没味道。我把碗扔在炕上，就又睡了。

第二天早上，我刚醒来，爸便在院子里喊我们出去看。

爸掀开锅盖，我们惊讶得张大了嘴巴。只见锅里一片白汪汪，牛骨头炖出了油，这些油凝固成了一个光润莹莹的镜面，天哪，那是小半锅的油啊！

爸在一旁笑眯眯地吧嗒着烟袋，脸上那么得意。他的眼睛里网着红丝，可能是守了整整一夜没有睡。

娘也非常高兴，十分佩服地看了爸一眼，在爸的指挥下她端了个大盆出来，拿了铲子去铲锅里的牛油。那是个穷年月，这么多的油简直是一家人的宝贝呀。

厚厚一层牛油下面是碎牛骨头和肉汤，待娘把牛油铲净，爸让娘往锅里放了作料和盐，把捞出的骨头和剔下的肉重又放进去，灶下填把柴点燃，又煮上一小会儿，这才出锅。

牛骨头上的一点点肉星几乎都炖化了，汤却稠得像粥。那顿饭，我和妹妹吃得狼抢一样。那是我童年里吃得最香的一顿饭，炖牛骨头！

那些牛油，娘整整铲了一满盆，我家整整吃了一年，一直吃到了第二年的秋天。

文 / 杨　雷

山上的父亲

父亲大学毕业后当了镇上的初中语文老师，算起来已经 20 多年了。那时候，上过大学的人凤毛麟角，所以父亲在村里很受人尊重。我小时候为有这样的父亲而骄傲，那时的愿望就是长大了成为父亲一样的人。可一切在我 18 岁那年发生了翻天覆地的变化，父亲不再是家里人的骄傲，反而变成了怨恨的对象。

事情要从我 18 岁生日那天说起。为了庆祝我的生日，父亲特地从镇上买了个大蛋糕和几箱啤酒，并请了亲戚朋友来参加。父亲那天很兴奋，喝了不少酒，就在大家觥筹交错之际，父亲醉醺醺地对我说："从今天起你就是成年人了，以后凡事要靠自己。我养了你这么多年，也算是尽到责任了，我要去做我想做的事情了。"我问父亲他想做什么事，父亲说："我打算搬到山上去住，不教书了。"众人一听都愣了，母亲赶忙打圆场，说父亲喝醉了，在说胡话。大家都以为父亲在说胡话，谁也没有说什么。

第二天，父亲像往常一样出了家门，我和母亲都认为父亲去学校继续教书了，可很快父亲又回来了。母亲问父亲怎么回事，父亲说他辞去老师的工作了。母亲以为父亲昨天的酒劲还没缓过来，就问父亲是不是在开玩笑。父亲有些不耐烦地对母亲说："我没有开玩笑，我说的是真的！我当了 20 多年老师，早就当够了！明天我就搬到山上去住！"母亲听完父亲这番话，顿时火冒三丈，指着父亲愤愤地说道："我看你真是疯了！老师这么好的工作，别人打着灯笼找都找不到。你倒好，说不干就不干！你还要到山上去住，你到山上去干什么？""我厌烦了现在的生活，想换个活法。"父亲说。"你换出活法了，我和孩子怎么办？你不怕别人看笑话，我还怕呢！"我看到母亲眼眶里盈满了泪水。"别人爱怎么说怎么说吧！人活着不是给别人看的，是给自己看的！"父亲看了我一眼，继续说："我当老师挣的工资都给你和儿子，我一分钱也不要！儿子现在大了，也该自力更生了。"母亲听完父亲的话，什么也没有说，蹲在地上呜呜地哭了起来。

　　第二天父亲带着衣服和被子到山上去，我也跟着去了。到了山上，我发现有一间简陋的小房子，里面有一张床和一些简易的做饭工具，我忽然明白了，父亲打算住山上原来是"蓄谋已久"的。我问父亲非要住在山上吗，父亲说："谁想活出自己就必须与尘世保持距离。"我又问父亲打算在山上待多久，父亲说："可能几个月，可能几年，也可能直到死。"接下来的两年，我时常给山上的父亲送些生活必需品，母亲在一旁看着没说什么话。我不知道母亲心里怎么想的，或许她还在等着父亲有天能回心转意从山上下来吧。

　　自从父亲到山上住之后，我发现村里人看我和母亲的眼神有些异样。我有时候觉得父亲挺自私的，但一想到父亲谈到活出自我时的激动神情，又觉得父亲不仅应该得到原谅，而且值得赞扬。

　　因为他生活在另一个高度，一个很多人终其一生都无法到达的高度。

文／张　炜

炕和猫

"狗在地上，猫在炕上"，这是外祖母常说的一句话。她的意思是，猫和狗是两种不同的动物，对待它们要有原则，不能乱来。比如说狗上了炕，她会马上严厉地斥责，让它快些到地上来，不然就打它了。猫蜷在炕上，她从来没有不满意过，有时还主动地把它抱到炕上。

有一段时间，我从学校或林子里回家，第一件事就是看看炕上有没有猫。其实猫也有自己的事情，它常常不在家里更不在炕上，而是去林子里、去其他地方做点什么。它主要是贪玩，其次是要了解外面的世界。

我发现猫喜欢的地方与我们一帮朋友大致相似，比如林子、园艺场和村子等。它如果不按时到这些地方去转一转，就会寂寞。它还会与另一些猫在一起打打架什么的，这与我们也差不多。

不过猫一定会按时回家，待在炕上。那时候它很正经，好像从来没有胡闹过似的，表情十分严肃。我有时与它一块儿待在炕上，长时间看着它严肃甚至还有些忧愁的小脸，用力忍住才不会笑出来。它在思考什么大事？

它真的像一个智慧老人，长了两撇胡须，永远皱着眉头。我伏在炕上，与它面对面看。这时它一点都不理我，只偶尔半睁眼睛看看我，然后重新闭目思考。

可是我不会容忍它一直这样严肃下去，我要和它玩，无论它愿意与否。我捏捏它的鼻子，亲亲它的额头，握住它又软又小的一对巴掌。在这个世界上，谁的鼻子长得比猫更好看？圆圆的、直直的，还有一层粉细的绒毛，摸一摸有一种美妙的手感。

它偶尔也会停止思考，让我玩一会儿。但是它如果正想着某种大事，就一定会千方百计地挣脱我，去另一个地方待着。它会从炕的这一头挪到另一头，有时干脆冲出屋子，跑到灌木丛中，或者爬上高高的树杈，趴在那儿思考。

猫是所有动物当中最善于思考、花费思考时间最长的一种。当然它不会透露自己思考了什么，这一点也跟我们差不多：平时谁也不会将自己思考的内容公布出来，除非是写作文。

我在炕上写作文，然后就读给猫听。它听得很认真，一字不漏。读完了，我抚着它的头，想知道它的意见。它先要安静一会儿，接着就舔起了巴掌，一下一下洗脸。我明白，它的这种动作是对我表示最高的赞美。

随着冬天的挨近，猫在炕上待的时间越来越长了，炕洞里有热气，炕上热乎乎的，它伏在炕角打着呼噜。因为家里人都忙，外祖母也多半时间在院里，这时也就只有猫在屋里了。它守住了一个家，使这里不至于空空荡荡的。我背着书包回家，首先向猫报到：我回来了。

狗有时也要钻进屋里，在炕下徘徊。它急得团团转，却不敢上炕。它嫉妒炕上的猫，时不时地将前爪搭到炕沿上看，但最终还是没有跳到炕上。猫对急躁的狗睬都不睬，根本不正眼瞧一下，因为它心里再明白不过：狗是没有资格上炕的。

冬天终于来了。这里的冬天多冷，北风呼呼刮，雪花零零碎碎飘下来，滴水成冰。这个时候无论是园艺场还是林场、周围村子的人，全都躲在家里了。而全家的中心就是炕，炕洞里燃起了木柴，烧得噜噜响。

一家人都坐在炕上抽烟，吃地瓜糖，讲故事。如果有串门的人，也一定请他脱了鞋子上炕，和全家围坐一起。这时炕上的猫不再独自思考，而是用心听着每一个人讲话。它大概听得懂所有话，一会儿看看这个，一会儿看看那个。

它最爱去的地方是外祖母的怀抱，她抱着它，一会儿抚摸一会儿拍打，有时还要往胸口那儿拢一下。

母亲说："猫跟你姥姥最好，她们关系最近。"

我问："它和我怎样？"

母亲说："差多了，它不喜欢你。"

我心里有些委屈，因为全家人谁也没有我花在它身上的时间多，我总是和它玩啊玩啊。"为什么啊？"我问。

母亲说："你不让它清闲。"

文 / 李家同

玛利修女

老杜是我电机系的同学，他一直和我们不太一样，我们念书都是应付考试的，老杜却不同，他随便念一下，就可以应付考试，所以他念书永远念得非常彻底。我们选课的时候总是选容易的，他却不然，在大学的时候，他就到数学系去选课，而且他也将电磁学念得非常好，远远比我们念得好。

老杜毕业以后，进了一家小公司做事，当时大家都热衷数位线路，只有他一个人做的是类比线路，我们都觉得他有点头脑不清楚。没有想到的是，多媒体电脑来临以后，他练好的功夫大为有用，全国会设计类比电路的人非常少，他也自己开了公司，公司的股票一涨再涨，老杜的身价也一涨再涨。我们都非常羡慕老杜，总觉得老杜为什么如此聪明，无论做什么事，都做得这么好。

可是我们人家却有一种奇怪的感觉，那就是老杜不是那种以赚钱为唯一目的的人。不论他赚多少钱，他不会因为他赚了这么多钱就心满意足了。

过一阵子，老杜开始追求别的东西了，他常常出国，但出国不是在于推广公司的业务，而是为了追求一些精神上的满足，他常到各种静修的地方去，照他讲，他到的地方都是有名的地方，也常常听到有名的宗教领袖讲道，可是他一直对这些讲道不太满意。他常常觉得这些高僧讲的道，不是听不懂，就是了无新意。

老杜所想要得到的是生命究竟有何意义。我们这些学电机的人当然帮不上忙，他老兄花了好多钱去探索生命的意义，也常以静坐的方式去悟出生命的意义，照他讲，他是越悟越糊涂。

有一天，老杜忽然打电话给我，平时他讲话向来是痛痛快快，这次他却欲言又止，原来他说他要去找一位他过去的一个女性朋友，这位女性朋友姓张，老杜在大学时参加过山地服务社，就在那时候他认识张小姐，也有些来往，虽然我们不能说张小姐是老杜的女朋友，但是人人都知道老杜非常心仪张小姐的。

大学毕业以后，老杜告诉了我们一个令他心碎的消息，张小姐决定去做天主教修女了，她参加的组织专门替原住民服务。老杜虽然有失落感，当然也很佩服她，张修女发终身大愿的时候，老杜曾经去观礼，他站得远远地观看了全部的仪式，事后就永远不再提张小姐了，毕竟人家已经是修女了。

这次老杜告诉我，他终于找到了张修女，她在好远的山地村落替一群小孩子服务，这些小孩子家里发生了一些变故，张修女在照顾他们。老杜说，这二十年来，张修女从未离开过那个山地小村庄，她一定会告诉他生命的意义何在。

我同意他的看法，可是我不懂为什么老杜要告诉我这件事情。原来老杜想去看她，但不敢一个人去，他要我陪他一起去，替他壮胆。老杜已经四十几岁的人，一夜之间，变成了小孩子，也难怪他，谁敢去找一位修女呢？

我们两个人开了车，终于找到了张修女工作的地方，一进去，迎面而来的就是一些闹得不可开交的小孩，那里有好几位修女，我们问了一阵子，找到了张修女。张修女看到我们，很和气地问我们来的目的。我们说我们是来捐钱的，于是张修女就带我们去她的办公室，到了办公室，老杜再也按捺不住，他告诉张修女他的名字。

张修女听到老杜的名字，大吃一惊。她说她完全没有想到他会来这么偏远的地方。她虽然在这二十年来，从没见过老杜，却在报纸上常常看到这位电子新贵的消息。她说她常常替他祈祷，但是她没有说她祈祷的意向，我猜这绝对和赚钱无关。

张修女却不是一个闲人，那些调皮的小孩子不停地去告状。一个小女孩说一个小男孩偷吃了她的饼干，张修女给她一块新的，却引起一大堆小孩子都来要饼干。一个小男孩摔了一跤，哭着来找张修女，张修女将他抱了一阵子，他才不哭了。

就在这种纷纷扰扰的情况之下，老杜向张修女说他这几年来一直在寻找生命的意义，但一直搞不出所以然，他相信张修女一定知道答案。

张修女的答案才真令我们大失所望，她说她其实是一个很没有学问的修女，对于神学知道得少之又少，如果硬要说明生命的意义，她可以去查书，但她相信，书上的答案老杜早就知道了，也不会使他满意的。她还调皮地问老杜，如果像他这么聪明的人都无法了解生命的意义，谁能了解呢？

就在张修女和我们聊天的时候，另一位修女来了，她暗示厨房在等她烧饭。我和老杜到了这个时候，已经饿得发昏。之前小朋友拿饼干的时候，我们两人也分到了一些。不过这实在不够，我们也知道附近没有什么饭店，要想吃饭，一定要随着张修女进厨房去。

一进了厨房，张修女就给了我们每人一件围裙，我们立刻想起了"天下没有白吃的午餐"的意义。

要烧一顿饭给几十个人吃，尽管多数是小孩子，当然也不是易事。我们两个人手忙脚乱地帮忙，等到饭菜上桌，我们又被分派去不同的桌子管小孩吃饭，因为这两桌的原来老师正好休假。这些小孩发现有客人来，纷纷发起人来疯，有一个小孩，每一口饭都要老杜喂他，有一位修女来指责他，老杜却替他辩护，他一方面胃口奇佳，一方面被这些小孩闹得快乐无比。

吃完饭，我们两人以为可以休息了，没有想到张修女命令我们带孩子们去睡午觉，这些小孩子一点也不怕我们两个人，我们花了九牛二虎之力，才将这些孩子哄睡着了。

张修女在她的办公室里再度招待我们，也倒了茶给我们喝，老杜喝了茶以后，向张修女说："我现在懂得你为什么二十年来没有离开这个工作了，你这样的生活的确是有意义的。"

修女点点头，她说："其实我从来就弄不清楚生命的意义，但我知道如何过有意义的生活。这么多年来，我一直扮演着好母亲的角色，好多小孩子也因此有了母爱。任何人只要肯全心全意地去帮助别人，都会感到自己的生活是有意义的。生命的意义也许难懂，要过有意义的生活，却不是难事。"

老杜点点头，他说在替那个撒娇小孩喂饭的时候，他觉得他活得好有意义，至于生命的意义是什么，他大概从此不想去研究了。他从此要过有意义的生活。

张修女说她知道老杜是一个聪明的人，他一定能够领悟如何过有意义的生活，所以她没有讲什么大道理，仅仅将他拖下水，让他尝尝帮助别人的快乐，果真老杜很快领悟了。

我们要告辞的时候，张修女找到了一盒伯爵红茶送给老杜，她说她记得老杜在大学生时代很想喝伯爵红茶，可是没有钱买来喝。当时她家比较有钱，有时还请他。可是现在她不能喝这种昂贵的红茶，因为她已经没有任何收入，喝不起这种奢侈品。她告诉老杜，自从毕业以来，她没有赚过一毛钱。

老杜收了伯爵红茶，脱口而出："小云，谢谢你。"小云显然是张修女的名字，张修女只好告诉他，她早已不用这个名字了，在这里，她是"玛利修女"。

老杜发动车子以后，向车子外面的张修女说："玛利修女再见！我会过有意义的生活的！"

这是二十年前的事，老杜在台北从此一直照顾一批家遭变故的小孩子。我有一次看到老杜带着一个小男孩去买夹克，我也曾经见到他请几个小孩子吃饭，他最厉害的一点是能教一些高职生电机。尽管他的事业非常成功，他从未停止这种工作。

而我呢？我二十年前在德兰中心开始做义工。我的教书生涯应该算是很顺利的，做到了大学校长，也得到了好多学术界不易得到的奖项，但我总觉得我的生活之所以有意义，是因为我一直在帮助不幸的孩子们。

我们两人都已是六十五岁，头发虽白，但仍健在，玛利修女却已在前些日子离开了人世。去世之前，她一直在乡下一家小医院接受治疗，有人建议她转诊到台北的大医院，她拒绝了。她说对世界上绝大多数人来说，这种大医院是奢侈品，她不愿意享受这种奢侈品。她去世之前，也有一些令她记挂的事，都是有关孩子的事，某某孩子扁桃腺发炎，某某孩子手臂开刀。有一个国中毕业的男孩子到台中去找工作，一直找不到，后来打电话来，他找到了随车送货的工作，修女听到了以后，安心地闭上眼睛，从此没有再醒过来。

我们当然都去参加了玛利修女的葬礼。弥撒开始，前面的座位是空着的，在合唱声中，一百多位玛利修女照顾的孩子们两个一排地走了进来，我从未听过如此好听的圣歌大合唱。当修女的棺木离开教堂的时候，一个小男孩好大声地哭喊："玛利修女，不要走！"

　　我们两人不约而同地想起了玛利修女所说的话，"我不懂生命的意义"。其实她是懂的，她知道生命的意义是无法用文字诠释的，她选了另一种方法来诠释她的想法，她将她的一生过得非常有意义，"有意义的生活"应该是"生命的意义"最好的诠释了。

文 / 燕垒生

瓷　枕

　　20 世纪 70 年代末，温州有两个朋友，一个姓舒，一个姓王。王某自幼被人视为聪明种，舒某却有傻瓜之称，但两人一块儿长大，感情很好。舒某和王某两人都家境贫寒，又读不成书，相约出去找口饭吃。他们做的是鸡毛换草纸，也就是弄一些草纸跟住户换鸡毛，然后做成掸子再卖。

　　有一年夏天，舒某背着几捆草纸经过一个小巷，有个老太太叫住他要换草纸。只是鸡毛不多，老太太见换不了多少草纸，就问："旧东西收不收？"舒某说收，老太太从屋里拿出一个瓷枕说："那这个也换了吧。"瓷枕是过去夏天用的凉枕，现在用的人非常少了。舒某见这瓷枕是个猫形，做工并不好，也没什么花纹，好在很完整，心想虽然卖不出价，但现在天正热，正好拿来用，便答应了。

　　回到住处，王某也回来了，他却换了不少鸡毛，见舒某拿了个瓷枕来，就问他怎么弄了这么个东西，舒某就说了经过。

　　他们为省钱，住在一幢废弃的破屋里，天又热，蚊子也多，每晚睡觉都是个苦事。本来两人因为苦热难熬，躺下后总要聊聊天，说说将来发财后的情景，可这晚舒某头一挨瓷枕就睡着了，第二天天大亮了还没醒。接下来几天更是酷热非常，小镇上换草纸的也越来越少了。每天一回来王某便唉声叹气说生意越来越难做，但舒某却很乐观，说来日方长，总会有出头之日的，然后倒头就睡，蚊虫和炎热对他来说似乎如同无物。

过了几天，他们到另一个镇上去，连破屋都找不到，两人只好窝在桥洞里。王某照例又是抱怨不停，但舒某每天天一黑就呼呼大睡，醒来后神清气爽，很有精神。王某终于忍不住了，问舒某怎么这么有精神。舒某笑了笑说："我每天在梦里过着神仙的日子呢。"

王某大感好奇，就追问下去，舒某说那天他枕着瓷枕睡觉，正睡得迷迷糊糊的时候，听得有人叫自己的名字，睁眼一看，却见一大群人围着自己，将自己迎入一间富丽堂皇的大屋子里，被褥什么都精美绝伦。一进去，便有人送上洗漱用品，又端上来饭菜。

第二天睡觉时，舒某又做上了梦，而且和昨天的梦还是连着的。虽然只是个梦，但晚上如此享受，白天吃点儿苦就不算什么了。王某听了很是羡慕。

这一天恰好下起了大雨，他们出不去，便在桥洞里待了一整天，做做鸡毛掸子。虽然正是伏天，但下了场透雨，晚上还有点儿凉，舒某便没枕那瓷枕。王某还在想着舒某一睡就能做好梦的事，却见舒某辗转反侧，老是睡不着，就问他今天怎么回事。舒某说："我也不知道，难道凉枕枕惯了，不枕就睡不着？"于是便拿出瓷枕来枕着，说来也怪，一枕上瓷枕，舒某便呼呼大睡。第二天醒来，他喜形于色地说："我知道了，原来这是个游仙枕啊。"

说游仙枕，王某也明白了，因为《三侠五义》里就讲到过游仙枕，他们以前也听到过。王某一听更是羡慕，说："那今晚让我枕着试试。"当晚舒某便将瓷枕给王某用了，这一晚他自己睡不熟，可王某却睡得舒舒服服，第二天还是舒某把他叫醒的。王某一醒便说："这真是个宝贝！"原来他也做了这么个梦，在梦里一大堆人把他服侍得周周到到。

这天他们又出去鸡毛换草纸，等舒某回来，弄好了饭，却一直不见王某回来。他担心王某出事，便出去找。找了半天，在镇尾一家小卖部里才听卖货的老太太说是有这么个人，不过他背了个小包走了。

舒某听王某背了个小包，心里便是一沉，回去一看，果然那瓷枕不见了，他没想到这个情同手足的好友居然会做出这种事。只是王某身边的鸡毛和草纸都没带走，舒某没办法，只得把这些东西换光了才回去。等把带出来的草纸换光，鸡毛掸子也卖完了，带了一百多块钱回家，已到了年根儿。他一回家就去找王某，却见房门紧闭，没有人影。问起隔壁，都说没见他回来过。舒某也没办法，日子还得过，过完年他又出去做事了。

现在出去，晚上睡觉又成了苦事，回想起枕着那个凉枕时做的好梦，真是恍若隔世。不过虽然现在没了凉枕，但日有所思，夜有所梦，有时也会梦见自己到了那幢大宅院前。说来奇怪，梦中刚要进去，便被那些看门的轰了出来，怎么都进不去。后来，舒某再不去想了，一心一意地干活，发誓将来一定要买这样一套大宅院。

到20世纪80年代，舒某也积了几百块钱，就干上了买卖。他做生意倒很有点儿才华，这样过了几年，他已经开了个小公司，每年也能赚个好几万。他发了个狠，买了一整层底楼。过了几年，一下升值百倍。舒某自己另买一套别墅，虽然没能和当初梦中那样衣来伸手饭来张口，也算过得滋润丰满，只是每天做梦却尽是到处奔波，苦不堪言，几乎连个安稳觉都睡不成。

有一天他开车回家，在门口见到一个破衣烂衫之人，一眼认得是久无音信的王某。虽然穿得破，但王某气色很好。舒某不记前仇，马上把王某请进来。

　　王某看见舒某，羞愧难言，问起这些年的事，王某犹豫了半天才说。原来那一日王某偷走了游仙枕，不敢再回家，就到处打零工度日。虽然日子苦，但有这游仙枕，晚上却过着天堂里的日子，所以王某便安于现状，十几年都混过来了。因为睡得好，心情愉快，人并不见老，只是年纪到底大了，体力活已做不成。上个月，他睡觉时不小心把瓷枕摔得粉碎。这回王某傻了眼，只得回来，结果回家一看，左邻右舍都发达了，就自己落魄成这样，更羞于见人。

　　舒某听他说完，暗暗叹气，给王某在自己公司安排了个轻松的活儿，心想当初自己若一直留着游仙枕，说不定也会和王某一样沉溺于此，失去进取心。只是自己真个发财了，这些年的日子却也未必比王某过得舒心，真不知孰得孰失。

文 / 李　晓

人的味道

　　一个人想起另一个人时，有时扑进脑海的往往不是那人的相貌，而是那人身上散发出的体味。

　　我的朋友孙二说，他想念去世多年的母亲，就有一种老咸菜的味道扑鼻而来。那些年，母亲蹒跚着去河边淘菜，然后风干，用盐巴腌渍在坛子里，作为一家人的下饭菜。而老咸菜的气味，也几乎把瘦小的母亲浸透，她身上弥漫出来的，就是那种味道。孙二说，而今他看到老咸菜，就忍不住要掉泪，鼻子一翕动，母亲恍若就站到眼前来了。

　　我追忆离世三十多年的爷爷时，是一种浓浓的汗味和烟叶味道。爷爷活在世上，辛劳一辈子，就是一头不停耕作的老牛，他肩膀上，有一个驼起的肉疙瘩，那都是肩挑背扛时隆起的。爷爷最享受的间隙，就是吧嗒吧嗒抽旱烟，不断往地上吐痰，痰里也有烟叶味。我看到的爷爷，常年就是汗水滴淌在脸上、胸前的样子，他从山冈上回家，一进门，风带进来的，就是他身上的汗味。爷爷去世了，奶奶把他生前穿的那些破衣服，都拿到坟前去烧了，风中飘着的，还有他留在衣服上的汗味、烟草味。

在一座老宅里，落叶在风中翻卷，我同邱老先生回忆他去世多年的老太太。老先生抽抽鼻子说，他又嗅到老太太身上的气味了。老先生望着我，目光如深潭，他说，那年他娶亲，也是在这座老宅里，东城那边的她坐着轿子，吱吱呀呀来到宅院，新娘子那销魂的气息，是一种麝香的味道。那种味道，在岁月里渐渐幻化成粗布衣裳在太阳下晾晒后的味道。老先生说，老太太生前，是一个相当爱整洁的人，每天都要把自己收拾得干干净净，就是咽气前的第三天，老太太还挣扎着起身，对着镜子一丝不苟梳理着头发。而今老先生还留着老太太的几件粗布衣裳、一绺发丝，想她时，就取出来嗅一嗅，老太太又栩栩如生来到他面前了。

开馆子炸油条的熊胖子，他身上是一股麦面发酵后的气息。熊胖子的小馆子开在一个斑驳老墙上长满绿毛的巷子里，桌子上积淀了一层发黑的油垢。我有天在那里喝豆浆吃油条，看见桌上用刀刻着一行小字："陆小琴，我爱你，我要请你吃油条。"我这人有一怪癖，自从来到城里后，就喜欢闻那种草丛中的牛粪味、袅袅炊烟中的农家饭菜味，对人，也是一样的嗜好，喜欢闻闻他们那种来自大地深处的气息。熊胖子在城里的存在，满足了我这种癖好。熊胖子身上弥漫出的那种麦面味，被我闻到了，比一个诗人在电脑前对乡村麦子抒情，更让我心里舒坦温润。

还有我去乡里采风时认识的农民朋友老郑，二十多年前，他不到一岁的儿子在赶集时弄丢了，老郑两口子走过了这个国家的高山丛林，阡陌纵横，啼血呼唤，都没有儿子的一丝消息。而今好多年过去了，老郑两口子逢年过节，都还要在桌子上摆上碗筷，唤着儿子的乳名，等他回家吃饭。有一天他家里炖了腊肉，我在他们家吃饭，吃着吃着，老郑突然失声大哭，他想起走丢的儿子了，那是他心头活生生撕扯下来的肉啊。

老郑抓住我的手说，娃娃身上的奶味，我还忘不了……

还有赶蜂人刘老大，成千上万只在花丛中采蜜的蜜蜂，都归刘老大统管。我那年看见他坐在阳光下的蜂箱前，笑眯眯等蜜蜂回来，如看见拈花微笑的老僧。刘老大坐着乡里最后一辆拖拉机来到城里，给我送来一罐蜂蜜，他一进屋，感觉屋子里充溢着一股蜜糖气息。

人活一世，草木一秋，活出一个人味儿，就已是尽心尽力了。

文 / 丁立梅

堂哥卜子的"传奇"

　　我的整个少年时代，都被一个叫卜子的堂哥激励着。那时，村庄闭塞得有些孤寂，可因为有堂哥卜子在，一切便都明丽起来。父亲和母亲，念想有朝一日，他们的孩子，也会成为卜子。那是黑里头的亮，再清苦的日子，也有了奔头。

　　闲暇时，父亲总要给我们讲讲卜子。他深吸一口水烟，目光迷离地朝着南方，那是卜子所在的方向。他说，卜子啊。我们就聚精会神起来。在一边纳鞋底的母亲，手上的动作明显放慢了。门外槐树上小雀们的叫声，也似乎放轻了许多。

　　父亲爱讲卜子小时候的糗事。这让我们有种错觉，卜子与父亲无比亲近。陌生且遥远的卜子，因此便跟我们也亲近起来，他是我们的荣耀和骄傲。有一件事父亲讲过不下二十遍，说卜子五六岁时，到舅舅家做客，大人们不拿小孩当回事，不让他坐席上，让他蹲灶角边吃。他竟掉头就走，发狠说，再不去这个舅舅家了。后来，果真有好多年都不肯去舅舅家。那么小的人，就那么有骨气，父亲赞许道。母亲在一旁开口了，要不是那么有骨气，他哪会过上现在的好日子。

　　堂哥卜子的好日子，被众多亲戚津津乐道，在我们贫瘠的想象里，是锦绣无端的，早已成为我们这个家族的传奇。卜子原也是一普通农家青年，高中毕业后，在村里做代课老师，娶得村支部书记的女儿为妻。书记女儿却嫌他难看，瞧不起他，甚至红杏出墙。他愤而离婚，南下求学，历尽辛苦，最后考上名牌大学。毕业后分配到南方，娶了个年轻貌美的广东姑娘，住着大洋房。在我们尚不知荔枝为何物时，他家的荔枝成篮成篮的吃不掉。

　　不知什么原因，卜子自打去了南方，就再没回来过。每年春节，都要谣传一阵他要回来的消息，各家早早做好接待的准备，最后，却全都落了空。我盼望见到卜子的心情，格外强烈。在兄妹几个中，就数我成绩最好，父亲说我极有可能踏上卜子的脚印。卜子成了我的一面旗帜，一个标杆。我却从没见过卜子，我的兄妹也都没见过。连我的父亲，说起卜子的样子来，也是模糊不清的。

　　这让我疑惑，卜子与父亲到底有多亲？搞了好久我才明白，原来卜子是一个远房伯伯的儿子，这个伯伯平日与远亲们少有往来。这种情形有点滑稽，我们已对卜子熟稔到骨头里，他却连我们是谁都不知道。

　　失望是有的，但转而又高兴了，因为父亲说，卜子的家族观念特别强。某某本家的孩子，去投奔他了，他给那孩子安排工作了。这让我们听着很安心。

　　我初中毕业那年，堂哥卜子终于回乡，家家都兴师动众宴请卜子。我家也打扫干净庭院，办好酒菜，专等着迎接卜子的到来。父亲一早就骑车上路了，到几十里外的卜子家去，隆重地邀请他。我们眼巴巴等了一天，父亲回来却失望地说，卜子太忙了，家家都请，一天要吃六顿呢。父亲带回来一袋话梅，一袋椰子糖，还有一盒酥饼，说是卜子给我们兄妹几个的礼物。我们就着昏黄的灯光，翻看着卜子给的礼物，听父亲讲在卜子家的见闻，他家门前花团锦簇，人来人往。

　　我念高中时，参加一次大型作文竞赛得了奖，父亲怂恿我给卜子写封信，向他汇报这件喜事。我铺开信纸，抬首写，尊敬的卜子哥哥。打下无数的草稿后，给全家人念了两遍，大家都说好，我这才郑重地把信寄出。

　　期待堂哥卜子回信的日子，是忐忑着的。每次走过收发室门口，看见收发室里那个胖阿姨，我总心跳如鼓。我每天都有些讨好地冲她笑，叫她阿姨。终于有一天，她从一堆信中，抽出一封，对我扬扬，说，是你的吧？我一眼瞥见信封上赫然印着南方某大单位的地址，呼吸变得急促。胖阿姨也瞟一眼信封，随口问了句，你家什么人在那边？我匆匆答，我哥。抓起信就跑。我不知道我为什么要跑，似乎那颗快乐与骄傲的心，唯有奔跑，才能盛放。

　　卜子的回信，成了全家人的幸福，大家有事没事就让我拿出来念。在信里，卜子夸我真是了不得，他说我一定能考上好大学，为我们这个家族争光。父亲到处传播这事，弄得亲戚们看我的眼神，也充满了艳羡，仿佛我已经出息起来。这无形中给了我巨大压力，我拼了命地学习，朝着堂哥卜子指引的方向，快马加鞭。

　　我成功了。收到录取通知书的那会儿，我恨不得立即飞到南方去，让堂哥卜子看看。我决心去看他。父亲十分支持，自打我考上后，父亲整天神采飞扬，走哪里胸脯都挺得高高的。我家也出人了！父亲处处显摆。去，去让卜子看看，父亲说。

　　我背上家里的土特产，坐了一天一夜的长途车，终于抵达。不知是不是天色渐暗的缘故，出现在我眼前的城，并非想象中那般华丽，而是灰灰的。堂哥卜子站在一根路灯的柱子下，对我伸出手，客气地说，是妹妹吧？我站在向晚的风里，傻愣愣看着他，我不能相信，眼前的这个人，就是我念念了这么多年的堂哥卜子。他怎么会是卜子呢？他秃着头，瘦削的脸上，爬着横一道竖一道的皱纹，穿一件皱巴巴的白衬衫。

　　他提起我的行李，拦了辆出租车。我木偶一般跟着他，穿街过巷，最后，走到一个老住宅区。三楼，楼道阴暗，我走得磕磕绊绊。他不时回头关照我，妹妹，小心啊。我马上要换大房子了，这里暂时住着，他解释道。

我点头，答一声，哦。鼻子却酸酸的。他家两室一厅的房，因我的到来，显得有些拥挤了。

堂哥执意带我去饭店吃饭。街边小饭店，堂哥点了三五个菜，要了一瓶酒。他不停地招呼我吃菜。喝着喝着，他的话多起来，说起这么多年他一人在外，老家人都以为他做了大官，凡是跟他家沾点边的，都想奔着他来。妹妹，你知道吗，我也不过是个办事员，混了十几年，才混个科级，能办什么事？求人半天，才把一个远房表弟安排进了一家单位做保安。他说他最怕回老家，千里迢迢回去，要准备一大堆礼物，每家亲戚都要照顾到。他说堂嫂一直没工作，女儿的教育费用又高……

那天堂哥卜子还说了些什么，我记不清了，只记得，他眼泪糊了一脸。第二天酒醒了，他看见我很不好意思，悄悄问我，我没乱说什么吧？我说没有。他跑出去买几只芒果回来，说，这是南方水果，你一定没吃过。他女儿回来看见芒果，想吃，他用眼神制止住了。后来，我在厨房门口，听到他对女儿说，那是给你姑姑吃的，她没吃过这种水果。我的眼泪差点掉下来。

他挽留我多住几日，说假都请好了，准备陪我四处逛逛。我谎称家里有事，不肯多住。他无法，只得送我去车站。在等车的间隙，他跑去买了好多袋话梅和椰子糖，让我给各家亲戚送去。车还没来，他突然说一句，告诉家里人，我这里一切都好。我狠狠点头。

我从南方回去，亲戚们吃着椰子糖，扯着我非让我讲讲卜子。他们问我，卜子是不是住着大洋房？是不是开着小车？是不是水果成篮成篮放在家里吃不掉？我说，哦，是啊是啊。亲戚们便快乐且满足地叹，哎，卜子啊。

文 / 闫　晗

了不起的马赫

　　我的姑夫马赫是个脱离了低级趣味的人。他不抽烟不喝酒不打麻将不玩牌，不挑食不挑穿，食物不论，力气不惜，在他那个年纪的男人中真是罕见。勤快又健康，一个好人，是大家对他的整体印象。

　　马赫身材瘦小，很少安静地坐在那里，逢年过节去奶奶家也常常是在院子里转悠，看看花草，看看鸡鸭，看有什么稀罕的玩意儿可以要回去种植或养殖。他曾从大妈家要回去两只兔子，隔一段时间就拎出来称称，看体重有没有增长。两只兔子得了疟疾死掉时，马赫很伤心。但其他人并不同情他，姑姑早就嫌院子里一股兔子屎尿臊气了。

　　那时候，马赫还是抽点烟的，抽的是最便宜的烟，牌子也不固定，什么都行。他还很喜欢看电视，看热闹的晚会和综艺节目，还问我：为什么电视里这帮人总这么乐呵？我说，谁愿意看人家愁眉苦脸的样子，不逗你乐，干吗看他们？我们市的有线电视刚开始安装时，安装费用让有些人犹豫，马赫却头一个欢欣鼓舞，跟闺女说：就算出去捡破烂也要看闭路电视。

　　马赫家条件不宽裕，二闺女上小学的时候他不得不戒了烟，以节省开支。从此他用来抽烟的时间都拿来从事他的另一项爱好或者说是特长——扎炊帚。炊帚是一种我们当地惯用的刷锅用具，制作原料各不相同。市面上常见的是用去了粒的高粱梢儿扎制的，新的老往锅里掉小枝儿，小枝都掉光了也就不能用了。还有一种结实点儿的是用扫帚菜的秆扎的，有点粗疏。马赫做的炊帚要甩这两种十几条街，而且完胜市面上所有的刷锅产品。他的炊帚有打磨光滑的木质把手，前端是剥了皮的一种海边生长的植物根系，不会被水泡坏，他扎得结实也不会掉毛。这并不能成为他的副业，由于原料的季节局限性，制作过程烦琐，他每年的产量有限，只给亲戚们每家一个，还捆着红线，怕它跑了似的。

马赫还擅长腌制虾酱，讲起来头头是道。他必用深海的蜢子虾——那种人工湖的、河海交界处的一概不行，四眼虾也不行，市面上常见的多是用四眼虾冒充，且拼命放盐以降低成本。马赫是从村里一个可靠的人手里买刚打回的蜢子虾，制成品鲜而不咸，炒辣椒、蒸蛋羹、拌面条都好，甚至可以用辣椒蘸着生吃。

我即将从家乡返回北京的前一天晚上，马赫提着一桶虾酱上门来送，坐在我家沙发上讲他的虾酱为何是最好的，说大妈调侃他"全家人就你一个什么毛病没有，到处蹦跶"，吐槽更年期的姑姑越来越像我奶奶般挑剔、寻衅吵架。他对家人，对我爷爷奶奶，一直都没得说。

他在建筑队干活，长年风吹日晒，皮肤很黑，皱纹也不少。不知怎么，他抱怨的时候，坐在沙发上身子前倾无意识地搓着手，整个人还是有股轻盈和喜悦的底子。他最后安慰自己说，吵架有什么用啊，反正以后还得在一起过，就那么地吧。

他走了之后，我妈说，马赫什么需要花钱的爱好都没有，就是一直想养条狗，可惜家里人不让，他这么多年就没养成。

我想起表妹说，有一阵她爸养了只鸟，让老鹰叼走了，突然觉得心里酸酸的。

文/凸 凹

寡言者自重

我父亲是个沉默寡言的人，居家过日子，他只是微笑，从不表达自己的意见。母亲却特别善说，像埘间的鸡婆，下蛋的时候叫，不下蛋时更叫。

母亲总能从我们身上找到缺点，不停地管教。我们非常不耐烦，逆反之下学会了顶嘴。她求助于父亲，埋怨他不尽父亲职责、不给她撑腰。父亲说，孩子不是管出来的，是长出来的，树大自直。母亲就不依不饶，逼着他发威。经不住母亲纠缠，他终于发威了，但不针对具体的人，只是暴跳起来，锅碗瓢盆一顿乱摔，一片破碎。这既是为了震慑孩子，也是为了震慑喋喋不休的母亲，母亲和我们一道，不敢吭声。

一如深水无波，树高影多，沉默的父亲多技艺，他有一般山里男人所没有的行动能力。

譬如他会打猎。我中考位居全县第二，大光门庭。他往山峁上望了望，说那里有一只五花翎的大野鸡，我给你打下来，庆贺庆贺。我们谁也没看到野鸡的影子，觉得他在说诳语。但是他扛上猎枪在山峁上转了一遭，隐忍的一声枪响之后，他果然把野鸡拎了回来。

譬如他会打鱼。故乡的小河清浅，不过是生一些小虾小鱼，我们都觉得没有大的口味。他却说河里有大鱼，就伏在河底的大石头下。我们不仅怀疑，也觉得即便是有，也无法捕得。他笑一笑，到山上砍了几捆苦荆棵，把其沉到河底浸泡。浸泡之后，渗出奇苦的汁液。大鱼不仅被呛了出来，而且都晕得盲目，自己就游进父亲张开的网中。大鱼是鲇鱼，多肉少骨，炖出来奇美无比。

譬如他会爬树。这是最值得大书特书的一笔——

山里的果树不剪枝，就疯长，就有几丈高的大树。村前就有三株，一棵核桃、一棵柿子、一棵香椿。收获时，只有父亲能爬上去，别的男人只好在树下叹息。核桃、柿子自然归公，香椿就例外了，它属于能征服它的人。每年三月，香椿发芽，由于树高冠阔，一树碧绿鲜嫩，让站在树下的人垂涎欲滴。男人们都想爬上去，采折珍奇，以快朵颐，更重要的是博妇人欢心与敬重，却都滑脱，无奈之下，大骂爹娘。父亲最后登场。他把竹竿和篮子拴在绳子的一头，另一头绑在腰间，就开始爬树。他的身姿像猫，又像尺蠖，前腿伸后腿蹬，转眼的工夫就爬进了树冠。这易如反掌的动作，惹妇人们惊呼，这个男人可真是了不得！父亲解下腰间的绳子，把竹竿和篮子抻上来，不紧不慢地作业。不一会儿，树底下就有了一大片嫩香椿。

香椿采净，父亲下树，开始捡拾他的所得。他按观赏者的人数，把香椿分成均等的份数，他只拿了属于自己的那份，毅然离开。当妇人们都拿到了香椿，望着父亲的背影，她们感到他高大挺拔，心地善良，是村里最好的男人。

后来，村里人选父亲做了支书，因为他们觉得他就像长在高处的香椿，不采下来，任其香魂自消，的确可惜。

父亲当支书后，更是沉默寡言。他认为对的，只是埋头做，让别人不好意思不跟随他做。到了我上高中的时候，由于要住校，有了不小的现金开销，而他又不忍心从穷乡僻壤中"变"出钱来，就断然辞职做了挖煤的窑工。

这个窑工做得让乡亲们心痛，感到做好人所承受的，是比别人多得多的沉重。所以他们真心希望他的后代能有大好前程，以至于我考上大学之后，他们自发地吹起唢呐、擂起牛皮大鼓把我送到山外的车站，那个阵势，像自家在办送亲迎娶的大事。

现在看来，父亲的沉默寡言反倒成就了他的人生。因为不善言说，所以就专心于做，久而久之，就变成了习惯，就变成了品格。会说的也拿他没办法，只好认同，比如母亲；善标榜的也在他面前谨言慎行，只好低调，比如我和村里的后生。

文/王　路

送　礼

在城市生活，迎来送往，家里需要常备一些礼物。别人来找你常常不会空着手来，你去别人家，也不好意思空着手去。可朱一发的家里，却不大备什么礼物，偶尔有一些礼物，也都是别人送的。每次他来我家吃饭，总是空手而来。

有次，朱一发在我家打麻将，接到一个电话问他在不在家。朱一发问有什么事，那边说："给你送点吃的。"

朱一发说："我正在打麻将，你明天再送吧。"

一圈朋友都惊讶，收别人的礼物还装得跟大爷似的。

我问朱一发："他是请你帮忙办事吗，不逢年不过节，为什么给你送礼物？"

之前我遇到过许多次类似的事：某朋友多年不联系，突然说要寄明信片给我，明信片寄出的第三天，就要求我帮她去机场取一件托运的行李。还有网上未曾谋面的编辑，要送几本自己做的书给我，我喜欢书，自然接受，刚收到书，就要我给他们写书评，还让我推荐发在媒体上。所以，后来人家要送我什么东西，我都要再三问问有没有什么由头。

朱一发说："我这肯定不是。朋友都了解我的脾气，找我帮忙，方便帮就帮，不方便帮就不帮，从不考虑人家送不送礼物。"

我说："别人送你礼物，请你吃饭，你总欠着人家一份人情，不帮人办事，多不好意思。"

朱一发说："不是这么回事。谁喜欢我，请我吃饭，我去吃他的饭，就是很大的面子。谁乐意跟我做朋友，送我礼物，我收下他的礼物，也是很大的面子。我吃了，收了，就是还他人情了。他不乐意，下次可以不必请。你今天请我吃饭，我明天请你吃饭，不叫回请，是我喜欢你，所以请你吃，不图你回请我。"

我说："你平时来我这儿都空手，我一直不好意思说你，今天撕破脸皮问你一句，你这辈子有没有送过礼物给别人？"

朱一发说："上周还送了。"

我们惊讶。朱一发讲了一个故事。

他刚入职的时候，每周六去一家自助餐厅改善伙食。第一次去，吃得扶着墙出去，后来，去得多了，渐渐觉得也不过如此。单位应酬多了，倒感觉不如吃顿家常便饭舒服。从前去那里吃自助，能吃上两个小时；现在再去，15 分钟就吃完走人。上周，他在那里看见一个穿着农民工衣服的男人，带着一个妇女和一个小孩来吃饭。那男人蓬头垢面，皮鞋上满是尘土。他前面盛了满满一盘，全是鸡翅、鸡腿、烤肉，那妇女和小孩面前盘子里也是肉，中间一盘水果。他们仨吃着笑着，非常开怀。

朱一发说，那一瞬间他仿佛突然发觉，原来幸福也是很简单的事情，只要对生活不要有太高的要求，只要珍惜眼前的拥有。这对夫妻大概是农民工吧，可能是谁的生日，来改善一下生活。当时朱一发很想请他们那顿，可惜自助餐是提前收过费。朱一发就冒充工作人员，对他们说："恭喜你们，中了我们店的小奖品。"

然后，朱一发把随身带的一盒巧克力送给了那个孩子。

文 / 自由极光

半分钱姐姐

接到半分钱姐姐的电话，是在一个阳光洒满房间的温暖秋日的午后。

"极光，是我哦，你还在北京对不对，我下午四点半到南站，来车站接下我吧。"以一种不容置疑的口气说完这一段话，半分钱姐姐毅然挂断了电话。

我在这个惬意的中午，莫名地感到一丝寒意。

从小到大，半分钱姐姐在整个年级甚至全校都有着超高的知名度，这种知名度来源于她"一分钱掰成两半花"的生活方式和理财观念。

每周六下午放学，住校生总会归心似箭飞一般冲出校门，半分钱姐姐则会抓紧时间赶回宿舍，用公家的水洗完整套校服、床单被罩才心满意足地凯旋回家。

如果一位同学问一道题，半分钱姐姐一定会向其索取一个苹果之类不等的劳动报酬，然后她会用替人解答问题换取的小刀，将苹果分成均等的四份，每个课间吃一份。而半分钱姐姐吃的苹果，大多数都来自于当时成绩平平却又力求上进的我。

可实际上，半分钱姐姐的家庭条件比一般同学都要好得多。于是，朋友们在忍受了半分钱姐姐无节制的占小便宜之后纷纷毅然与其决裂，而彼时仍是一枚孬种的我就成了陪伴她左右供奉苹果的唯一人选。

但当我在南站苦苦等候了近四十分钟后，半分钱姐姐的电话才姗姗来迟："我在汽车站呢，你在哪儿？"

为了节省三十元的差价，她竟选择忍受七个小时的汽车颠簸。

当我提出陪她一起去找宾馆时，半分钱姐姐的目光久久地在我身上徘徊，"你是一个人住吗？"她问。

我点头，半分钱姐姐露出了满意的神情："那我先住你那儿吧。"

条件反射一般，我开始竭力向她表示孤男寡女多有不便，再说一个独居男人的卧室是多么羞于见人啊……而半分钱姐姐神色雍容，圣母一般的光辉令我产生了一种接受洗礼的错觉。于是我退却了，任凭她犹如这片领地真正的主人一样主宰了我在接下来一个星期里的命运。

第二天一大早，在沙发上睡得超难受的我在噪声下被迫醒来。模糊中看到半分钱姐姐十分贤良淑德地在帮我整理衣柜，我立刻惊醒，刚要道谢却发现地上还杂七杂八堆着许多衣服。

"我看这些衣服的大小已经不合你的尺寸了，干脆送给我得了。"半分钱姐姐语气轻快而又理所当然。于是在我的沉默中，半分钱姐姐一边继续挑拣，一边用一个不知哪里找来的巨大的尼龙袋收走了那堆衣服。

接下来，她又用了一天的时间把我房间各个角落堆放着的纸箱纸盒和各色饮料空瓶全部整理好，交给了一个收购废品的大叔，然后默默地把换来的钱收好，临走时还义正词严地环视房间后对我说："看，这样多干净整洁。"

从那以后我们再没见过面。

直到近期的一次同学聚会，半分钱姐姐也没有参加，我向别人打听起她的情况。

"她今天有个募捐活动，来不了了。""募捐？"这两个字跟半分钱姐姐联系在一起，总觉得有种微妙的尴尬感。

"对啊，她是少年儿童基金会的志愿者，还参加了其他一大票的公益组织。我们也是最近才知道的，她已经算是老成员了，真是想不到。"

我没有再问下去，默默在心里抽了自己两个嘴巴。

后来我又听说，因为做公益而几乎没有什么积蓄的半分钱姐姐辞去了工作，去一个偏远山区做了支教老师。

我时常回想起我们那一个星期的室友情缘，并因此暗自悔恨。

我们总是会以为自己看透了什么然后沾沾自喜，于是太多的成见遮蔽了我们的双眼。

如果下一次还有机会相见，我想我会拥抱半分钱姐姐。哦，不，是半分钱老师。

文/闫 红

被低俗打动

许多年前，我去乡下舅爷家，下了火车，坐中巴。中巴上收钱的女人有一张短而宽的脸，塌鼻梁，厚嘴唇，一头乱糟糟的黄头发，没有风也在起舞，真能"冲冠"的样子。天色已向晚，天光暗淡，她却很诡异地戴着一副镜片上贴了标签的墨镜。

这个女人一直站在车门口，系着腰包，大有"一夫当关万夫莫开"之势，当有人问她为何车子兜了一圈又一圈时，她凶得简直要吃人。那时我年轻气盛，还不懂得玩味粗蛮的事物，见这样一个女人，反感油然而生，却又不能怎么样，只在心里默默地鄙视着。

等到车厢内被压缩得近乎真空时，中巴车终于朝大家期望的方向驰去。风也起来了，从窗子吹进来，在身体与身体之间寻找缝隙。那个女人坐在靠近车门处，横宽的脸朝着窗外，忽然，她轻轻地哼起歌来，是那首一度唱烂大街的《潮湿的心》。

这首歌是我心中的一个标尺，在KTV里，凡点这首歌的女人，和会点《北国风光》的男人一样，立即被我归纳为另一类。然而，那个傍晚，那个戴着墨镜的粗蛮女人，对着车窗，用并不靠谱的嗓子哼唱这首歌时，我竟然，被她打动了。

也许，再粗鄙的女人心中，都有一颗"潮湿的心"，都有一个会为情所伤的自己，当她们哪怕以矫情的姿态呈现出这一面时，我总是，心存同情与怜惜。

会想那背后的细节，这个女人，她以什么样的神情与言辞去挑逗、迎合、招惹，当她的爱碰了壁沉了底，她又会如何应对？

上驾校的时候，很讨厌驾校的教练，他倒不是特别凶，有时近乎温和，但一转脸就会露出特别功利的表情。他的温和，不是修养，是他随时扯过来的面具。但这也不足以生厌，最要命的是，他看上了车上的一个小姑娘，成天跟她打情骂俏不止，小姑娘私下里告诉我，他经常半夜给她发短信。

小姑娘长得很漂亮，工作单位也好，她跟我说过，她想找个公务员，自然看不上那位教练，只是闲着也是闲着，随口敷衍他罢了。于是，许多时候，我坐在后座，就见前面两个人，你拍我一下，我打你一下，我转头看窗外，当自己是透明。

应该说，教练对小姑娘动了真心，那阵子，他下班就去逛商场，说是添置了两千多元的衣物，一个月的工资花出去了。但他大概也明白，那小姑娘不过是逢场作戏。所以，有些时候，他会突然情绪低沉，对学员的态度也越发地坏。

有一天下午，他坐在车上，摆弄他才买来的车载 MP3，他请店老板帮他下载了一些歌，整整一下午，所有的学员都被迫听那些歌循环播放。那都是些什么歌呢？《没有钱你会爱我吗？》《做我的老婆好不好》《老婆老婆我爱你》……我曾经在公交车的车载电视上听到过，每次听到都觉得俗不可耐。可是，那天下午，我在这些歌里，听出一个底层男子的爱与野心，他徒劳的可笑的努力，可是那徒劳与可笑加在一起并不让我轻视。真实的感情有什么好轻视的呢？哪怕它是粗糙的，哪怕它含有杂质，也有它自己的一种力量。

　　我知道这世上有许多歌被定义为俗，比如凤凰传奇。凤凰传奇的歌，我现在还没有找到喜欢它们的通道，但我不再像年轻时那样，随便地轻视什么，我相信世上的种种，大都可以找到爱的理由。尽管，它们可能没那么"高级"，不像奢侈品广告那么"主流"，它们肤浅、流气、庸俗，有时还带有一点点谄媚。但是，生活的美妙，就在于那么一种神出鬼没，在一个猝不及防的时刻，让你被你曾轻视或者起码漠视过的东西打动。

文 / 邱伟坚

叔侄卖菜人

　　小区拐角这个菜摊子有好几年了，设摊的是个来自安徽的老头。

　　这应该是个劳心费神的活计，天还没亮，就已经听见窗外卸车拖筐的声音，你下班到家他仍旧守着齐溜溜十几个菜筐。大冬天，老头裹件旧棉衣蜷缩在墙根处，鼻子底下淌着涕水；盛暑季节日子更难过，闷热加上蝇虫，看他打着赤膊点着蚊香候在摊位上；当暴雨来临时，他手忙脚乱张挂塑料布，目光透过雨帘期盼地望着路过的行人……

　　那年除夕傍晚，弄堂家家户户的菜勺叮当，肉香沁人，方才见到老头将一个个筐子装车收摊。浓浓暮色中，瞅着他拉着一人多高的板车慢慢离去的背影，你会理解生活艰辛的味道。

　　老头做人厚道，按说在小区里设摊属于无证摊贩，但他主动揽下打扫设摊这条道路的活儿，管事的也就睁一只眼闭一只眼了。对进进出出来买菜的居民，不管人家认不认，他一概称之为"邻居"，质优价廉赢得口碑。买菜送你葱是否从他这里开始不得而知，但当人家送葱时，他已经开始送大蒜头和尖辣椒了。有人头回来这里买菜，不明老头底细，有时会说上一句"称称好"之类的话，老头歪着头不吭声，边上早有人替他说话了："他从来不短斤缺两的！"老头咧开没几颗门牙的嘴巴笑了。就连周边一些小饭店，也都纷纷将进菜的业务交给了他。

路在自己脚下，付出艰辛必定会有收获。一眨眼七八年过去了，听到小区中有老爷叔在感叹："阿拉与他差不多年纪，只晓得棋牌室里泡着，看他凭这个摊头养活了一家祖孙老小，还买了进菜送菜的小货车！"

风餐露宿毕竟辛苦，加上也有了一定的积蓄，今年起，老头在农贸市场里租下个摊位，而将这个摊头移交给他三十出头的侄子。

两代人的想法毕竟不一样，同样是卖菜人，叔侄间的差距竟会如此之大。侄子天天要到下午四点多才来设摊，一来就把手机音乐开到最高档，摇头晃脑欣赏着。天一黑就收摊走人，到了下雨天干脆就不来了。

说不像倒也有像的地方，就是依旧不短斤缺两，对买菜人也是以"邻居"相称，只是他出摊时间太少，光顾的人明显少了。棋牌室的老爷叔喜欢评头论足："他连老头的脚指头都不及啊，这副懒散样子不讲养家糊口，恐怕连维持自己生活都难！"看在他叔叔面上，自有好事者到老头如今的摊位前说事，还要斟酌一番言语，怕老头听罢会蹶倒。哪里料到他听罢"嘿嘿"一笑说："我侄儿勤快着呢！他白天在工厂打工辛苦，下班后还上我这里拿点菜去摆摊，挣点房租钱……"

这回，轮到来说事的老爷叔蹶倒了。

勤劳致富的路在自己的脚下，只是叔侄两人走法不同。

文／绿　妖

台湾小贩

台湾是怎么管理小贩的，一直是我很好奇的一件事。跟在阳台晒衣服都可能违法的美国不同，华人有爱摆摊的传统，台湾是怎么管理这个让现代都市头疼的"传统文化"的？

第一次和这个问题遭遇，是 2011 年首次去台湾。出租车司机说，在台湾，街头艺人是有证的，街头小贩也是有证的。后来停发小贩证，因为房子越盖越密集，政府希望做生意就租个房子。但有人因为习惯或租不起，还是在街头。怎么办？警察给街上小贩轮流开罚单，但不赶人。如果有人投诉，警察就说：我有处理，有开罚单。司机总结：不然怎么办，管太严要出事的。

我发了条微博，在那条微博下，一位台湾网友补充说明：基本上，每个月，摊贩会固定被开 3 张单子，一张大的 1200 台币，一张小的300，还有一张不用罚款的劝导单……除此之外，警察不会来骚扰你。

一个月一共 1500，合人民币约 300 元。

这是真的吗？没人管，小贩会不会堵塞道路，垃圾遍地丢？影响市容整洁交通怎么办？

2013 年，我去台湾采访，主要在台中市新社区。

新社的菜市场，就在农会外面的街道两边，连绵几百米。如果是固定借人家屋檐或店面门口，可能和屋主商议有个包括水电在内的费用。如果是不固定摊位，则没有摊位费，地点自便。

仔细观察，会发现：第一，菜市场没有人用高音喇叭吆喝。看来虽然不禁止小贩，但对噪音有所控制。如果不是有管理规则，就是大家自发遵守一定规则。第二，果菜堆放凌乱丰富，但多严守界线，退在街道两侧一条划分机动车和行人区的白线之内。第三，卖完收摊时，小贩会清扫摊位，并用水龙头冲刷地面，直至彻底干净。

在东势区"丰原客运站"的站口（这是此地黄金地段），有两个阿婆摆的小摊。右边阿婆的摊子格外的娇小，只有 5 个托盘：腌红肉李、腌李子、腌芭乐、蒸花生，左上角和左下角都是红肉李，左上角是腌的，糖分深深渍入果肉，吃一口，甜到心里。

阿婆在这个地方，已经摆了几十年的摊。再早，她指一指窄窄的马路对面的小店：我在那个店卖面条，卖了 30 年。为什么不做了？阿婆轻声说：我老了。

她今年 78 岁，看起来还很精神，穿着黑白细条纹 Polo 衫，翻出一个俏丽的紫领子。听我说想拍照，先捂着嘴笑起来：啊，我都没有准备。依稀看到她年轻时的样子，一个爱笑的姑娘。

买了她五六个腌红肉李，她一拨拨递过来别的，执意让我们品尝——最后她 5 个托盘里的水果，我和朋友都吃了个遍，最后又执意塞我手里一塑料袋花生，她哪里是在做生意。

我们吃掉的，比买的还多。

她并不是孤老，她的儿子就在对面，开一家便当店。但是，她虽然老了，还是希望活得有尊严，自己挣钱，不手掌向上跟儿子要钱。

摆一个小摊，会不会被警察赶呢？阿婆噘嘴说，他们偶尔会来开罚单，一次 1200 新台币（折合人民币 200 多元）。为什么不租个门面摆摊，就可以不被开罚单了？阿婆又抿嘴笑笑，指一指街角的水果店：他们一间房，月租 3 万呢。也要被开罚单，因为水果摆到了人行道。又指一指对面的"章鱼小丸子"推车：那个也要开罚单。

其实答案可想而知。阿婆年纪大了，无法胜任经营一个月租 3 万的门面房需要的充沛精力。摆一个小摊，每天卖这 5 个托盘的小玩意儿，是她目前仅能做的劳动。而想必警察的罚单也并没那么频繁，让这条街维持着一个微妙的生态平衡。

最后，我们吃完李子，环顾四周没看到垃圾桶，问阿婆水果核可以丢在哪里。她伸出手，掌心衬一张餐巾纸，让我们把核给她，她小心翼翼地把它包了起来。我扫视一眼地上，周围果然干净得没有一个果核，一粒花生皮。

阿婆包起果核的样子，犹如女王包起她的珍珠首饰，很有尊严，很美。

这个优美的姿态，我记到现在。

IV

每一场爱情
都是传奇

文 / 刘小昭

愿意为你少吃点，只要有你来换

荷西问三毛："你想嫁个什么样的人？"

三毛说："看得顺眼的，千万富翁也嫁；看不顺眼的，亿万富翁也嫁。"

荷西："说来说去还是想嫁个有钱的。"

三毛看了荷西一眼："也有例外。"

"那你要是嫁给我呢？"荷西问道。

三毛叹了口气："要是你的话，只要够吃饭的钱就够了。"

"那你吃得多吗？"荷西问。

"不多不多，以后还可以少吃点。"

我真的很喜欢上面的这段话，却并非如很多人想的那样为这份深情感动，恰恰相反，我觉着三毛在很理性地讲一个道理。

首先，姑娘都想找个有钱人吗？答案是肯定的，如果不是，那才有问题。

试想，你去买水果，人家都要个儿大鲜美的，你非要那个歪瓜裂枣；你去挑衣服，人家都要质地优良搭配合适的，你非要起球粘毛的厚大衣；

你去工作，人家都争升职加薪，你非要吊儿郎当地往后退。

生活需要有种向上的力量，想要好的东西没有什么可让你觉着羞耻的，如果反反复复去强调不爱物质不爱钱，才会让人心生怀疑，貌似此地无银三百两。

那么，姑娘都会找个有钱人吗？答案必然是否定的，还是上文的例子：

你去买水果，个儿大卖相好的或许吃起来不够甜，反而是歪瓜裂枣吃起来顺口；你去挑衣服，质地优良搭配合适的太单薄，反而是这起球粘毛的能抵挡寒风；你去工作，升职加薪是种选择，但安于现状未尝不是一种生活态度。

重点是，不选看起来更好的，是需要理由的，甜蜜、温暖、安稳，这都是不可忽视的原因。

可是，很多人不禁要问，那为什么还有那么多姑娘明里暗里非要找个有钱人？唉，说句不够温暖不够积极不够正面的实话，有钱人、穷小子，都可能会有背叛，有缺点，那为何不索性找个有钱人？说到这里，不免让很多人灰心了，不过我一直认为优秀的人是有优秀的理由的，比如面对诱惑时的抉择和一路努力磨炼出的品质。

当然，以上这段是题外话。不过确实，有些话哪怕大家都心知肚明，说出来难免伤感情，还不如彼此执手相看信誓旦旦山盟海誓生死契阔来得美好。

但你走在路上，总要有一个方向，具体到两个人的关系，总要有"你想要的东西"。求感情的得到缠绵悱恻，求安稳的得到岁月静好，求富足的得到衣食无忧，这都叫求仁得仁，无可厚非。

最可怕的，不在于"你想要的东西"究竟是什么，毕竟那是你自己的选择。而是很多的人，"想要的"太多。说是求仁得仁，可您偏偏非要求"仁义礼智信"，最后哪怕得到了一个"仁"，大概还是心有不甘到底意难平吧？

有句谚语说得好：你想要什么尽管伸手去拿，不过得付出相应的代价。聪明如三毛，字里行间早就说得明白："我非不爱钱财，但现在却可以连吃饭都节制，那是因为要有'你'来换。"

文 / 周文慧

要你有什么用

傍晚一个人在楼下的烧烤摊子吃串儿，旁边桌的一对情侣突然吵了起来。

只见女生腾地站起来，指着男生，一字一顿咬牙切齿地说，你一不带我旅游二不让我享受三不给我钱花四不娶我，我要你有什么用？

男生嗫嚅了半天，说了一句，这不是带你吃好吃的了吗？他们面前放了一盘肉串儿，目测不超过 50 块钱，其中绝大部分都在女生这边。从穿着上看，两人应该也是一对刚毕业没多久的小情侣，工资都不高，发了工资只能在路边的烧烤摊子上改善一下生活。女生大约是厌倦这样的生活状态了，在她条理分明逻辑清晰的指控中男生羞愧地低下了头。

既然没用，还要干吗？

跟张先生吵架，也说过同样的话，彼时我们异地恋，电话里我说我想吃火锅了。

张先生让我自己去吃，可是我就是矫情别扭着，觉得一个人去吃火锅会被别人笑话。于是质问他，我既然可以一个人去吃火锅，去看电影，可以保护自己，可以强大到不需要你，那我要你干什么？

张先生愣了一下，反问说，那没有我你就不能好好活着了？我顿时像被点了哑穴。

等我已经完全学会打理一个人的生活，处理好闲暇时间，回头才思考，两个人谈恋爱，究竟是为了什么？是因为这世界太凶险，一个人身单力薄，需要有个人来为你打点一切，还是说，在年轻的时候，我们已经满足不了自己透支的消费欲，需要一个人来帮你刷卡付现。你需要一个人无微不至的关心，细致周到的呵护，需要他月月工资卡上交，自己分文不花；需要他唯命是从，必要时又能化身英雄；需要他带你旅行，一览世间繁华；需要他当牛做马，为你却能一掷千金。

可是，凭什么呢？

凭什么他要为你做这么多，凭什么他存在你身边的意义，仅仅变成了有用？原本对方没有义务做的，为你做了，是因为爱。可我们有什么权利将这些变成对方的义务呢？

带着一定的标准寻找爱情，带着不低的期望值与对方相处，当对方做不到的时候便要失望，还要问一句，要你有什么用？

其实不过是将原本好好爱自己的义务转嫁给了别人，将原本应该两个人一同努力的责任推给了对方。两个本来应该独立前行的灵魂，因为遇见彼此，相互扶持，前行才更有力。而在质问对方有什么用之前何不先问问自己，为这段感情又做过什么事情？两个人在一起，带着加倍的勇气去探索未知的世界，总要好过一个人挂在另一个身上，成为难以前行的负累。如果自己都打点不好自己的生活，有什么资格要求对方来改变自己的人生呢？

我要你有什么用，大概是一个人时过得也挺好，而你的出现，让两个人的世界更好玩了吧。

文/周　珣

不如停在"心里有过"

生命悠长。很多人从身畔经过，非常偶然的，会有那么一两个，也许更多，在某个时点、某种情境之下，毫无征兆、悄无声息地一径闯进你的心里，顾自大剌剌地驻留，短暂或者长久。

是谓"心里有过"。这几个字，看似语意清淡，其实情思辗转，有丰富的层级，和不同的收梢。

年轻的时候，你会相信"唯一"这种事。唯一一个人，唯一一段情，永远不变，此生不渝。事情不是这样的，世界太大，变数太多，碰到的人、遇到的事都远远超出想象。有在"唯一"之外突然闯进你的生活、在你的心里占据一席之地的人冒出来，不是你的错。严格来说，这是一个无谓对错却要小心应对的美好而困扰的体验，而且，一生可能遭遇不止一次。

有一些"心里有过"，短暂而飘忽，来如奔马去如春梦，时间情境一变，也就日渐淡去，直至消失。另外一些，却可能像宫二对叶问，"行行重行行，与君相别离"，相去日远，岁月忽晚，那个人一直驻留心间。

比起事实拥有，"心里有过"其实完美而安全。"心里有过"的这个人，是经过去粗取精的。TA 在心里的形象，几近完美，并非真实的凡胎肉身。真要日日相对，时时相处，柴米油盐、一地鸡毛起来，"心里有过"的美好可能幻灭得一丝不剩。

止步于"心里有过"，确实不太过瘾，但总好过"过把瘾就死"。把一段交往随意浪漫化，是情感透支，凡透支都会被追偿，出来混总是要还的。

是，心里有一个人，当然是人生最美好的体验，没有之一；但身边已有不想放弃的人，心里另外有人，就不止纠结，且前路险峻，危机四伏，随时化美好为霉头。

这个世上，有比轰轰烈烈的爱情更低调素朴、安静耐久的情感模式。相互信赖维护，不越界的尊重，省却纠缠羁绊，特别舒服地相处，不给彼此带来负担。

爱护一个人，许多时候，比爱一个人，更长久。

心里知道有这样一个人在，什么时候想起，都暖意充盈，踏实宁定。千帆过尽，静夜回思，才不枉"我心里有过你"。

文 / 李月亮

"百搭姑娘"注定幸福

朵儿是我下属。几年前她来公司面试，聊了没到三分钟我就看上她了——这姑娘太讨喜，开口就笑，一笑俩酒窝，说话真诚，听话认真，接话特到位，偶尔还幽一小默，显得倍儿机灵。长得虽不算是大美人，但看着很顺眼。

我不无私心地把她留下了，我表弟还没对象呢，我留着朵儿，算一举两得。

可惜她上岗了我才知道，人家有对象，虽然才谈大半年，但看样子挺稳定。朵儿每天买米买菜回家做饭，一手包办早中晚餐，完了还特知足，说自己厨艺差，男朋友愿意吃她就很感谢了。工作中她也这样，类似加班啊临时派活啊推迟发工资啊这些事，别人气得冒一脑门子青春痘，她都一点事儿没有，开会报策划也能笑出俩酒窝来。而且上对老总、下对保洁员阿姨，她对谁都是一样的笑，从不带一丁点儿的谄媚或者鄙夷。

我常常暗想，谁要娶了这姑娘就算祖上积德了，然后心里就特别痒，恨不得直接把她揪放到单身市场二次选择，给表弟个平等竞争的机会。

不过后来我发现，等着挖墙脚的远不止我一个，公司有两个小伙子和几个大姐，都隔三岔五打听朵儿的感情状况，听说人家和男朋友感情好，就不同程度地流露出不满情绪。那几个大姐手头的男方资源参差不齐，有富二代，有公务员，有豪商巨贾，有无业游民，说来也怪，每个人都觉得朵儿跟自己说的那位很相配，大伙总结，这姑娘是百搭姑娘。

不知是不是被"坏人"觊觎太多的缘故，朵儿还真跟男朋友分手了。在朵儿独自悲伤难过的时候，公司许多个角落都在暗自欢腾。

我强忍着憋了一周，终于按捺不住找朵儿说，你缓过来没，我给你介绍个新的。她笑了，说财务王姐给介绍了个，昨天刚见，双方都觉得挺合适。我大惊，说我这个比王姐那个条件好，你再见见呗。朵儿挺为难，说已经跟人家说了没意见了。我没话好说，肠子都悔成黑的了。

朵儿肯定幸福，我特别确定。世上的女人有千百种，就是朵儿这种是注定会幸福的：自己条件好，要求又不高，心性平和，没有野心，像白米饭一样平和又有营养，这样的姑娘搁谁家都能幸福，关键是她幸福了哪一家。

上个月朵儿结婚了。婚宴上，我长叹一口气，旁边的孙姐也长叹了一口气，说，百搭姑娘嫁人了，咱们都白搭了。

原来和我一样抓心挠肝的还不止一个呢。

有的女孩嫁人，很多男人遗憾难受，那种女孩有一定的幸福指数，而这种能让我们中年妇女难受的姑娘，相比会更加幸福。

文 / 小　炉

像爱闺密一样爱你的男朋友

我记得三年前，那个我喜欢得不行的男朋友跟我分手的时候，娘亲隔着电话说，恭喜你自由了！那时候我就剩下肝肠寸断了，怎么能听懂娘亲的话。但是摸爬滚打了这么久，我终于理解了娘亲朴素的女权主义。

在我自以为幸福无比的关系里，我其实是被统治又浑然不觉的。你以为遇到一个男人什么问题都能给你解决，其实是主动放弃了自己解决问题的权利。全身心的依靠代表的是接受被豢养，而豢养和被豢养，都不是真正的爱。飞蛾扑火虽然美丽，可是你凭什么甘愿做低他一级的生物？

须知，每个独立的个体生命，最终的追求都是全身心的自由和解放，一切走到尽头的关系，也都是因为通往个体自由的道路受到了阻挠。放在两性关系里，既包括自己的自由，也包括对方的自由，可是怎样才能保证自由的道路一直畅通无阻呢？

中心思想是，人与人之间是平等的；实现路径是，像爱闺密一样爱你的男人。因为你的潜意识里，你跟闺密之间是绝对平等的，你不会为了闺密去改变自己的生活，你不会为了闺密死去活来，但是你跟闺密又深深理解而惺惺相惜。你所要追求的，就是跟你的男人也达到这种境界。

你不会在乎闺密晚上有没有跟你说晚安，你不会在乎闺密有没有给你发短信打电话。你想闺密了，一个电话就打过去，一点都没有犹豫，一点都没有前怕狼后怕虎。

你跟闺密之间，金钱是平等的。没什么，大大方方地把自己的钱袋打开，自己又不是不赚钱。不是说让你去养男人，但是你得让男人知道，你绝对不缺他给的小钱。

你不会费尽心思地去研究闺密的太阳星座月亮星座，再小心翼翼地去揣测闺密什么行为什么用词是什么意思。不明白的地方你会直说：你葫芦里卖的什么药？

你爱闺密，但是你不会将自己的观点强加给闺密。你只会告诉闺密，等你受了伤，我陪你洗伤口。

你容得下闺密除了你还有别的朋友，你不会想要独占闺密。你心里明白，这个世界上没有谁跟谁是无可取代，但是做得好，总可以赢来互相的青睐。

这样做了你就会发现，男人并不是来自火星，他们也不是高一级的生物，而只是因为社会的习俗给了他们貌似优越的地位，于是他们就角色扮演了。你不做他的洋娃娃、金丝雀，更不做他的田螺姑娘、白蛇娘娘，你不会千娇百媚，也不会千变万化，你就是闺密面前那个大大笑容的你，而且你知道，你总会遇到你该遇到的那个人，穿越平等的目光与你交融相爱。

文 / 叶倾城

全世界最糟的"老实人"

她看上他，因为他老实。严格来说，是她妈看上的。

那时她还是个傻里傻气的大学女生，没有什么恋爱的念头，顶多倾慕一下个子高高、举止潇洒的学生会主席，和几个活泼善谈的男孩子聊得来。妈也没说什么，就鼓励她多带同学回家玩儿。玩过几次，妈就三番五次鼓励她给他写信，理由是"他很老实"。

哪里老实？首先是相貌平凡，其次是不抽烟不喝酒，见人木讷得叫叔叔阿姨都不会，有同学主动帮忙下厨，也有人餐后主动洗碗筷，他一动都不动。她妈认为："那些人都是有意表现，男人能表现一时，不能表现一辈子。"难道没心没肺反而是优点？到了现在这年纪，她才有这反问的智慧。

她是被家人耳提面命长大的，也完全认同"没有什么爱情，只是一起好好过日子"。男人毕业进入国企，他们就自然而然地结合了。

不能说没有失望，男人没送过花、巧克力以及所有女孩子喜欢的小玩意儿，而且对婚礼、旅行结婚都没有兴趣，勉强同意拍结婚照——当然了，按她妈的观念，没情趣也是老实呀。不跟你花言巧语，当然也就不会和别人花言巧语。

婚后，男人当然不做家务，她也不要求。但买了新房要装修这样的事，男人也当甩手掌柜，她一叫他去建材城，他就发脾气。她渐渐看出来了，男人第一完全不懂行，第二也不知道如何和人谈价钱，又好面子，不想出门露这个怯。这事儿谁懂呀，还不都是上网查攻略、天天去建材城泡出来的一知半解。她稍微一提，男人摔门就出去。

好吧，这些都是小事。他的闷葫芦——想什么也不爱跟家人讲，也向来懒得听她说生活中工作中的事；他的固执——认定的事就是认定了，自己知道错了也不改；她都没法说他的不体谅不懂事——反正他回家就要有饭吃，他不管你是不是在生理期，家里是否停了水。

在外人来看，他还是挺好的，工作稳定，工资上交，下班就回家，不交狐朋狗友，也不嫖不赌没外遇。但她就是总想找办法证明，这个男人其实还是个人，有点儿人的火气，而不是就这么一个……她想不出来怎么形容。

也许，是大家误会了老实的含义，它不是指不起坏念头不做坏事，如果仅是如此，那庙里的泥菩萨就是最好的丈夫。老实应该首先是一种踏实，能肩上扛着担子，一步一个脚印；其次是诚实，不隐瞒不说谎，愿意也能够向人袒露内心；然后是老成，不大惊小怪，不一惊一乍，能理解社会的纷繁复杂，也能接受体谅。

但很不幸，当我们说老实的时候，经常把"老实"与"懦弱"、"蠢钝"、"冷漠"搞混，结果，我们找到的是内心精神干枯的人，一个对其他人包括全世界都没有热情的人，一个懒惰、完全不热爱生活的人……

文 / 风　来

不遗憾，没有在最青春美貌时遇见

他和她认识的时候，都不那么年轻了，已经进入了大龄青年的行列，是别人介绍的。

他们约在一家餐馆门前见面，她简单收拾了一下，提早去了几分钟。没想到，他却迟到了，过了约定时间好几分钟，他才匆匆赶到。竟然是个好看的男子，褪去了小男生的青涩和单薄，神情略显沉稳，衣服穿得很有品位。一见面，他就积极道歉，说路上塞车，足足塞了 45 分钟，请她一定原谅。

她笑，没关系的。暗自算了算，如果不塞车，他会比她到得早。她相信他的话，再说，即使迟到几分钟，又怎么样？他已经道歉了。

两个人进了餐馆，找了靠窗的位置坐下。他把菜单递给她，让她想吃什么就吃什么。她还是笑，小声说，我减肥呢。

他也笑，不用啊，胖点儿怎么了？只要健康就好，再说，你不胖啊。

其实她真的有一点点胖，只是那么一点点，自己会介意，他却真的不介意。他索性拿过菜单，也不看价格，一连点了好几个。

感觉得出来，他对她的印象不错。而她也是，觉得从外表论，自己甚至有点配不上他。但她并没有表现出一点点自卑，从容地和他说话。他更是处处照顾她的感受，如体贴一个小女生，让她感觉到被宠爱的温暖。

就这样慢慢接近了，过了半年的样子，他提出结婚，她同意了。她觉得自己终究还是个有福气的女子，在这样的年纪，还能遇到这样温和、体贴又英俊的他。

结婚前几天，他们的好朋友帮着他们收拾新家，翻到了他们各自的旧相册，于是看到了最年轻时候的他们。

那时候的他，那样英俊挺拔，穿着衬衣和牛仔裤，戴很酷的腕表，眼神里带着不羁的味道。而那时候的她，也有那么一点点胖，但非常漂亮，眉目中满是清高，满是骄傲。

有朋友"呀"了一声，对他们说，可惜你们没有早几年遇到，那才真的叫金童玉女。

他笑了，她也笑，却都没有说话。那一刻，他们心里都很明白，幸好，他们没有早几年遇到，不然不会走到一起。那时候的他，叛逆不羁，喜欢那种个性冷酷的瘦小女孩。而那时候的她，对男孩子更是格外挑剔，要求对方品貌俱佳，更要守时、讲信用，最容不得男人迟到……就是因为挑剔，因为不够宽容，才在最年轻的光阴里一再错过爱情。

而现在，他们都在感情的磨砺中成熟起来，渐渐宽厚而平和，都懂得了为对方着想，所以现在碰上，对他们来说，都是最好的。

所以，真的不用遗憾，没有在最青春美貌时遇见。因为我们要的，终究不是那一场天崩地裂的爱恋，而是天长地久的温暖相伴。

文 / 叶半夏

找爱的人难，找结婚对象却从来不难

　　她长得不算美，有点儿胖，并且是不可克服的胖，试过各种减肥方式，结果从未达到骨感境界，却进了医院三次。过了 27 岁，相亲若干次，她的苦恼永远停留在"没有男朋友"，不是相处不好，不是准婆媳关系，不是劈腿，而是连男朋友都找不着。

　　相亲时，她表现得越来越胆怯，甚至连眉毛都不敢抬一下，只是看着桌上的杯碟自说自话，与平时的她判若两人。屡败屡战，终于有明眼人看出问题，说你不如在熟人里发展恋情。

　　作为乖乖女，她始终觉得朋友就是朋友，恋人就是恋人，并且与所有乖乖女一样，因为没有轰轰烈烈地爱过，特别希望有一场始于奇遇的爱，地铁里、旅游时，一见钟情，电光石火，或者至少也要在相亲时彼此心生爱慕。将朋友发展为恋人，想想都枯燥无味，只是岁月不饶人，她终于不得不面对这样一个现实：自己是一个需要婚姻的人。

　　下午茶时，她鼓足勇气宣布自己要在熟悉的人里寻找结婚对象。女伴们很兴奋，将她的老同学、老朋友盘点了一番，找出三两个适合的人。因为都在一个圈子，不乏牵线搭桥人，大家再在一起玩，便有意给她与他们留下单独的空间，一来二去，她与一位高中同学好上了。

男生在高中时学习成绩差，对于学习成绩好的她甚为仰慕，因此忽略了她的外形缺陷，或者至少，他愿意尝试跳过她的外表，接触她柔软的内心。

两性交往中，在视觉上占不到便宜的女孩，就不要去拼奇遇、一见钟情，以及通过梳妆打扮达到惊艳效果了，除非你愿意花大价钱把自己整成范冰冰。可是，如果真有这么多钱，也根本不用担心找不到合适的结婚对象。

不是每个人都能遇到刻骨铭心的爱情，爱情这种化学反应，有人燃点低，有人燃点高。那些燃点高的人，一定要运气够好才可以遇到合适的人。找到合适的结婚对象则是另外一回事，每个人都可以，所谓的找不到，原因只有一个，选择了错误的方式。

接近目标的路径不对、表现自己的方式不对、评价对方的方式不对……说来说去，种种的不对头，种种的瞎耽误，不过是我们心里始终没有放弃那个幻想——不管现实情况如何，不管多么恨嫁，不管是否已经被过去的恋情一次次推高了爱的燃点，还是希望得到一个梦想中的男人，爱到你死我活，然后风风光光地嫁了。

想得到幸福，必先诚实地看待自己，嘴上降低要求，心里从未真正降低要求，甚至要求更高，这种叫作"伪恨嫁"的病，你有没有？

文 / 流苏淡影

每一场爱情都是传奇

那会儿准备去远方念书，到一家皮箱店买装行李的皮箱。皮箱店的老板娘志得意满地在我们面前炫耀："你看中的这款刚刚被买走一个，只剩最后一个了，喏，你看！"她撇撇嘴指向门外，我看见一个男孩子拎着皮箱渐行渐远的背影。许多年后，我和那人相恋，在他家阁楼上翻出一只皮箱，恰和我拥有的皮箱一模一样，惊讶地问他当年事，果然他在那家皮箱里买来这只皮箱。我颇有些自得地觉得我的爱情真有一丝传奇的味道。

去表姐家做客，看到玄关处列着一只褪了毛色但依然憨态可掬的大白熊，表姐指着大白熊给我讲了她和姐夫的相恋。表姐在离家千里远的大学里做了新生，逢生日那天，他突然来到她面前，左手是一只小小的蛋糕盒，右手是一只大大的白熊。他把白熊塞到表姐手里，大白熊立刻唱起歌来："祝你生日快乐，祝你生日快乐……"精灵的表姐压下心中风起云涌的惊喜、尴尬的情绪，冲口而出的竟是责问："你怎么知道我的生日？"他狡黠地笑了："我看了入学的登记名册，我们是同年同月同日生！"表姐恍如被电光石火击中，竟有这么巧的事。表姐嗔笑着回祝他生日快乐。此后，当然是爱情的一场花好月圆。

年已不惑的他，读大学时是有名的才子，写出不少被人追捧的诗歌和小说。他和她毕业后同被分配到僻静的乡村小学，两颗年轻的心很快就两情相悦。她对他说起自己如诗的少女情怀。她说，曾经爱好文学，看过一个人的文字，引起她内心的深深共鸣。青葱的她还在心中暗中起誓，如果今生能遇见作者，一定要嫁给他。他听后，只是云淡风轻地笑了笑。某一日，她替他收拾书柜，看到他的一个剪报本。她一页页翻开来看，当看到其中一篇正是她当年念念于心的文字时，她脑袋轰然作响，原来他就是那个作者。他们最终却散了，因为双方父母的不同意。爱情是两个人的相遇、相知、相悦，婚姻却是天时、地利、人和缺一不可的选择，没能和她在一起的他，多年后还能详细地描述这爱情中的细节。

年岁渐长的我开始相信原来世间的每一场爱情都是传奇。人们对于爱情的甜蜜味道、伤痛感觉、细枝末节都不能忘，不想忘，是因为我们虽已不再年轻，曾经轻灵如荷叶上露珠的心在烟火凡俗里日渐琐碎沉重，但我们都做过一场爱情传奇的主角，所以看着黑压压逼上来的青春年少们和他们摇曳缤纷的爱情，我们能如此不慌不忙、心平气和地活下去。

文 / 鲁西西

像花痴一样去相亲

有位做企业培训的女友口才极好，擅长将一件平淡无奇的小事描述得妙趣横生。她最常给我们讲的故事是《我的相亲对象是极品》：一次去见号称在本市某家主流媒体就职的 A 男，她问对方：你在 H 报负责哪一块？ A 男豪气干云一挥手说："五四路、华林路那一片都归我管。""什么？""那一片的报纸都是我送的！"原来媒人口中的媒体从业者，是报纸发行员。

这么新鲜生动的第一手八卦，总令我们喷饭。以至于如果她一段时间不相亲、讲这些笑话给大家听，我们都觉得人生少了一项乐趣。

几年过去了，和她相亲过的人都结婚了，她却仍然不是在和极品相亲，就是在和极品相亲的路上。我们也开始觉得有些相亲笑话不那么好笑，比如我介绍给她的牙医，只是在见面时出于职业习惯建议她"你有否考虑过将稀疏的门牙修整一下"，就立即被她视为言行极品。

我小心而委婉地提醒她："介绍人把相亲对象介绍给你时，大约都有考虑双方的匹配度吧。"如果大家都觉得配得上你的人，你却每个都看不上，是否是自己眼光高了？

有些人可能天生缺乏一种能力，导致他们在相亲过程中太过敏锐地发现对方的缺点，看不到其闪光点。

而和她相反，一位极富男人缘的女同事，各方面条件未必多出众，但是她有一点小花痴，身边每个异性都可以是心动男生。A 不帅但是幽默，B 不高但是时尚，还有 C 真是很好很体贴。所以她虽然也失恋，倒很快又能欢欢喜喜投入下一场蜜恋中。

不是我们能够找到一个没有缺陷的男人才叫幸福，有能力去接受一个不完美的另一半，才能获得幸福。

相亲的男人和女人一样，对于陌生人带着迟疑和试探，他们在你面前也许并未完全放开。不幽默、不大方，也许只是他们还没有确定到底要不要吸引你。你欣赏的目光，就是他们变得可爱的最大鼓励，多一点耐性，你会看见他们像孔雀一样把自己好的一面一点点打开。

就像我有一个很好的男闺密，有一次走在路上，他顶认真地对我说："我觉得，街上女孩子都很漂亮。"然后一回头对着我，"你也很漂亮。"我没有爱上他，但是那一刻，真心认为我很漂亮的男人是可爱的。后来他娶了据他说是大大大美女的老婆，虽然我们共同的朋友对此不以为然，但是别人怎么认为并不重要，蔡康永说："你感觉到风时，风才在吹。你把宇宙放在你的心里，宇宙才存在。"

你的心是哈哈镜，看满世界都是极品；你的心是美颜相机，看所有人就都是俊男美女。

文 / 慢　刀

岔　路

　　他们相约去看桃花。他说他知道一个好地方，在郊区山中的一个弃村，那儿有满山谷的空房子和桃花。她很高兴，那天特地穿了件鲜艳的薄薄的红色羽绒服和一条白得耀眼的裤子，很抢眼很拉风。他却批评了她一通，说你穿这么条白裤子干吗，到山上总要坐一坐的，这裤子这么白怎么坐？她说我不能坐你腿上吗？说得他心里一阵甜蜜。总之，他们那天的心情都很好。

　　他们坐公交车到了站点，下了车后他有点迷糊，犹疑了一会儿还是带着她往里面走，她看出了他的犹疑，说："你不会不认识路吧？"他说："我又不像你那么路痴，没问题，走吧。"他们往里走，越走越心慌，因为他记得再往前就应该是片竹林，但他也没看到竹林。他没料到的是公交站点往前挪了 100 米的样子，他们其实已经走错了路。当终于看到了那片竹林，但却过不去，因为在这条错误的路和那条正确的路之间隔着条小河。他只好向她坦白走错了，得往回走，回到大路，才能找到正确的路口。

　　她开始抱怨他，说他真没用之类；他也很恼火，很不客气地回敬了几句。就在往回走的那十几分钟里，他们终于吵翻了天。当回到大路上时，恰巧公交车到了，她头也不回地就上了车，他像个傻子一样站在尘土飞扬的大路上。他打她的电话她不接，心里想，这么个人，一点用都没有，连路都分不清，错了还不认错，跟他谈哪门子恋爱？他找了辆乡村摩的，一路狂追公交车，终于看到公交车了，他却叫摩的司机停下，心想，这么个人，脾气这么坏，辛辛苦苦地跑了几十公里，她却把我摞在尘土飞扬的乡村公路上，这算什么，我跟她谈哪门子恋爱？

回到城市，他们有几天没联系，都等着对方来认错，你等我我等你。在等的过程中，他们在心里互相历数对方的缺点，越数越生气，那天的事就像第一个点燃的鞭炮，终于炸成了一地的碎纸屑，到最后都将对方否定掉，最终是谁也没等到谁。她嫁了别人，他娶了别人。可嫁了以后，她的眼眶时不时就湿漉漉的，她有点想他那种不懂装懂自以为是的样子；他也是，在娶了以后，心里常常苦涩涩的，他有点想她穿白裤子红羽绒服很抢眼很拉风的样子。其实他们都不知道，在那条乡间小路上，只要再往前走百把米的样子，在两棵大树后，就可以看到那条小河上有座石板桥，他们就可以到达那片竹林，回到正确的路上。

文 / 汪　冰

世界上没有完美的选择

　　将要大学毕业的小张正在为要不要留在北京而困惑。他想留在北京是因为这里有更多的工作和发展机会。但是父母不希望小张离自己太远，并且已经利用自己的关系在家乡给他谋得了一份在当地人看来既体面又待遇丰厚的工作。

　　每次父母在电话里一啰唆，他就头疼，立马觉得自己一定不能回去。可是，放下电话，他也会暗自怀疑自己如果一意孤行留在北京，要是混不出来怎么办？

　　相信小张的苦恼我们每个人都或多或少有所体会，因为人生的每个路口都有大大小小的选择，我们往往纠结痛苦于如何找到那个"好"的选择。但是大部分人所想要的"好"的选择，其实都是"完美"的选择，而完美的选择通常都不存在。比如，小张的纠结在于，比起家乡，北京胜在机会；而比起北京，回家的好处在于稳妥。可是，机会就意味着不确定，稳妥几乎等于缺乏变化，两个彼此矛盾的选项如何可能两全其美呢？

　　但是，《小王子》的作者圣埃克苏佩里曾说："完美不是指再没有东西能增加上去了，而是指再也不能拿走一样东西了。"这样的"完美"是在叩问什么才是我们内心最想要、最看重的，只要拥有了它们，即便失去了别的，我们也依然能感到满足。这种"完美"的选择也许我们可以做到。

不过，让小张纠结的原因还有一个，那就是：如果自己选错了可怎么办？比起痛苦，人往往更害怕未知，很多人正因为这种恐惧而选择了最安全稳妥的生活。特别是当我们不顾周围人的反对选择了不确定的未来，那不仅可能意味着没有人支持，也意味着再没有人可以怪罪，自己必须负起全部的责任。

我有一个朋友，多年前曾经也面临与小张类似的抉择，他的理想是像他的同学们一样成为一名室内设计师，但是父母已经为他找好了一份银行的高薪工作，最终他向父母妥协了。如今一见面他就会跟我抱怨工作有多么无聊，特别是看见当初才华远不如他的同学都有了自己的工作室，更是百感交集。最后，他总不忘愤愤地总结一下："这全都怪当初父母逼我选择这个工作。"

其实，我的这位朋友的根本问题不在于父母的强逼，而是缺乏为自己负责的能力。很多时候我们选择屈从别人的意见，说白了是为了选错后至少还有人可以怪罪，而指责不过是胆怯的借口。

所谓"好"的选择也许只有两个标准：这是不是你真心想做的选择？你愿不愿意为自己的选择负责任？对于没有航向的船来说，任何风都不是顺风。

文 / 冯 唐

我在大学学到了什么

2014 年春夏之交，我受母校邀请，去协和医大近百年历史的小礼堂，给小我 20 岁的师弟师妹讲协和传统，我使劲想，8 年大学教育，我学到了什么。

第一，系统的关于天、地、人的知识。在北大上医学预科，学了 6 门化学，和北大生物系生物化学专业学的一样多。学了两门动物学，无脊椎动物学和有脊椎动物学。我第一次知道了鲍鱼的贝壳叫作石决明，石头、明快、决断。学了一门被子植物学，还学了各种和医学似乎毫不相关的东西，包括微积分。在中国医学科学院基础所学基础医学，当时学了大体解剖、神经解剖、病理、药理等，从大体到组织到基因，从宏观到微观都过了一遍。在协和医院学临床，内外妇儿神都过了一遍。我们去北大之前，去了信阳陆军学院军训一年。现在回想起军训、北大、基础、临床，我常常问一个问题，学这些东西有什么用啊？第一点用途，在大尺度上了解人类，了解我们人类并不孤单，其实我们跟鱼、植物，甚至草履虫有很多相近的地方，人或如草木，人可以甚至应该偶尔禽兽。第二点用途，所有学过的知识，哪怕基本都忘了，如果需要，我们知道去哪里找，因为我们学过，我们知道这些知识存在，我们不容易狭隘，不狭隘往往意味着不傻、不二。第三点用途，是知道不一定所有东西都需要有用。比如当时学植物，我还记得汪劲武教授带着我们上蹿下跳，在燕园里面看所有的植物物种，后来我读过一句诗，"在一个春天的早上，第一件美好的事是，一朵小花告诉我它的名字"。

第二，知之为知之、不知为不知的求真务实的态度。先要承认自己的无知和无能。学西氏内科的时候，老师反复强调，80% 的病不用管它，自然会好，"nature cures"。这反而映衬了我们对很多疾病并不彻底知道成因，并不确定什么治疗方法有效。比如 SARS，到现在也不清楚为什么会出现、为什么消失，也不确知明年会不会再次出现。其次，面对这么多的未知，我们还是要给病人相对笃定的建议。我们要给病人列出几个可选方案，要跟病人讲清楚不同方案的优劣，要给出我们推荐的优选方案。再次，不作假。不能说假话，不能做假数据。我现在一直坚信，如果没有真的存在，所谓的善只能是伪善，所谓的美也只能是妄美。我记得协和教过一句话，说哪怕再难听的真话，也比假话强。最后，要有天然的谦虚。因为你不知道、你做不到的太多了，你要永远保持谦和。导师郎景和讲过一个故事，有个妇科大夫曾对他说："郎大夫，我做过很多妇科手术，我从来没有下不来台，没有一个病人死在我的手术台上。"郎大夫停了停，说："尽管有些残忍，我还是要告诉你人生的真相。人生的真相是，你手术做得还不够多。"

第三，以苦为乐的精神。学医很苦，原来的协和校训是，"吃得苦中苦，方为人上人"。后来解放了，新社会了，校训只剩前半句，"吃得苦中苦"。我做医学生的时候，那些大我三四十岁的老教授，早上 7 点之前，穿戴整齐站在病房里查房，我再贪睡，都不好意思 7 点之后才到。当时的协和不熄灯，教室在 7 楼和 8 楼，住宿在 6 楼，食堂在地下室，晚饭 4 点半开，从 5 点多开始看书，一直到深夜。从那时候起到 40 多岁的现在，我没有在晚上 12 点之前睡过。

第四，人都是要死的。协和 8 年，集中见了生老病死，深刻意识到，人终有一死。这似乎是句废话，但是，很少人在盛年认识到这点，更少人能够基于这个认识构建自己的世界观、人生观和价值观。因为人是要死的，所以，一个人能支配的有效时间非常有限，所以，要非常珍惜，每一餐、每一天都不要轻易给无聊的人或事。因为人是要死的，所以，人不要买自己用不上的房子，不必挣自己花不了的钱。像协和很多老教授一样，早上在医院食堂吃碗馄饨，上午救救人，下午泡泡图书馆，也很好，甚至更好。因为人是要死的，所以要常常叨念冯唐说的九字箴言：不着急，不害怕，不要脸。

文 / 嘉 倩

那个没抢到座位的孩子

小时候在幼儿园，常常玩一个游戏，老师挑选 6 个小朋友站在中间，只有 5 个座位。大家拍手唱歌，中间的孩子就绕着座位跑，音乐突然停下来，6 个小朋友们就要去抢座位，往往有个人会多出来，不知所措地站着。

我是不喜欢这种残酷游戏规则的，因为注定有一个人会多出来，再认真再努力，也会成为失败者。我一直很好奇，当众人关注得到座位胜利者的欢声笑语时，那些多出来的失败者，他们都去了哪里？

初二时候，年级动员大会里，老师问："想去高中部的同学们举手！"台下纷纷高举起手来，老师满意地点了点头，说："年级排名前 100 名的，就有希望去，大家好好加油。"可剩下的 200 人，他们要何去何从呢？

受不了这些压力，我中午逃出校门去了家医院，对着医生难过地说："叔叔，我该怎么办？我去不了重点高中，考不上一本大学，我是个废人。"他耐心温和地说："我周围的人，也不都是重点学校的，一样在当医生，活得好好的啊！"他打电话叫父亲过来接走我。

父亲出现后，竟然没有生气，只是说："走，带你去吃好吃的。"当我嚼着饭菜，坐在对面的他说："其实你不需要很优秀，尽全力就够了。"

转眼快 10 年过去了，虽然父亲从未对我解释过"尽全力"到底意义何在，但一路走一路反思的成长岁月里，我找到了为何要好好读书的真正意义：并不是为了去抢座位，而是更有底气去选择自己想要的生活。

当我能讲一口流利的英文，和考级和雅思无关，而是在与外国同事沟通时，双方能够合作解决问题；当我学好了一门专业，和一纸证书无关，而是为了工作时，能尽可能减少耗费的时间和人力物力；当我待人接物落落大方时，和比赛奖状无关，而是身边的人喜欢和我相处，每一天上班自己和别人都很愉悦。

高考快要放榜了，好的大学好的专业，固然有人数的限定，不是所有努力的人都可以如愿，却也不见得就要为此一蹶不振，因为这并不代表你不够优秀，想一想，那间教室的座位本就有限，肯定坐不下所有想去的人。

每朵花都会努力绽放，但是往往有的开得早，有的开得晚，最后却都逃不过凋谢的命运。青春也是如此，有一天我们都会老去，当我们站在自己孩子的高考考场外，在烈日里翘首企盼的时候，会不会有那么一刹那被唤醒：其实花凋谢后，生出来的果实才是一棵植物的精华；花期短暂，最甜的果实未必曾是绽放得最绚丽的那朵花。

那个没抢到座位的孩子，你的人生，会比想象中更厚重，更精彩。

文 / 李月亮

人生需要盛装时分

小学时候，有段时间我的语文老师病了，体育老师来兼，当时正好学李白那首《夜宿山寺》：危楼高百尺，手可摘星辰。不敢高声语，恐惊天上人。面对我和小伙伴们好奇求知的目光，体育老师用一句话就搞定了整节课的内容，他说，楼太高，吓得都不敢说话了。我们都笑，他也笑，得意地说，我这么说你们就都懂了吧？古人就是啰唆，挺简单的事，整那么复杂，也不嫌累。

然后整个小学，我们班同学都恪守着体育老师的文学思想，把所有学到的诗词都进行简单粗暴的总结。"床前明月光"那首，就归纳为"看到月亮，想家了"，"好雨知时节"一首则被说成"昨晚下雨了，没听着"……直到上了高中，读到李清照的"寻寻觅觅，冷冷清清，凄凄惨惨戚戚"，才惊觉有些复杂无法简单，因为复杂里头有一种叫"美感"的东西，一简化就丢了。回头再读从前学过的诗，不禁愧疚满怀，真是辜负了诸位大诗人的美意。

大概是因为被体育老师伤过，后来我对极力求简的行为总有所质疑，尤其在这个事事追求简单便捷的时代。不可否认，很多简单的东西的确也是美的、有营养的、令人愉悦的，但简单永远不能完全代替复杂，比如诗歌，比如戏曲，比如建筑，比如习俗。太多太多东西，都要在繁复的、悠长的、起承转合的过程里，才能表达出无尽的美意，彰显出其隆重、盛大、非同寻常。

半年前我一好友结婚，她在请柬上毫不客气地要求我们穿高跟鞋和礼服，严格规定我们几点到场，从酒店的哪个门进，我对这种无礼要求感到生气，当时就打电话过去，骂她神经病。她体谅我对高跟鞋和礼服的恐惧，但还是坚决要求我必须如此穿戴。

万般无奈，那天我跟另一好友穿得跟新娘似的就去了。结果发现幸好准备充分，否则我们都不好意思进门了。从酒店大门到礼堂，要经过一小广场，人家在那铺了红毯，宾客都跟电影节的明星似的，要在围观亲友中款款走过，要留影，要在签名板上写祝福……拉风极了。而整个典礼更是繁复隆重，各种仪式各种讲究，足足折腾了两个多小时。我和同去的好友开始还撇嘴嘀咕，骂她自找麻烦，但进行到最后，我们不得不承认，这才叫结婚，才叫一生一次的托付。然后回想起各自的婚礼，都觉得太潦草了，潦草得简直不想去回忆。好友说，怪不得现在让老公做个早饭他都不乐意呢，看来当初是太轻饶他了，早知道就该这么折腾一回，让他知道媳妇不是好娶的。

可见虽然人都怕麻烦，但有些麻烦不能省，得折腾处且折腾，大事就是要有个盛大的仪式，没有纷繁复杂耗尽心力，就不能切身体会其重要性，就不能给人生留下浓墨重彩的一笔，就不知道日后珍惜和维护。

那婚礼我到今天还记忆犹新，感受比自己的婚礼还深刻。而之后每次亲友结婚，若准新娘说预备简单点办，我都第一个跳出来说，不行，必须复杂，必须盛大，必须让他永世不忘。

人生不能总按照体育老师的思维前进，必要的时候，必须有点不厌其烦的"形式主义"。

文 / 马　德

怪叫声与掌声

美国励志影片《叫我第一名》，讲的是一个患有妥瑞氏症的美国男孩科恩的奋斗故事。他的成功，离不开母亲始终如一的爱和鼓励，离不开朋友的呵护和支持。当然了，他上中学时，遇到的那位校长，用特别的方式给予他的爱，更是非同寻常。

妥瑞氏症，是一种难以治愈的病症，具体症状是多动，且嘴里总要发出像狗吠一样的怪声。就因为这样，科恩上小学的时候，常被同学耻笑甚至是欺负，老师不理解他，就连他的父亲，也不愿和他待在一起。

升入中学之后，情况没有多大的改变。一天，因为在课上发出怪声，他被愤怒的老师交给了校长。校长明白原委后，对科恩说，学校礼堂下午有场音乐会，你去参加吧。科恩当时就拒绝了，因为他知道，他发出的怪声，会给音乐会带来灭顶之灾。

但，校长微笑着，坚持希望科恩能去。

果然不出所料，悠扬的音乐会，因为科恩的到场，变得非常糟糕。他的怪叫声，不仅搅扰了音乐会，还引得学生们不时发出哄笑。校长就坐在台上，一向严厉的他，看到发生的这一切后，居然并不去制止，仿佛什么事都没有发生一样。

音乐会结束了，就在大家都要走的时候，校长开口了。校长说，谢谢大家喜欢音乐会，但是，在这个过程中，始终充斥着一种让人生厌的噪音，而这种噪音，就是一个叫科恩的同学发出的。说完，校长把科恩叫上了台。

大家都以为校长会当着所有人的面，趁机责备科恩一番，或者让科恩当场道歉，然而，接下来发生的一切，出乎所有人意料。

科恩，你喜欢发出噪声惹人烦吗？

不，校长先生。

那你干吗还要这样做呢？

因为我患有妥瑞氏症。

妥瑞氏症？这是一种什么病？

哦，是，是大脑里的一种东西，让我发出了怪声。

如果，你用意志，可以控制住它吗？

不能，校长先生，这是一种病，不能自我控制。

好吧，那你怎么不去治好它？

现在还无药可治，校长先生。当然了，包括我，也很讨厌这种怪声。大家越是笑话我，我就越紧张，而越紧张，这种病，就会更加厉害。如果同学们都接受了，我放松下来，就不会这么糟糕了。

那，我们能为你做些什么呢？当然了，我是说学校的每一个人，能帮你做些什么呢，科恩？

我，我只希望能像其他人一样，得到平等的对待……

整个音乐会的现场，由于校长与科恩的一问一答，而变得鸦雀无声。随后，所有的老师和同学都站了起来，长时间为科恩鼓掌。那掌声，既是对校长爱的智慧的肯定，更是对科恩的同情、理解和尊重，雷动的掌声，弥漫着人性的芬芳，响彻整个礼堂，仿佛是刚才那场音乐会的高潮，温暖，持久，充满着激荡人心的力量。

文 / 蒋方舟

人活在世上的品相

　　章诒和的《伶人往事》里讲过她的父亲章伯钧请京剧大师马连良吃饭的故事。

　　刚过午休，几个穿着白衣白裤的人就进了章家厨房，用自备的大锅烧开水，等水烧开，放碱，然后用碱水洗厨房，洗到案板发白、地砖见了本色才罢手。再过一个时辰，又来了一拨穿白色衣裤的人，肩挑手扛着整桌酒席用具，还有人扛着烤鸭用的大捆苹果树枝。院子里，肥鸭流油飘香，厨师在白布上使用着自己带来的案板、炊具，连抹布都是自备的，雪白。章伯钧请马连良吃饭，结果自家只用了水和火。

　　章诒和的评价很动人："不管北京城头悬挂什么旗子，报纸上宣传什么主义，马连良这样的艺人都细心地过着自己的日子，精心琢磨那份属于自己的舞台和角色，以自己独特又隐秘的方式活着。"

　　那一代人如何活着？具象地说，是活得"有规矩"；抽象地说，是活得"有样子"；简单地说，是活得有尊严；往大了说，是依然有着某种精神制约，服从于某种精神力量——高于柴米油盐的精神力量。这种生活方式就是两个字，"讲究"。"讲究"并不代表财富：用金钱穷凶极恶地堆积奢华的生活方式，未免失了分寸。

"讲究"的生活一度被批判为小资的，而"讲究"的人，也只好遮掩着对于生活细节的爱好，悄然毁掉了自己的"样子"。

直至今日，人们终于不必隐藏对于生活细节的追求，甚至对物质有种报复式的恶形恶状的追求：把苦过的日子赚回来。"享受生活"的说法重新回到话语当中，并被自动等同于豪门豪宅豪车。

日本著名的民艺理论家柳宗悦谈论器物时说："每天使用的器具，不允许华丽、烦琐、病态，而必须结实耐用，忍耐、健全、实诚的德行才是'器物之心'。"朴素的器物因为被使用而变得更美，人们因为爱其美而更愿意使用，人和物因此有了主仆一样的默契和亲密的关系。

我刚刚去了日本的京都，那里的旅馆，常常给人以"家徒四壁"的感觉：朴素吸音的墙壁，一张榻榻米，没有什么娱乐设施，这样的布置，简单得几乎有了"寒苦"的感觉，除了睡觉、喝茶，似乎也没有其他事情可以干。

出门，连庭院都是枯山水，人就这样和自己形影相吊，只有空气中苦凉的香草气相伴，所有的生活纹理变得异常清晰，再耐不住寂寞的人也被迫正视生活中的一点一滴。

现代人往往精疲力竭地追逐眼花缭乱的富足，然后再花大价钱、大把时间去清贫简陋的环境中体验，并命名为"修行"，如同追逐吊在自己眼前香蕉的猴子。殊不知，生活才是最好的修行方式。

我们谈论金钱、谈论社会、谈论变革、谈论技术、谈论未来，却越来越少地谈论生活。当我们谈论生活时，我们谈论焦虑、谈论烦恼、谈论不满、谈论他人，而越来越少地谈论生活本身。

生活的本质是什么？是人该以怎样的品相活下去。

文 /（台湾）赵鸿鹏

面　具

当他回到地下室车库时，已经是晚上 11 点了。将车子熄火后，他迅速而熟练地将那张戴了一整天的面具撕下，放入手提箱中。在后视镜里，他瞄了自己一眼，原本是如此颓疲而宁静，几近是不善言辞的，更甭说是交际应酬了。而手提箱中的那张脸，机灵、险诈而又滔滔不绝，那岂是自己？

想想刚戴上的那几个月，还真不习惯呢。有一次居然在公司的洗手间中摘下，结果当天下午就惹来副总的一顿骂。另一次因皮肤过敏，将近一周未戴，差点就被炒了鱿鱼。还好现在已经完全习惯了，有时连假日都想拿来戴戴呢！记得有一个星期日，心血来潮地将它戴上，结果太太居然对他说："你今天哪里不对呀？实在惹人讨厌！"从此以后他便乖乖地，每天早上在车库中戴上，晚间在车库中摘掉，这已变成他的第二生命了。

想当初，买下这张昂贵的面具，心中还真担心不管用呢，但自从用了它之后，如今已经升到经理了，想想也是值得的。

进了房间，太太尚未回来，在这个原应属于两个人的小窝中，往往只有一个人在，空荡荡，有些寒意。在浴室中，他刮了刮生长极快的胡子，快到令人讨厌的地步。如果胡子能同面具上的一样，永远都不长，那该有多好，他现在还真有点喜欢那面具了……

当他回到地下室车库时，已经是晚上 11 点了。将车子熄火后，他便将手指头伸到耳根下，吃力地拔起那张越来越紧的面具。"奇怪，为何面具最近越来越难以取下？"他心中纳闷着，"改天找面具店老板谈谈。"又隔了两周，他由于实在是抽不出空，一直未去面具店，而每晚摘下面具的时间也越来越长了。

今天晚上回来得特别晚，他在醉意中将手指头伸到耳根后，却一直无法找到那条小小的分界线，一个钟头后，终于放弃。戴着面具回到家中，太太已经睡了，他悄悄地进了浴室，努力着，最后甚至用了刮胡刀，但都白费。

第二天他一大早便向公司请了假，直接开车到那家面具店。"老板，这张面具我怎么弄也弄不下来，你帮我看看！"老板慢条斯理地走到他身后，手中拿着一个放大镜。"喔，已经太迟了，我记得你来购买时，我曾经提醒过你，为何会这么严重了才来找我呢？"这时他心中已经明白发生什么事了，全身起了鸡皮疙瘩。"那该怎么办呢？""那你就一直戴着吧，对身体不会有任何影响的。""但是，我太太最讨厌我这种德行的啊！"他气急败坏地回答。"不要那么激动嘛，年轻人。如果你真的不喜欢的话，那再买一张不就结了。你以前是什么样子的？我打个八折给你。"老板脸上堆起了令他作呕的笑容。他心中剧烈地冲击着、矛盾着，但他最后投降了。"颓疲、宁静，几近不善言辞。"他口中喃喃地说。"这型的刚好还有一张，五万打八折，现在已经很少人买这一型的了。"

当他回到车库时，已经是晚上 11 点多了，将车子熄火后，他迅速而熟练地将那张新面具戴上……

文 / 小木头

别动不动就一辈子

突然想到一个朋友，我们六七年前认识，这些年她换了几个工作，最后索性离开帝都回到了家乡。会想到这位朋友，是因为钦佩她的勇气和魄力，无论是换工作，还是离开生活了十多年的城市，她的每一次决绝可能对其他人而言都是沉重的，而她却举重若轻。她当初接受这些工作，大约也没想过会做一辈子吧？

一辈子。

我们真是动不动就喜欢说一辈子这样的词，就如同，刚才我跟先生在散步，说到晚饭，打算减肥的两个人认为喝粥是个不错的选择，他习惯性地说：我们下半辈子就喝粥了。

我们总是动不动就想到一辈子，更要紧的，动不动就想到给这个一辈子买一份保险，没错，就是安全感。

谈恋爱的时候，爱得痴缠的人，动辄就会想到一辈子，想要跟对方在一起，恨不得一夜白头，到后来哭了闹了分手了。想一想，一辈子哪能那么简单。遇到一个能够走一辈子的人，是一种难能可贵的缘分，又哪有那么容易啊？！

热恋中的情侣如此，结了婚的人，也动辄就想到一辈子，觉得既然领了证，就是一辈子。这虚妄的安全感，简直是害人的蜜糖。我们想要的从来都是一个亲密爱人，而不是同住在一间房子里的合租者，所以，别松懈了，要维护感情，要交流思想，要寻找新鲜热闹的事情一起来做，想要一辈子，就不要让审美疲劳成为习惯。

我们习惯性说一辈子，我们也习惯性想要去实现一辈子，这大约也是人们趋之若鹜去考公务员的重要原因，人人都知道公务员的工资水平不算多高，可是，稳定啊！这个稳定的吸引力，对很多人来说可以维系一辈子。

这两年，自己慢慢成长，开始真正钦佩的，是那些不把一辈子当回事的人了。他们接受一份工作，是因为对它有兴趣有热情，而不是因为它可以让自己一辈子有饭吃；他们做一件事，是因为发自内心的喜欢，而不是从一辈子的角度来看；他们去旅行，离开某个城市，交往某个朋友，全都是凭着源自内心的热情，安全感对他们来说，从来都是他们自己而已。

一辈子好长啊。

所以，不要动不动就想到一辈子那么长，先享受爱情，经营婚姻，做好眼前的工作，就好了。

文 / 蓑　依

你以为我知道？

一位朋友向我抱怨她男友不懂她，举的例子是她想吃冰激凌，对方却给她奶茶，我问："你为什么不告诉他你要吃冰激凌呢？"她说："我喜欢吃什么，讨厌吃什么，他都应该知道啊，还用我说。"我继续问："那你爸妈会在你想吃冰激凌的时候递给你奶茶吗？"她一脸的不屑，"父母怎么能和男友比呢？要不然，要男友干什么？"

表弟正处在叛逆期，据姑妈说他和父母像仇人一般。他和朋友在外面聚会彻夜不归，快乐得不得了，一回到家，就撒泼耍赖，或者是关在自己房间里一句话不说。

有一天我去他们家，不经意间问了一句："姑妈说，你好像不太喜欢和他们说话呢，为什么？"他愤怒地说："他们不懂我。我想和朋友在外面通宵唱歌，可她非得每晚让我回家睡觉；我和朋友说好暑假一起去北京玩，他们却怎么也不让我去……"他似乎有一肚子苦水，说起来没完没了，都是父母不理解他，没站在他的角度想问题。

我问："那你把心里的想法告诉他们了吗？你跟他们说你和哪些朋友在一起了吗？你跟他们说了你们去北京是如何安排行程了吗？"他好一

会儿不说话，然后很生气地说："人家的父母怎么那么懂孩子呢？人家也不用每天像汇报工作一样，汇报给父母。"

父母与子女间的问题，基本上都出现在"沟通"上，孩子不想说话，让父母去猜，但即便父母用心去猜了，也往往猜不到点子上，积怨越来越深。

在孩子眼里，父母懂孩子天经地义；在情侣眼中，爱人懂自己也是理所当然。但懂得是两个人的事情，任何一方在谴责对方不懂你的时候，是否也应该反思一下自己是否给了对方懂你的机会。

以前，每次心情不好，都会找闺密抱怨一番，每次她都不安慰我而是拉我出去逛街或者约朋友一起吃饭，长久下来，我觉得她怎么那么自私，全然不顾我的心情。

有一次，我终于沉不住气，简直是声嘶力竭地说："我说什么你听了没有？为什么每次我难过的时候，你都不安慰我，你把我当朋友了吗？"她怔了一下，平静地说："我当然知道你难过啊，你难过时，我就想让你做些快乐的事转移注意力，没想到却让你理解为我不关心你了。"我说："我不要你转移我的注意力，我就要你和我一起咒骂我讨厌的人，在我流泪时和我抱头痛哭，这样更能让我心里好受一些。""那你怎么不早说？"我说："我以为你知道！""我为什么知道？你又没告诉过我。"我哑口无言。

再亲密的人也没有义务去懂你，但是再亲密的人也有义务和对方去沟通，有义务去给对方提供懂你的条件。

有多少人败给了"我以为你知道"？

文 / 唐　浚

依　赖

　　我一个女性朋友最近有点生不如死，男朋友交往得好好的，两个月后人家对她说，我需要自己的空间，压力有点太大了。搞得她哀怨加绝望，还生出了愤怒：当初是谁天天送饭送水果，嘘寒问暖关怀备至，一天恨不得一百个短信。哦，追到手了，要自己的空间啦？

　　这几乎是亚洲女性普遍的困惑和烦恼，凭什么你追我的时候恨不得分分秒秒腻在一起，两个月——最多三个月，就开始要自我啦？你早干什么来着？

　　说实话，身为男性，这种话听了我也不免有些汗颜……因为我追女孩子的时候也是这样。这个世界上哪个男的追女孩子的时候都是这样的，男人们也很困惑很苦恼——当初追求人的时候的热情劲儿确实是自己干出来的，如今要空间也确实挺不要脸的。

　　但这种需要是发自真诚的。

　　恋爱初期，男人的行为举止都是不受自己控制的，这非我为男人开脱——因为如果不是这样，人类早灭亡啦，它总有一种力量蛊惑到我们不管怎样先把你追到再说。追到以后三个月还爱你吗？爱的呀，但状态已经不一样了。

三个月前，我们见到喜欢的女孩子，满脑子是你亮晶晶的大眼睛，眼睛里除了你再也容不下别的东西；三个月后视野渐渐恢复正常，这才看到，哦，世界上除了你之外还有别的，父母、朋友、事业工作，于是要一点点往回捡，而这个捡的过程，就是向女性的怒火不断卑微地争取权利的过程。

但从本质上说，这不过是男人回归到常态而已，这不代表他不爱你了，只不过他要在赢得你的同时，尽量保证不失去以往打下的领地，男人就是这么思考事情和做事情的。但在女人身上，这一点非但不可理解，简直是一种羞辱。

"从开始分分钟的妙不可言，到三个月后把我当作一个甜点……"这大概是所有女性碰到这种事情时的第一感受。

针对女性——索性说人性——身上的这种性格特征，三个月后的男人要争取权利，一方面确实是出于真诚，另一方面也真的是小心翼翼。而针对男性这种普遍的窘境，甚至有的男人倡导一种做法，就是刚开始的时候就做好规矩，再热恋一个星期也只见两次，再难熬也忍着，这样这个阶段过去就自然了，男的也不用低声下气地争取本来正当的权利，女人也不会因为待遇悬殊而闹情绪，这叫先苦后甜。

这种方法从科学生物学上是合理的，但我总觉得不对劲：一来热恋期蜜里调油这个东西是上天赐予人的强烈幸福感，凭空浪费掉对双方都可惜；二来总觉得一个在恋爱初期就能这么工于心计的人，不会有爱。

活在这个世界上，除了恋爱外还有那么多事要操心，所以大家还是互相理解吧。

文 / 莫小米

隔　壁

他租住的老小区，房间隔音比较差。

隔壁住着个老婆婆，每天一清早就听她念叨，字字清晰："乖乖醒啦，奶奶给你冲奶粉……呵呵，又尿湿啦。"

有时候也会发火："你吃不吃？来，再吃一口，不吃？不吃饿死你，让你妈妈带你回去，我吃不消管你啦……"

上下楼，会遇到老奶奶，提着袋子，满面笑容："给孙子买尿不湿……"

老奶奶整天在那里对着她的孙子说话，很少有清静的时候。

有一阵隔壁非常安静，又过一阵，来了对中年男女，将老婆婆的床、柜子搬出，说要装修、出租。

中年男女称老婆婆是"苦命的婶娘"，才知道，老婆婆年轻时与相爱的人离散，一直抱着幻想等待，以致终身未嫁，亦无后。他才想起，从来都没有见过那个养得轰轰烈烈的孙子。

之后隔壁住进几个年轻人，楼道上遇到，西装领带，文质彬彬，他觉得很放心。

万没想到他们每晚说话笑闹，看碟玩游戏，尤其是周末，常会有一拨一拨的人来聚餐、打牌，输赢变幻之间，一阵阵的喧哗，风起云涌。

以前老婆婆声音大，还有点人情味，现在的吵，更受不了，房东来时他诉苦，最后谈妥，房东每月补偿他200元钱。

这批人终于搬走了，他松了口气。接着住进来的，听说是酒吧驻唱歌手，他大惊，向房东提抗议，房东说要不补偿300元，试试？

试试吧，一连几天，隔壁一丁点儿声音都没有，难道他们没有回来？

有天半夜时分，他碰巧醒来，听到了隔壁钥匙开锁的声音，脚步声，冲水声，很快，就没了声息，重回寂静。

他琢磨个中道理，酒吧歌手整天在喧闹声浪中工作，下班回家，当然喜欢静静的；小白领上班得小心翼翼对老板，对客户，比较压抑，回家要宣泄、放松；而需要特意弄出点儿声音，来抵御寂静的老婆婆，是真正孤独的人。

他把300元还给了房东。

文 / 韩松落

霎时光芒

大学里有个同学，顽劣无比，和同宿舍的人总也相处不好，然而他懂得弹吉他，偶然弹着吉他，低低地唱一曲，听的人立刻原谅了他所有的作为，跟他说话也和颜悦色起来，而且这效果至少能够持续半个月。一个人不可能时时刻刻触动人心，但至少要有一个触动人心的刹那吧。弹琴唱歌的刹那，是竭尽全力强行让自己美好起来的刹那，仅仅是这种努力，也让人感动。

我们单位年年都要组织文艺会演，参加演出的都是同事，十几二十年在一层办公楼里办公，互相帮助、互相温暖，也互相使坏、排挤、打小报告。即便没有这些龃龉，就是天天四目相对地看下来也看烦了，何况跳的都是艳俗的舞，唱的都是烂大街的歌。在上台前，大家还为谁抢先穿走了较为合身的裙子而嘀咕着，然而，只要上了台，被灯光打着，裹着貌似华丽的衣服，被几百几千双眼睛盯着，任是最剽悍的人，也要心无旁骛地沉浸其中，要抬头挺胸地做英雄儿女状，要努力体会音乐的气氛。工作中的对头被托举到了三米高处，仍要聚精会神地把他接住。

舞台是最能激发人光明面的地方，所有人在那时那刻，必须强行使自己美好起来。

而这点美好，这点感动，这点努力，足够人和人和谐相处上三五个月。一个人身上霎时的光芒，那点细细的光辉，也足够润泽人性粗糙的表面，哪怕只有三天，甚至更短的时间。

每个人都
只能做自己

VI

文 / 唐辛子

比阿信更不幸

　　我和我家 12 岁的小朋友去看电影《阿信》。少女时代，电视剧《阿信》中女主角的隐忍和坚韧，给我留下了深刻的印象，我希望这份"正能量"可以穿越时空，在女儿内心生根。

　　电影《阿信》的一个重要主题是面对困苦的坚忍，以及拼命活下去的精神。电影反复出现了小阿信在受到欺凌时的忍耐，以及好几次小阿信在吃到米饭时，满脸欣喜的特写镜头。

　　《阿信》的原作者、88 岁的女作家桥田寿贺子认为：跟阿信那个时代相比，现在的孩子物质丰富，生活得太好，而过去的人历经苦难，吃苦耐劳，她希望这样的忍耐之心，也能在现在的孩子身上生根。

　　不料，对桥田寿贺子的话，小朋友却有自己的意见。她也认为面对困境绝不逃避的阿信非常了不起，但不认为现在的孩子就一定比"阿信"们更幸福。

　　小朋友说："为什么大人们总说我们现在比他们小时候幸福呢？难道就因为我们能吃饱饭，所以就比过去的他们幸福了？他们小时候有考试吗？有这么激烈的竞争吗？有现在的空气污染吗？……"

我只好安慰她："是啊！每一代人都有每一代人的艰辛，过去小孩子的艰辛是吃不饱，而现在小孩子的艰辛是吃得太饱，因此压力很重……"

听我这么说，小朋友忍不住笑了起来。实际上，虽然我的回答有些调侃，但心里也认为小朋友说得不无道理。

的确，过去的人，比现在的人容易满足。因为他们一无所有，因此哪怕一小点的成功，都能收获巨大的成就感，并从这份成就感中收获进一步的动力和自信。在动力与自信如同滚雪球一般跟随成就感一起成长的过程中，忍耐与执着的生活精神，也随之一起水到渠成。也因此，过往那些年代的人，他们吃起米饭来都的确要比现代人更香甜些。他们容易满足，也容易心怀感恩，为此他们反而能从生活的种种不幸之中，寻找到属于自己的幸运。

而现在的人，无疑是缺乏这种因为不幸而孕育出的"幸运"的，小小的成功已经无法刺激人们的成就感。我们的欲望，像是巨人的孩子，已经随着时代的发展而越长越大，大到这个地球快要装不下，大到如果不另外寻找一个新宇宙，我们就很快将被这个"巨人的孩子"给侵吞了。这便是我们的不幸，我们的孩子们的不幸。

所以我想，女儿的话是有道理的。与过去相比，阿信们所承受的是物质贫困，而现代人，或现代的孩子们，要承受的是精神贫困。从这一点来说，我们，还有未来的他们，都比阿信更不幸。

．

文 / 麻　宁

追糖果的孩子

　　今年 3 月下旬去了趟柬埔寨，给我触动最多的，是临行前最后一晚乘坐热气球的体验。

　　热气球起飞之前工作人员发给我们一包糖果说："一会儿你们飞越暹粒城市上空的时候，地面上会有很多孩子追着你们要糖果。到时候你们就可以把这些糖果丢下去给孩子们。"

　　在热气球上面往下发糖果，听起来是多美妙的事情！"糖果"、"孩子"、"热气球"……那种童趣满满、鬼马兮兮、快乐多多的画面，哪怕只是设想一下，都让人禁不住嘴角上翘呢。

　　气球刚一腾空还没有拉升到安全高度，地面上就有许多孩子一路追随着跑起来。他们原本聚集在我们的出发点，零零星星，三三两两，可是当热气球飞起来的时候，从上往下看过去，你才惊异地发现——竟然有那么多的孩子！不同的是性别、发型和外貌，相同的则是他们都有黝黑的肤色和充满渴望的眼睛。

　　热气球开始平稳飞行后，便有游客向下抛掷糖果。这边游客刚扬了扬手，那边孩子们就开始加速奔跑，甚至挥舞双手奋力腾跃。常常是丢下的糖果不过三五颗，却吸引了数以十计的孩子，那种景象只能用"壮观"来形容。你有过在旅游景点撒鱼食喂鱼的体验吗？同样的场景，疯狂聚集的是鱼儿时你会觉得有趣，疯狂聚集的是孩子时你却会觉得心酸——这些不问意义不计目的不知疲倦一路奔跑的孩子啊，就为了这寥寥的几颗糖果，日复一日地做着同样的动作，他们当下的快乐也许是真实的，可是会否有那么一天，他们忽然觉得这一切都失去了意义？

在追跑的孩子当中，有一个赤裸上身的小男孩特别引人注目。他的速度也比其他孩子都要快。不一会儿，他就凭借过人的速度抢到了更多的糖果。热气球一直在飞，越来越多的孩子气喘吁吁放慢了速度，也有新的孩子从另外村庄的其他角落不断加入，只有这个孩子，从一开始就追着我们跑，高速地匀速跑，看到糖果被抛下时突然发力猛然提速，以极高的精准度命中他的"猎物"，宛如一只精力充沛野心勃勃的小豹子。我不免想：这个本应该坐在课堂里读书的男孩，这个拥有出众体能速度惊人的男孩，难道他的童年时光，就该在这追逐糖果的奔跑中度过吗？

热气球上的众生相同样值得玩味。我身边的白人女孩，一路匀速抛撒糖果，所以得到的总是跑在队伍最前面的那几个孩子，她说这样是奖励先进最直观的表达；另一位来自中国南方省份的男士，尤其喜欢在三五成群的孩子间丢下数量少于孩子总数的糖果，然后得意地说"我就是要告诉他们强者才有可能胜出"；我则喜欢看到有新的孩子加入时再抛糖果，目的是努力做到见者有份利益均沾……可是渐渐地，连我自己也困惑起来：到底哪一种方式是正确的，还是哪一种都不正确？热气球上的我们，向田野上的他们投掷糖果的这种行为，完完全全彻彻底底就是一个错误吗？

柬埔寨是一个经济相对落后的国度，即使是暹粒这样的旅游城市，当地居民人均收入也只有每月 200 美元左右。

所以孩子们把"抢糖果"这件事，当成了一天中最重要的任务，那份郑重的表情让我感到沉重。热气球上的我们，仿佛拥有了"全知全能"的上帝视角，那么假如你可以定义并修改别人的人生，你会怎么做？是发更多的糖果周济众生？是停止发糖鼓励孩子们做更有意义的事情？是制造激励机制优胜劣汰？是贯彻公平原则雨露均沾？我无法评判。

当晚我乘坐红眼航班回到了北京，第二天清晨就开始上班投入到繁忙的工作中，当我路过国贸地铁站看到汹涌的人潮和每一个人困顿麻木的面庞时，我不由自主地又想起了那群追糖果的孩子——上帝在天上看着都市中辛苦劳碌讨生活的我们，是否也如我们当时看着他们一样呢？

文 / 东方小四

每个人都只能做自己

　　朋友岩岩的文字很有韵味，丽质天然。私下里我认为，她的功力与慧心，较现在一些流行的"女作家"胜过太多。而她只是无心为之，她的文字都是直接从心里流到纸上的。她很喜欢我写的那篇《沈从文，他在痛苦中开花》的文章，她或许是从善良隐忍到不可思议的沈从文身上，看到自己：一派真纯，撞上南墙，一生不能回头。

　　网友花花有个可爱的女儿，在同龄的孩子已长成美少女的时候，这个孩子还兴致勃勃玩着幼龄孩子的游戏。从身高到心灵，她都在有意无意中抗拒长大。花花不想让孩子像自己，心中总藏有那么多不切实际的天真，令人回想起来感觉手足无措的痛苦。这样的痛苦细碎而真实，旁观者很难体会。我或许能体会一点，是因为我也曾经是一个类似的孩子：一直到初三，身高也不过一米四，且还没有花花女儿的快乐热忱，只是沉浸在书籍的虚拟世界里，在内心的激烈冲突和对毁灭的无端预感中，挨过成长的每一天。后来救我的是高一的突然蹿高，以及那时遇见的几个亲密朋友，他们给了我多少勇气和阳光，她们自己不会知道。因此我想，花花及她的女儿，不过是还没有解开一个成长的"结"，唯有静待时光的谜底，那里有云开月明。

每个人都只能做自己。而每一个自己，都带着深深的生命印痕。天性独特的人们，有些可以逐渐修炼成"主流"的模样，有些却穷其一生都身处边缘。因为，天性的刻痕太深，心灵有心灵的对答，灵魂有灵魂的语言，后天的改易再努力也无济于事。而且，为什么要改变呢？只要内心有本真与善良，不就够了吗？强扭的瓜不甜，对自己的塑造也是如此，我们长不成别人的模样。

生命的本身，没有对错。所有的规范，也都是"约定俗成"。谁说那就一定正确？就像中国的股市，九成股民亏损，只有一成赚钱。原因很简单，所有人的思维都是随大流的，相信那些专家的话，恐慌时恐慌，绝望时绝望，割肉时割肉，而只有逆向思维地把握全局加上"与众不同"，才造就了极少数的胜利者。如果生活就是股市，亲爱的你们，很可能就是那"极少数"。

有一类人，永远不够世故，一辈子都在成长。这不是可羞的事，只是命运的概率。有真性情的人是可贵的，文学家和艺术家多从中冒出。即便做个普通人，真性情又有何不好？那些经常带着讥讽眼神的人，未必就活得更灿烂。实际的功利的老于世故的人，当然很容易做到遇事分毫无损，但我还是喜欢真实的人，哪怕他总要撞得伤痕累累。

嗯，不要再撞伤了自己，亲爱的未曾晤面的你们：要开心不要伤心，要美丽不要锋利。

文 / 吴伯凡　梁　冬

只考核 80% 绩效

我采访过日本佳能公司的董事竹达洋六。他说，佳能没有一个明确的指标对员工创新绩效进行考核。

包括佳能在内，日本的很多公司采取的都是"终身雇佣"和"年功序列"制度。终身雇佣就是员工不会丢工作，年功序列就是按员工的工龄长短分配薪酬。这种明显吃"大锅饭"的体制，怎么会产生创新呢？

竹达解释称，如果是在一种非常明确的考核体系下，很多人只会去做那些马上就能够出成果的事情，而不会去做感兴趣的事情。

一个公司需要短期目标和长期目标，一件事最好是既利于短期目标，又利于长期目标。但是，经理人要求完成的是一个季度、一年甚至三五年内的指标。如果在签订用工合同期间，员工没有达到某个目标，可能就得走人。如果是这样的一种状态，人们一定愿意做那些最容易出成果的事情，而不会去做那些可能对公司长期有利、短期内却不容易出成果的事情。

具体谈到创新，佳能的研发人员在推进一项技术时，往往不是领导交代的任务。他们凭的是长期积累的敏感，以及浸淫在这个领域里发现问题的眼界。研发人员做出来以后，也许短时期内没有用，但是时间长了，一年一年累积下来，每年都会有一些重大的技术突破来自曾经被认为没有用处的创新。

再来看世界著名的产品多元化跨国企业 3M 公司的创新体系。3M 公司的研发人员享有 15% 的闲暇时间，这段时间公司是不考核的，乃至公司有多达 15% 的人没有明确的工作职能，只是按自己的兴趣去做。

有个员工是化工博士，他产生过这样的疑问：为什么荷花会出淤泥而不染呢？他从自己学科的角度去研究。这项研究后来在很多地方都发挥了用处：首先是在矿井里，眼镜很容易起雾，如果在上面涂上一层这样的涂料，就不会起雾。其次是在高速公路上，在路牌上涂一些这样的涂料，有雾有雨的天气也不会沾上水。这款让路牌"出淤泥而不染"的产品一经推出，第一年就签下 10 亿美元的订单。有些真正能产生大绩效、大作用的项目，最初往往没法纳入有形的考核体系当中。

公司绩效考核应该分成两部分：70% 至 80% 的部分要考核，否则没法管理；另外 20% 至 30%，可以变成表述很宽泛的工作，比如让大家互相向同事提出建议，或者让他自己去说还想做点儿什么事情。

这样的话，从更长远、更宏观的角度来说，让公司有一点儿松动的地方，让人的灵魂有一点儿松动的地方，让岗位有一点儿松动的地方，甚至让有些人有一点儿人浮于事，其实对公司来说都是好的。

文 /（台湾）杨照

为自己而不是为别人演奏

在台湾新竹，英国钢琴家贺夫指导"台积电钢琴大赛"得奖者的大师班上，一个高中女生上台，乒乒乓乓以又强又快的灵活手指，弹了李斯特的《第十号超技练习曲》。曲音落下，贺夫好一阵子找不到话说，勉强称赞："完全没有热身，一上台就能这样弹，很不容易呢！"

然后贺夫拿起乐谱，问那女生："曲子这段有个标记，Desperato，是什么意思？"那女生盯着谱，眼神迷茫，好像才第一次发现那里有这样一个奇怪的词。把每个音符都弹了的女生，却没有注意李斯特在那里写了什么。意大利文"Desperato"不是个冷僻的词，英文里有完全同义的"Desperate"，一种强烈的冲动。简单讲，就是人宁可不要命都要去追求的东西，正因为追求不到，所以更无法停止追求，这样的绝望感受。

贺夫说："就像拜伦站在悬崖边的那种冲动……"不过，看来那个弹琴的女生也不知道拜伦是谁，为什么他要站到悬崖边去。女生把李斯特的曲子弹了，然而她是她，曲子还是曲子，她并没有试图要了解李斯特写这首曲子的用意，也没有打算借演奏这首曲子表达自己内心什么样的激情、什么样的感受。

贺夫想要教的，与其说是怎么弹，毋宁是为什么要弹，他甚至都说出"你弹得太正确了……"这样听来很奇怪、难以理解的话。他的意思是，一个绝望的人，怎么还能考虑那么多？他内心必定有狂风暴雨正在袭打，狂暴情绪占领了整个人，那才是李斯特作品想要表达的啊！

我想我知道，那个女生从来没想过自己为什么要弹这首曲子，她把这首曲子单纯地看作练习曲，不过就是技术展现的工具。弹钢琴就是把技术练好，把技术表现出来，太多学音乐的人就是从这种技术角度来看待音乐。

我们上次一起听过一位号称神童、小学没毕业就去美国学琴的小孩演奏，她弹肖邦 24 首前奏曲，竟然可以从头到尾傻笑以对，完全没有投入各首曲子里那些不同的情绪，好像最重要的，就只是快乐庆幸地展示自己有本事弹这些曲子，如此而已。

本来，音乐是扩充自我经验的重要管道，通过李斯特的曲子，我们碰触到了人内在最狂暴的热情；通过肖邦的曲子，我们经历了最快速又最复杂的情绪转变，因而我们的生命变丰富了，我们的感受变敏锐了。可是多少学琴的人从来没有进入音乐真正的生命核心，他们只学会了为别人演奏，却不知道，懂得为自己演奏，弄清楚自己跟音乐之间的关系，更重要千百倍。这是多大的损失，这是多大的浪费啊！

文 / 马伯庸

生有涯，信息无涯

　　清代有一位大儒叫戴震，精通考据。有一次他看到通行版本《尚书》里有句"光被四表"，怎么读怎么别扭。经过一番考证，他认为这句话写错了，应该是"横被四表"。戴震把这个推断写信给其他学者，希望能够找到佐证。其他学者开始对古籍进行搜检，两年以后，钱大昕在《后汉书·冯异传》里找到了这四个字的证据，七年以后，戴震的族弟戴受堂在《王莽传》里也找到了这四个字。戴震的这个学术成果，遂成定论。

　　这是清代学术一段很有名的典故，充分显示了考据学家们的学术功力。不过我们可以做个假设，如果戴震等人生在现代，不必花上几年时间皓首穷经来寻找证据，只需要下载一套二十四史电子版，点开检索功能，输入"横被四表"，几秒钟就有结果出来了。如果他想跟其他学者交流一下成果，一封电子邮件瞬息可至，甚至可以发条微博，说不定能引起全民议论。其效率和清代相比，不啻霄壤之别。对于他这样的大学者来说，能做出更多学术成果。

这就是科技发展的好处：人类获取信息的方式越来越多，速度越来越快，效率越来越高。所以今人无论是做学问还是享受信息，至少客观条件要比古人方便得多。

但是——凡事永远都有个但是，方便是方便，苦恼也随之而来。

从前朋友们经常分享一些歌曲、视频或者美文，我没事就拿出来欣赏一下，如获至宝，心中窃喜。有时候还有神人会开一个FTP，那简直是如同天堂般的存在。但慢慢地，网速上去了，硬盘变大了，下载方式丰富了，操作也越来越人性化了，下一部电影一分多钟，一部漫画二十几秒，PDF电子书我一秒钟下八本。

前一阵有人给我发了一个共享网盘地址，我打开一看，嗬！几百部电影、几千首老歌，还有无数冷门戏曲和音乐剧视频。我摩拳擦掌，准备大下一场。结果开始浏览目录时我还兴致勃勃，到后来困得不行了，因为东西实在太多。我有心放弃，心中实在不甘；有心下载，精力实在不够，成了鸡肋。我想，挑一些自己最想看的资源吧！结果我挑来选去，很快迷失在浩如烟海的路径里，头昏脑涨，几乎钻不出来。

有人或许要问了，你不会检索吗？可要知道，检索的前提是你必须有明确目标，如果你只有一个模糊的需求，那就注定了要被信息溺毙的命运。

于是最有讽刺意味的事情出现了：一个现代人，居然和古人遭遇了同样一个困境，无法快速从资料中获取有用信息。古人是因为信息太少，现代人则是因为信息太多。

"吾生也有涯，而知也无涯"这句是庄子说的，那时候还是战国时代，"知无涯"的数据量已经让他发出"殆矣"的感叹，如果把他搁到现在，看到这铺天盖地的信息，恐怕得把老爷子吓出心脏病来。

刘慈欣在《诗云》中讲了一个非常有意思的故事：一个宇宙超级生命来到地球，有人问它，你能创作出超越李白的诗吗？这个生命消耗了无数能量，将所有汉字的每一种排列组合都罗列出来，说："这里面一定存在超越李白的诗句，可是我找不出来。"

这可真是一个绝妙而悲伤的故事。

文 / 蒋方舟

文艺青年与“刻奇”

　　前段时间我去参加一个读诗会，读的是波兰女诗人辛波斯卡的诗。会上，每个参与者都相信自己与诗人有说不出的神秘联系："这首诗是为我写的。"一位女士专门坐了几个小时的火车，从外地赶来。她说读诗让自己摆脱出庸常的琐事，希望自己像辛波斯卡一样，面对世俗的荒谬，有一双清亮的眼睛。她说得真诚，读得动情，听者也无不感动。

　　这是个不失温馨的晚上，所有人沉浸在同样一种文艺的感动氛围中，但到了最后，我稍微有点出戏。我感觉：任何情感一旦被组织化，就有宗教化的嫌疑。组织中的所有人进入了一种接近幻觉的自我感动，看到谁都亲切，任何一句话都觉得戳中了内心深处最柔软的角落。

　　我想到了魏晋时候，文人雅士空谈玄学时要服食五石散——也就是嗑药。它的作用是能让人的思维和身体都变得异常敏感，因为需要喝酒来发散药力，所以每个人都很亢奋。我还读过一个未经证实的野史，说古人弹古琴前焚香洗手，焚的香就是致幻剂。清醒的时候听古琴声略有生涩，然而在致幻剂的作用下，那声音对听众来说宛如排山倒海。

　　人群聚集后去践行一种共同情感时，是需要一些幻觉的。人生中经常有这种时刻，处在群众之中，感情起伏之剧烈仿佛脱离自己的掌控，当回到现实生活，又会有恍若隔世之感。

"刻奇"，这是无须服用的致幻剂，是不会对身体造成伤害的五石散。

刻奇（kitsch）一词本是用来形容廉价而矫作的艺术品，后来，米兰·昆德拉把它上升到心理学层面，他在《生命中不能承受之轻》里，举了一个经典的例子："第一种眼泪说：看见孩子们在草地上奔跑着，多好啊！第二种眼泪说：和所有的人类在一起，被草地上奔跑的孩子们所感动，多好啊！第一种眼泪顶多被称为'自媚'，或者说有点'矫情'，基本无可厚非；第二种眼泪，就是十足的 kitsch 了。"

"刻奇"由于在很长时间内都被译作"媚俗"而被误会，把它和畅销书、贺岁片、低级笑话、袒胸露乳的女郎联想在一起。其实并不是这样，"刻奇"是文艺青年聚集在一起，被自己以及彼此感动。

人人都不能免俗地有着"刻奇"时刻。人无法只依靠衣食住行吃喝拉撒在这个世上活着，而必须进行对生活意义的包装，对崇高情感（例如集体荣誉、爱国）的追求，对美学的向往，对终极目标的想象，因为有这些东西，人更能解释"为什么要活着"。而当我们把它代入日常生活，植入社群，由自我欣赏变成一种群体共鸣，我们就陷入了"刻奇"。

没有必要——也不可能远离"刻奇"，它并不是一件值得嘲笑的情感。至少，文艺青年因为它而不再孤独。

文 / 玻璃洋葱

文艺痛和晃膀子

朋友 A 讲过一个故事，大意是公司新招了三个毕业生，分别是官二代、商二代和文艺青年。经过一段时间，领导发现：最懂得看眼色的是官二代，最会社交拉关系的是商二代，对所有人和事都看不顺眼，觉得别人能力都不如自己的则是文艺青年。

热衷钻研成功学的朋友 A 对此深信不疑。她今年 30 岁，经过和老公艰苦卓绝的奋斗，刚把房子从外环换到中环，买了车，过着我们认为不错的生活。然而她最大的愿望却是时光倒流 10 年，那时她将不会把光阴浪费在看小说和风花雪月中，她会铆足力气从人堆中挖掘出一位富豪男同学，从此一劳永逸过上贵妇生活。

朋友 B 最近也准备结婚，但两人买不起房子，暂时蜗居在租来的公寓中。她喜欢摄影、烘焙，男友喜欢玩乐器，调制饮品。两个典型的文艺青年，宿命相投地喜欢这些烧钱而很难产出实际效益的爱好。B 的志向是趁年轻猛干几年，40 岁前退休，去男友的故乡云南，开间小茶铺，过上只求温饱的生活。虽然目标算是经商，但形态却是典型的文艺青年之梦。她每次谈论归园田居的计划时，总洋溢出一种憧憬又满足的表情。

抱怨客观条件的不顺遂、对现状的不满、想要嫁个有钱老公之类的想法，在她身上，一次也没有流露过。

现实生活中，"文艺"常被尴尬地等同于"装×"，变成一个贬义词。微信朋友圈里，转发心灵鸡汤和成功学宝典是永恒的主题，而谈论文学、音乐、电影以及不切实际的理想通常会迎来微妙的沉默。毕竟这是个太过务实的社会，我们尽力压缩独处、思考、审视内心的时间，将其用于结交"有用"的人，做"有用"的事。

就像 A 认为的，文艺青年们一味沉浸在自己营造的伤春悲秋中，不愿屈就改变自己——这在 A 看来是文青"混不开"的终极原因。然而真的非要改造自我才正确吗？正如 A 并未因为拼命融入主流而变得更快乐，而 B 也不会因为执着于无用但美好的东西就与世界格格不入。

文艺青年的鼻祖也许是在巴黎和伦敦流浪，靠三天一片的面包维生的乔治·奥威尔；也许是放弃收入丰厚的股票经纪职业，只身前往大溪地创作的高更；也许是《刀锋》里的拉里，散尽家财，流落他乡，以"晃膀子"为终生目标。这些人都是如此"混不开"，但在他们自己看来，却是竭力保持感知幻觉、快乐和疼痛的能力，好好去爱，好好去活。

当然，这些人中麟凤是我等凡人难以企及的高度，但是，就算美好的东西无人谈论，努力接近它们也不是错误。所以学不会圆滑就学不会好了，没用也就没用好了。若万幸还有体察世间万物的敏感情绪，也一定要好好保护。即使懒散点儿，也不必对自己生气；即使被他人鄙薄或非议，也不必为了证明什么而推翻自己。

淡定真实地活着，本来就是一种诗意。

文 / 刘诚龙

为他人活，也为自己活

东汉毛义，安徽庐江人。他居陋巷茅庐，一箪食，一瓢饮，曲肱而枕，甘贫若饴，高名远播。

南阳张奉，听说毛义不慕权贵，自守节操，敬慕不已，便去拜访。

千里迢迢，张奉来到庐江，却大失所望。他刚一落座，就听到外间敲锣打鼓，闹闹嚷嚷，一群人奔毛义家来送喜讯，官府任命毛义为安阳县令。

富贵来了，"义捧檄而入，喜动颜色"。他脚不点地地往屋里跑，大喊，娘，娘，我的娘哎，我也当县长了。

说好的清高呢？说好的高尚呢？张奉长叹一声。百闻不如一见，一见便可把人看死吗？不。

几年后，官府更高职务的任命书送来了，任命书 12 卷，卷卷有毛义名。这次，毛义无论如何都不接，他再也不愿"嗟余听鼓应官去，走马兰台类转蓬"了（感叹我自己听到鼓声又要去应酬官员们，去走马上任就像风中的蓬草）。

是厌倦了官场？他本来厌倦，一直厌倦；是赚足了不用再怕贫穷？他本来贫穷，一直甘于贫穷。毛义要去应官，源自他最初接到任命书，老母亲还健在。他不喜欢富贵威武，但母亲喜欢，母子各有志，先遂谁志？孔子说是"不违"，母子各有志，先遂母亲之志，是谓"不违"。

张奉多看了几眼，多看了几年，晓得毛义清高之节，只是"往日之喜，乃为亲屈也"。

毛义的可嘉，在于他的"坚守"，坚守他的清高淡薄；而我看来，毛义更可敬的，恰恰是他有段时间的"不坚守"。

他喜欢高蹈，他母亲爱世俗，为让他母亲高兴，毛义委屈自己，去过了一段他自己并不期待、并不喜欢、并不认可的生活。

为自己活着，活出自己，这或是我们活着的宣言。为自己活，就一点也不能为别人活一下子？你很讨厌上街，很烦打牌，痛恨扎堆玩游戏，同事串家门来、兄弟姐妹节日团圆来，你就不能放下架子、放下原则，跟大家玩一下、聚一下？你并不喜欢你的职业，可是你的爱人需要你的职业，你就不能装着喜欢？

这许多日子，你都要自己全占，自己使用，分秒都不与他人？为父亲母亲，为爱人孩子，为兄弟姐妹，为亲朋好友，你都不愿意？就几个春秋，一年半载，一个月份，一个星期，一个夜晚，你都不给？你就要坚持自己的生活方式？

一日也不为别人活，那也太卑鄙；一日也不为自己活，那也太卑微。

人活着，是要拿出一些日子，给别人活的，那是人生必须付出的，这也是你活着的一部分价值所在。

但我们活着，活过去之后，若不能为自己活回来，那也是白活了。毛义为母亲而过了一段他不想过的日子，但他母亲过世了，他不必违心了，不必去过有损他尊严、理想的日子了。他活回来了，活出自己了。

为别人活一下子，活出自己的精神来；为自己活一辈子，活出自己的精彩来。

文／小　纯

生动的重复

一位同事抱怨说："咱们这工作可真是太单调了，三年送一届学生。一轮一轮地重复，教材都熟得倒背如流了。以后的日子，我就得三年三年地重复着过，想想都觉得没意思。"听完她的话，一位明年就要退休的老同事说："我教了一辈子书，从来没有觉得单调。每一届学生都不一样，教学过程也丰富多变。即使是重复同样的教材，教学的整个过程却不一样，感受也不一样。这是一种生动的重复，在教学中因为熟悉才更有底气，还能在此基础上富有创造性地工作。"

"生动的重复"说得真好。对于大部分人来说，工作、生活的内容都在重复。工作岗位多年固定，日子周而复始，但每一天又都有新的变化，是鲜活的一天，是"生动的重复"。

生活中，有太多有趣而生动的现象，日出日落、花开花谢，看似重复，其实种种细节已经变化了。所以，即使今天我们要重复昨天的工作，也要生动地重复，让看似平淡的日子过得色香味俱全。

不由想起前一段时间我的朋友们互相传阅的一份烹饪大全——《八百个小炒，一天吃一个叫你吃三年》。在很多人看来，一日三餐，实在没啥新鲜的。长年累月，不过是简单重复罢了。可是，有心人就能生动地重复一日三餐，每天变个新花样，吃出个活色生香来！

歌手蔡琴说过，《恰似你的温柔》一歌她已经唱了上万遍，上万次的重复，那还能唱出感情来吗？蔡琴说："能！因为我喜欢这首歌，也很享受唱这首歌，我不是无可奈何地唱，是因为热爱而唱。"

因为热爱，可以让单调有声有色，可以让重复风生水起。生动的重复，是一种创造。多少伟大的发现，都是在日复一日的重复中，忽然间灵感乍现，抓住了翩飞的创新之蝶。因为热爱，即使重复同样的工作，也会全心投入，满怀激情，每一遍都有不一样的收获。

因为热爱，日月轮回，四季变迁，才会多了更为丰富的内涵，生活的底色也因此多彩而厚重。平凡人的生活少有大起大落，也少有大悲大喜，更多的是重复平淡。然而，尽管生活的本质就是平淡，我们依然要努力为生活增添斑斓色彩，让人生过程变成生动的重复。

让我们用热爱去享受生活，生动地重复每天的日子吧！

文 / 官学萍

完蛋很难

很多年轻人（包括我自己）一直都在追求很多东西，我们被驱赶着前进，总觉得"如果自己不怎么怎么样，就一定完蛋了"！

按这样来说，很久之前我就应该完蛋了。

当初我从师大退学的时候，老爸长吁短叹、一脸愁容："这下完蛋了，你说你一个人在北京没户口、没工作、没学历，可不完蛋了吗？"但是十年过去了，我这不活得好好的吗？

我们经常以为自己会完蛋：如果我忽然失业了、考试挂了、没得到绿卡、没钱了、身材走样，不会做四菜一汤，相亲时放了个屁，孩子没上重点中学……就一定完蛋了！

对，就是这种莫名其妙的预感外加斩钉截铁的语气，让人不由自主地恐惧，仿佛一定会发生。

但，其实不是这样的。"完蛋"是一件很难发生的事情。它发生的概率，估计和出门遇见韩国影星张根硕手捧鲜花等着跟我一起去私奔差不多。

没错，很多时候我们会沮丧、会心灰意冷、会惊慌失措、会绝望、会抓狂、会想骂自己没用、骂老天爷……但是，更多的时候，我们内心中那小强一般的生命力，还是会支持我们一抹脸该吃吃、该喝喝继续接下来的日子。

很多我们觉得是千古不破真理的"信念"，只不过是因为从小到大我们一直在听、在看、在吸纳而已。

就像很久很久以前，我们的古人坚定相信"天圆地方"一样，它获得你的认可，但却并不一定是真的，尤其是那些吓人的"你必须"。

是的，完蛋是一件很难发生的事情。

文／林特特

私人定制怀旧路线图

几年前，我和文姐第一次在北京见面，约在紫竹院。文姐笑眯眯告诉我这一天的安排：紫竹院野餐，北海喝下午茶，景山公园看落日。

文姐说的这几个地方，我都熟，但跟她走一趟，又别有感受。比如，在紫竹院，文姐向我介绍她每天晨跑的路线；在长椅上小坐，文姐说起父亲猝然去世的旧事，"那段时间，我常一个人坐在这儿发呆、思考、哭……"

我们漫步北海，她向我描述现在的生活，"写稿、逛公园、晒太阳、跳广场舞"。

落日余晖中，我们慢慢踱下景山。文姐说，今天由她定制的一日游是她心中最好的北京；我想说，我也看到她展现出的最好、最私密的自己，她的过去和现在，日常及志趣。

不久，我回老家，朋友韩给我类似的款待。她提议，带我逛逛新合肥。

作为一个土生土长的合肥人，听来自阜阳的她这么说，有些失笑。然而，在韩的带领下，我看到的是属于她的路，她的城。

沿途，韩一一对我介绍。

"看，那是刚来合肥时，我实习的大楼！"

"结婚时，买的第一处房就在那家商城背后！"

韩特地绕远，为的是带我去看几条她最喜欢的路。

一条路，我们一直在婆娑绿树中穿梭，她欣然："我去过很多地方，没有绿化比合肥好的。"

一条路，在她的指点下，我注意到车窗外的大朵白云，"每天下班，在这个路口，一拐弯，能看到满天彩霞，这时，我就会觉得生活特别美好。"

末了，韩说了一句令我耳熟的话："我今天带你来的，是我心中最好的合肥。"

我在北京南城的湖广会馆等一个故人时，想到文姐和韩。

在此之前，故人发了一条短信问我："为什么你家在北城，约我在南城？"

我这才发现，凡是我觉得该好好招待的朋友，我都约在此地，饭馆一样，吃完饭的节目一样。不知不觉，我也定制了一条私人路线。

"因为我在这附近工作、生活过五年，熟。"我终于想出答案。在稍后的沿途解说中，我眉飞色舞向他介绍，哪家的酱牛肉好吃，哪家的羊汤冬天是一株救命稻草，听说三毛来过这条街，便每块砖都仔细踩过，意图脚印有重合的可能。

"这里一草一木都有你的痕迹啊。"故人点评，"看得出你很怀念那段时光。"

我沉默了。对着我的路，想起文姐和韩的，隔了许久，更多理解，更多感激——

那是待客的最高礼遇吧？拿你心中最美好、最重要、最熟悉的路，用你最私密的记忆和心情招待来宾。

文／（台湾）简媜

拜衣教狂徒

　　女性对衣服的狂热近乎宗教——拜衣教，教徒具或轻或重的裸身妄想症，此症患者总觉得自己没穿衣服，所以，夜市、小铺、卖场、百货公司、精品旗舰店之衣衫裙裤背心外套围巾，犹如护身天使，穿上它才能获救，才觉得自己可以见人。逢周年庆打折，必漏夜排队，惊恐自己落败，发狂似的见衣即抢，刷爆信用卡亦不足惜。

　　一年四季轮流当令，本地、异国裁制不同，内外有别、场合各异、身材变化、年龄增长，一具小小的锤型或筒状或瓮型的身躯，竟需囤积上千件衣服。存放衣物的箱、屉、橱、柜据地为霸，家中其他空间可以小，衣橱必须大。付房贷付得气喘如牛，养衣橱竟养得不亦乐乎。若把所有衣服以天女散花的手势撒上床上，必是一座衣冠冢。这时，宜于自问："我这具即将步向老途的臭皮囊，穿得了这么多衣服吗？"此时，必然有悔意，逛街买衣的时间若用于研读，可修得一个博士学位附带两个学士，所挥霍的资财，足以环游世界 88 个月或买下一块山坡。

　　衣服形似另一具身体，女人对衣服藏着盲目的爱恋。每一件衣服被挑中的当刻，迫不及待试穿、杀价、购买、洗濯或整烫 (猴急得连洗都

不洗)、穿上，与肉身密合一日，完成一次情欲。正当爱欲充沛时，这衣是最爱的一件，衣橱里的其他衣服都可以丢弃，待情欲退潮，晚上回家脱下，丢入待洗的衣篮，跟昨天前天的脏衣毫无不同，只是千分之一而已。次日，女人狩猎的天性又发作了，橱窗里的新衣吸引目光，再次艳遇，煽情兴欲，故事重演，衣橱又多了一个过气情人。

看着自己缔造的衣冠小丘，大部分衣服已数年未穿，常穿的只有几件。哪些是"后宫佳丽三千人"乃欲望陈迹，哪些是舒适的家常伙伴，自己最明白。但是，女人不舍得丢弃，因为，即使是 20 年前的华服如今已失去实穿之用，看着它，至少看得见袅娜的体态、青春的火焰，若丢了，仿佛一生叱咤情场，到头来抓不到一只臂膀，靠不了半个胸膛，那挫败的感觉不如饮鸩。

然而，每一件衣服也可能如鳞片，在神秘的暗夜自行组合成一尾巨蟒，反过来啮咬不肯放手的女人。这一座小丘，理应自己亲手整理，管控欲望，练习割舍、放手，想象另一具青春之躯穿上它的情景，从赠予之中得到安息。若不肯如此，总有一天，会有个人撑开黑色大塑胶袋，打开你的衣橱，把衣服一股脑儿全部塞入，将鼓胀的十几只大袋丢入旧衣回收箱，或请葬仪社烧给你。这人还会站在衣橱前啧啧称奇，肆无忌惮地给你一句评语："你有毛病啊，这么多衣服，累死我喽！"他不可能明白，你一生确实活在情感极度匮乏转而养衣作乐的看守所里。

文 / 沧桑尘世

极品女汉子

有位女同事，酒桌上会讲两个荤段子，平时说笑爱爆几句粗口，于是大大咧咧地自诩为女汉子。我笑了笑，想起我所见过的几位极品女汉子。

我老家有一秀才，孱孱弱弱地当一乡村教师。除了教书育人，秀才四体不勤，五谷不分。夏日里去趟田地能中暑了，要挂点滴；寒冬里身上冒一身热汗会感冒，需吃药打针。可是秀才有福气，秀才妻勤快能干，放下扫把拿起权，屋里屋外都是她！不到一米六的身材，只身能拉得动装得满满的板车，自行车后座驮上百斤的稻谷，骑上去车行如风。

他们的两个儿女双双走出乡村，考上重点大学。秀才骄傲处常挂在嘴边的一句话是：这要感谢娃他娘，没有她风里来雨里去地下田劳作，孩子们吃不上饭；没有她洗涮扫洒，家里会是一团乱麻。娃他娘也很不客气，该拿主意当仁不让，出体力时身先士卒。即使男人有个小心思，为了想抽根烟、喝杯酒攒点私房钱，没来得及实施，就已经被灭在萌芽里。娃他娘为了5块钱能在院子里用高音喇叭般的嗓门喊秀才一天："你个作死的！有那5块钱不能买两斤鸡蛋给孩子和自己吃啊？想在老娘的眼皮底下耍心眼吗？那是癞蛤蟆想吃天鹅肉——痴心妄想！告诉你，在老娘面前你就是那打倒的男人揉软的面，你就死了心吧！”

每次"广播"后，秀才都会在学生面前羞羞答答几天，但这并不影响秀才夫妻恩恩爱爱，因为秀才深知离开了娃他娘，他连吃饭、穿衣都成问题。恩爱有时不单单是和风细雨，病秧子秀才依然健在，没有娃他娘这么多年的遮风挡雨，或许真的早就"作"死了。

同学来福，当战士时在火车上认识一川妹子，两人互有好感，奈何军营有规定，故迟迟没有表态。来福考上军校后，川妹子成为我们同学的女朋友里第一个杀到学校的，众目睽睽之下坦承这是我男朋友，我是来追他的。于是，寒暑假里，来福去女友家也成了常态。一来二去，来福的妈妈不干了！难道我这儿子是给别人养的？来福同学只好答应妈妈下次暑假先回故乡。打电话向川妹子解释，川妹子大方地表示接受。

暑假将近，来福再打电话向女友表示歉意，接电话的居然是他的亲娘！亲娘不耐烦地应承着儿子的惊讶，话筒里依稀传来稀里哗啦的麻将声。来福一声叹息："完了完了，我妈被缴械了！"原来，川妹子棋先走一着，早千里迢迢地把未来婆婆从山东接到了四川成都。在那个安逸的城市，甚喜打麻将的来福妈妈乐不思"鲁"。未婚先和婆婆同居，川妹子也开创了我们班同学女友里的先河。毕业后，两人结婚，依然两地分居。川妹子一人买房子、生孩子、供养婆婆，扛起整个家庭重担，让来福在军营里放心地甩开了膀子，没有一丝后顾之忧。

小丹的初恋是中学同学，两人最终在婚礼上没有走到一起，是因为双方的父母一直对对方家庭的看法不一。结局是男友与别人订婚后，小丹远走他乡。10年过后，小丹的丈夫有了外遇。无法挽救后，小丹将铁了心的老公扫地出门，自己独挑大梁。在外，她买下大车走南闯北跑运输，又当老板又当司机；在家，她一人带孩子，又当妈又当爹，不向前夫要一分钱的抚养费。

　　更勇敢的是，在一次跑长途运输路过老家的空当儿，小丹听说自己的初恋因为感情不和也离婚了，便四处打听寻找到初恋男友的电话。公司、儿子托付给妹妹打理，她独自北上，来到初恋男友的城市。在群租的公寓里住下，靠小本买卖养活自己。自言一两年内不再谈感情的初恋男友，3个月下来招架不住，乖乖地举起白旗，用他的话说："让一个女人因为爱为你吃苦受累，我这大男人若熟视无睹，那真还不如女汉子！"

　　女同事如果见到我说的这几位女汉子，不知该做何感想？

我们已不在
激情燃烧的
年代

VII

文 / 李洁雪

关于 Crush

所谓"Crush"，是指"短暂的、热烈的但又是羞涩的爱恋"。与爱不同，Crush 显得更纯粹，也更简单。一个眼神，一个转身，也许就 Crush 了。

人的一辈子真正深爱上的至多也就几个，但是 Crush 的次数却可能数不胜数。因着 Crush 开头而最终走向深爱的至多是个美好的意外。当人们考虑的条件越多，这种纯粹的怦然心动发生的概率便越低。"他看的书少"、"她脾气很坏"、"他只比我高一点点"，等等，当人们已经习惯于用现实的眼光来考虑问题时，脑中想的只不过是"她或他适不适合做我女（男）朋友"而不是"他微笑时露出梨涡的样子真的很性感"。

第一次怦然心动，是在二年级的暑假，我独自坐了一个小时的大巴回去看我转学前的小伙伴小平和小红。那天的天气如所有的暑假一般异常炎热，赤裸着上身的小平突然拉过我的手，"快来呀，我们来玩 × × 游戏"。此后的小学生活虽然也充满了八卦，充满了幻想，也少不了小学式的暧昧，却似乎再没有什么让我记得如此清晰的怦然心动了。

到初中时候，只要是长得帅的基本上都被我琢磨了一遍，但是给我Crush的、在此后的年月中还不时会突然又闯入我脑中的只有一例。初中时同桌是人见人爱的正太一枚，大家给他起的别称是"幼儿园"，因为他确实如幼儿园小朋友一般纯净。"幼儿园"和我同桌基本上就注定了某些不幸，我对他不断地施以武力压迫，没别的原因，仅因为我欺负他的时候他毫不还手，这无疑大大助长了我的嚣张气焰。有一天，我把铅笔削得尖尖的乱扎他衣服，结果手一滑直接戳到了他的指缝，血瞬间就冒出来了，那一刻我的心情除了自责更多的还是恐惧。我看到"幼儿园"自己按住伤口抬头给了我一个微笑："没事，一点儿也不疼。"我当场就哭了，简直就像遇到了天使。

然后高中，然后大学，我为一个男生的长睫毛怦然心动了，为一个男生绚烂的球技而心动了，又为一位学长眯着眼微笑的画面心动了，有些还能记得名字，有些我当年就不知道他们的名字，再后来，这种心动越来越少了，到最后，发展成遇到好看的男生都会觉得和我有什么关系。

有时候觉得，失去Crush的过程，就是一个成长的过程：它来的时候不给人一点喘息的机会，却以一种速朽的方式结束。就好比小学的那场Crush，虽然我清楚地记得男主人公赤裸后背上因炎热的天气而冒出的一滴滴汗珠，但当我又坐着大巴穿越了一个小时回到家之后，我也许只会懊恼我已经错过了下午六点半档的"啄木鸟伍迪"。

"当Crush来临的时候，放任它，但无须试图抓住它，把它的头强行按到爱情的粮草当中去。"的确，速朽的东西，越是压迫，消失得越快。每一场速朽的Crush背后牵出的都是一段美好的回忆，而每一场非要将Crush拖入日常轨道的努力，最后只会演变成拖沓无比的肥皂剧。

我静心等待下一场 Crush 的来临，我也不能保证当进入固定男女关系之后不会再产生 Crush，这几乎是人类的本能。但好在 Crush 是速朽的，瞬间的绚烂想要撼动一段经历了生活磨炼的情感，几乎没有什么取胜的机会。

文 / 狸奴老妖 - 喵喵

最牢固的感情，大都势均力敌

一段感情能否持久与牢固，很大程度上，是两人之间的博弈，势均力敌者方能走到最后。势均力敌不仅仅体现在身家、背景，更体现在两人的才学、性格、能力和爱好上。

张学良不爱更加美貌端庄的于凤至，偏偏喜欢赵四，无非是因为她性格泼辣外向不拘一格，赵四更符合他的审美。

鲁迅那个激进的革命斗士，自然同样无法对小脚女人朱安生出爱慕之意。

最让我羡慕不已的还是钱锺书和杨绛，他们之所以能够不离不弃相爱多年，除了品行优良，我想最关键的原因是，两人都出身书香世家，门当户对，双方家长都十分欢喜，无一人提出异议。才学也是不相上下，钱锺书自是满腹经纶，杨绛也精通外文且文字绝佳。最难得的是性格又恰好互补，钱锺书是孩子心性，完全不通世俗，偏偏杨绛肯照顾他的生活，替他处理世事。最完美的结合莫过于如此了吧？

说了这么多，无非是想说明一点，或许，很多人都不愿意承认的一点：很多时候，你以为是你的爱人辜负了自己，其实往往是你的成长跟不上他的脚步罢了。很多时候，你无奈于你的爱情被父母横加干预，其实，不过是在理智的父母眼中，你们的条件，当真是不般配罢了。

换言之，你们不是一个层面上的对手，没有势均力敌来维持双方关系的平衡；感情能够起到的作用往往微乎其微，到最后，伤害只会更深。

总有那么多平凡的姑娘做着灰姑娘的美梦，可是，她们即使真的有缘遇见霸道总裁，就一定能过上幸福快乐的生活吗？更可能的是，在那段感情里，她始终诚惶诚恐，小心翼翼，不敢发短信打电话，甚至明明知道有另一个女人存在也选择忍气吞声。在不对等的关系里，弱势的一方，甚至连表达不满的资格都没有。

张爱玲在《倾城之恋》中，用整座城市的覆没成全了范柳原和白流苏的爱情。经历了家庭破落人情冷暖的张爱玲懂得，只有国破家亡性命攸关的时候，那些横亘在爱人之间的各种世俗和偏见，才会被炮火炸飞，只剩下两颗跃动不已的心。

爱，并不是没有，而是从来都没有那么纯粹。

对一个姑娘来说，只有当她的生活和爱情都是自己奋斗得来，才可以不必诚惶诚恐、患得患失，才可以从容坚定。因为她知道，此时此刻的自己，无论哪个方面，都足以与身边的他相配。

如果你想要更好的，就得先努力让自己成为一个更好的人。即使在感情里，也没有捷径可走。

文 / 咪　蒙

美女和丑女的幸福概率

初中时，班上转来一个女生，高挑、清纯，能把一切俗艳的颜色穿出圣洁的味道，她顺理成章地成为男生心目中的女神。

不幸的是，她成了我的同桌。

我很想和当时的老师谈谈，你把一个女神和一个死胖子放到一起，让我每天听她倾诉美女的烦恼，老师啊，你什么心态！

比悲伤更悲伤的事是，我暗恋的男生，只花了 10 秒钟，就喜欢上了她。

我每天目睹他跟女神搭讪。

有一次，我暗恋的男生跟女神讲了个笑话，女神当时正感冒，一笑，就冒出巨大的鼻涕泡……

场面极尴尬，我内心极窃喜，这下子，男生总该幻灭了吧。

他对女神说，你好可爱啊。

13 岁的我，还不懂得一个人生真谛，只要你长得美，什么都可以原谅。

那么，丑女就该乖乖去死吗？

是什么支撑我坚强地活下去，并且越活越欢快呢？这要感谢高中时我看到的一篇文章，上面有段话太治愈了，大意是，不管一个女人有多少男人喜欢，有多么集万千宠爱于一身，她最终只能嫁给一个男人。

真正决定你喜怒哀乐的，不是那些倾慕者，而是你爱的人，或者说，你嫁的人。只有他，才能对你情感生活的品质，有决定性的影响。

我有个美女朋友，在我认识她的两年内，就有40多个男生追她。她去银行存个钱，都能招无数桃花……女生们该恨死她了吧？完全没有，她人品奇好，简直是活体圣母，还是买单狂人，搞得我想给她的饮料里加点砒霜，都不太忍心。

重点是，她情路之坎坷，像是故意要安慰身边的丑女似的。她的第一任男友很有才华，但太花心，最终怒而分手。第二任男友性格很好很幽默，但酷爱吃软饭，后来傍上一富婆，把她甩了。再后来，她决定找个有安全感的男人结婚，这个男人没有什么明显的缺点，同时没有任何优点，就是大街上最路人的路人。因为反对她嫁给这么平庸的男人，我跟她吵架，差点翻脸，她还是嫁了。她老公是公司网管，月入几千块，迷上一个国产网游，往里面砸了几十万，把他们准备买房付首付的钱都挥霍光了。现在的她，31岁，住着租来的房子……圣母的她，还不打算离婚。

美女也不是我们想象中那样活在花团锦簇中，睡着了都笑醒。

在现行婚姻制度下，美女和丑女幸福的概率相差并不是太大，真正影响幸福的，是智商和情商，呢，还有运气。我身边那些婚姻幸福的妞，往往是长得中等或中上，但情商特高。她们凭什么得到幸福呢？因为，她们把拿来嫉妒美女的时间，让自己变得更好了。

文 / 匡　匡

爱情不需要兵法

在情场里玩小聪明，用掌控人心的做法赢取胜利，到底是出于爱，还是出于占有欲？

出入微博豆瓣，不管是星座小组还是情感小组，总能看到各种军事术语被人们在爱情领域熟练地运用。痴男怨女们发的帖子、写的段子，内核中所包裹的净是军事思想；运用的何止是间谍技术，更有商业谋略。

随手拈几个例子挂在这里，更直观生动："一个半月，终于让××男服服帖帖，特有成就感。""求问，怎样搞定、拿下、收服××女？""被奇葩渣男摆了一道，想反攻，求攻略。""我被××男狠狠报复了，怎么破？""如何才能收复 TA 的心？求大招。"样本太充足，不胜枚举。

每看到这样貌似为情所困、一筹莫展，嗷嗷求索着渴盼高人指点，而实际上每个毛孔都是心眼儿的鸡贼帖，都会感到既好笑又遗憾——敢情诸位是找真爱啊，还是白话兵法？在我看来，如此这般的关系，都是不必成立的，成立了，也是糟糕的。

不知何时，中国人的爱情观，也像中国人现今推行的价值观一样，变得透着一股势利和功利——只爱强者，凡事以输赢两字来论断，背后走的都是你死我活的逻辑。

知名心理治疗师克里斯多福·孟曾说："如果你研究这世界的运作过程，就会明白有许多的失败来自于分裂性的思考——例如有输赢的信念。只有深信隔阂的心智，才会创造出这样的信念。"

亲密关系中的两个人，必须互相成为队友，他们是两位而一体的，之间既非领导与被领导，也非依赖与被依赖、主动与被动、强势与弱势、纯粹的索求或给予……任何不以纯然的平等、尊重和自由为基石的关系，最终都只会导向一个结果，就是失衡和崩盘。

而有趣的是，在这样根基脆弱的关系当中，即便是胜者、强势或主导的一方，通常也并不快乐，或者说快乐不了太久。因为只要还有输赢的分别心，你就无法得到真正具有信赖感的爱人，而只能制造"隔阂"，为自己培养出一个"亲密敌人"。

我因此钦佩那些爱得"笨拙"的人。他们表达而不邀功，用心却不巧取，用力但不豪夺，不把自己的爱情布置得像一个或高明或蹩脚的圈套。他们明白：爱无输赢，只是全然的坦荡和充分的自由。

文 / 叶半夏

论如何选择虫草

在并不存在完美之人的世上，梅兰芳可算是一个异常接近完美的人，事业有追求，为人有格调，善良体贴，几乎从未树敌。然而在对待孟小冬的问题上，他却显得不够慈悲。在贤惠而强势的原配与虽强势却不懂持家的妾之间，他决然地选择了前者，从此连她的演出都不去看。

原来，兰花一样的男人也有成为狮子的时刻。

男人的内外不一总是让女生头疼，不确定自己是否了解他，在发现他的另外一面的时候，彼此容易产生信任危机。在家里与在公司不同，与生意伙伴在一起时是一个完全陌生的他，谈论某个社会新闻，才发现他有偏执甚至凶猛的一面……他究竟是不是你所见到的那个人？是，但也不是。

如果推演到进化史，男人早出晚归，清醒时大部分时间在外面度过。狩猎时，不凶狠就要挨饿，不团结也会挨饿，他们需要动用自己的勇猛、残忍以及虚伪，以便获取食物，并且获得在群体中的地位。原始的狩猎时代结束后，更残酷的竞争摆在男人面前，谋取功名地位是另一场狩猎，面对更加险恶的环境，需要更多的虚伪与狡猾。

文 / 沈晓锁

爱情的标尺是快乐

好的爱情，一定是以快乐为前提的。可惜年少时，我们不懂这个道理，以为只有经历过轰轰烈烈的磨难，才算是真正的爱情，没有真正痛过，何来爱情之刻骨？

等到不再年少，却发现能结果的爱情往往是最简单的，简单到只剩下单纯的小快乐。因为一个人，你变得很快乐，这，才叫有了爱情。

大学寝室四个人里，小美绝对算不上能一眼让人记住的姑娘。可毕业晚会上，我们不得不承认，这四年里小美才是收获最多的那一个。

我们其他三个人信守的爱情格言是只有不顾一切地爱过，才算是对生命的不辜负，即便我们知道自己爱上的那个人有多不靠谱，还是义无反顾地在爱情里纠缠。

小美的爱情，自始至终都是平淡而简单的。我们一度怀疑，这两人的情商是不是有些偏低，不然哪来那么多的快乐？

可他们还真是没理由就快乐起来：每天乐呵呵地一起吃饭，一起上自习。小美回到宿舍，脸上的笑容都还没来得及收回去。为何这般高兴？小美说："刚才他帮我买到了我最爱的那本杂志，他还说过年要带我回家见父母……"

"就这些？"

"是啊，就这些，难道不值得高兴吗？"

这样的快乐，多浅薄。可后来我们终于承认，那个让你拥有无数小快乐的人，才是最爱你的。

毕业之后，我们三个恢复单身，小美却跟着男友去了南方。两人住在出租屋里，偶尔出去吃顿好的，会开心好几天。周末，手拉手去逛商场，看到喜欢的，一定要回家上网查查同款是不是便宜一些再下手。还有，每天必聊一下今天有什么开心事……再后来，他们快乐地裸婚了。

好的爱情，一定是快乐的。心情愉悦了，再多的风雨，也吹不散爱情。如果你的爱情世界里总是眼泪、纠结、争吵，这段感情必难长久。所以，当你面对一段感情犹豫不决的时候，不妨问一问自己，这份爱情，会令我快乐吗？

文 / 毛　利

我们已不在激情燃烧的年代

一个小姑娘找我，说她被男朋友甩了，真是不甘心。

小姑娘最不满意的，是男朋友对她始终是一副温吞水的态度。更气愤的是，男人居然说得出分手后做好朋友也行这种话。她问我，这是不是代表他压根就没爱过我？

女人理想的恋爱，起码该有许多可以铭记的情节、许多可以展示的礼物，两人倾心相爱，互相要了命地付出，哪怕到最后各走各路，也该是一辈子的创伤或者可以堕落好几年的痛苦。

有个朋友的故事是这样，和男朋友吵架，一气之下远走高飞，隐居在大理一个小书店里打杂。随后她费尽心机地留下了无数自己身在何处的线索，去哪里吃饭，在哪里看月，希望忽然有一天，男朋友从天而降，重修旧好。

这家伙在大理蹲了半年，男朋友始终没有来，终于郁郁不快地走了。你说现在的男人为什么这么不中用，连爱都不敢轰轰烈烈说走就走？

因为当你有闲、有空、有精力投入爱情时，这帮倒霉的男人通常已经没有任何精力跟你战斗到底。浪漫爱情的本质是什么？罗素说，是把爱的对象视为一种极难得到而又十分珍贵的东西，于是你才能对它呵护备至，对它小心翼翼。

而在现在这个阶段，当初中生都开始公开示爱，互相送定情信物，玩当街激吻，你说你那可怜的男朋友，会不会再放任自己去玩那些幼稚的把戏？

抱歉，我们的确已经不在激情燃烧的年代。

我的朋友从大理回了广州，细想一遍，又耷拉着脑袋找到了男朋友，说：我们还能不能和好？男人说：可以，但是你要答应我一个条件，以后不许无理取闹，瞎折腾。

如果你是一个还没想明白的刚烈女性，你没准会甩他一个耳光。但是我朋友脑袋忽然神清气爽，思路清晰地答应说：好的。随后他们平静愉快地在一起，直到现在。

至于文章一开始提到的小姑娘，又是那个老问题，你真的应该向一个男人索求轰轰烈烈的爱情吗？他固然是你男朋友，没准也只是想拥有平静爱情生活的老实人。

如果想获得激情燃烧般的爱情，最好的办法是绕开城市里这些倒霉的上班族，你能给他的心跳加速，肯定不如房价今天又涨了来得刺激。

文 / 李　芳

散文式男生与小说式男生

　　张爱玲说，也许每一个男子都有过这样的两个女人，至少两个，红玫瑰与白玫瑰。我觉得，每一个女孩总会遇见两个男生，一个是散文式的男生，一个是小说式的男生。嫁给了散文式的男生，久而久之，他就成了絮絮叨叨的议论文，小说式的男生则成了柳暗花明的戏剧，在你的怀念中惊艳了时光；嫁给小说一样的男生，他就成了没完没了的记叙文，散文一样的男生却成了标新立异的诗歌，温柔了你过往的岁月。

　　散文式的男生也许没有太大的志向，希望有一份平稳的工作，有自己喜欢的人，过着平淡的小日子，安逸而满足。小说式的男生则无法忍受自己的生活一成不变，功成名就也许并不是他们所追求的，新鲜才是他们的目的。

　　散文式的男生追求平静，但并不意味着平静会永远眷顾他们。假如他们能够经受考验，有一天他们会成为令人回味的咏叹调。但也可能他们终生平淡，将甜水重复成了白水，将最初的散文幻化成了山谷间不断循环的回音。

　　小说式的男生永远在追求一种新鲜、刺激的生活，但是他们终归有一天会感到身心疲惫，希望去寻找寄托身心的港湾。也许他们一直行走在路上，然后猝然倒地离我们而去，又也许他们可以将平淡的生活过得如同最优美的诗歌。

年少的时候，武功初成，杨过一心向往外面的花花世界，希望自己的生活充满传奇。在经受了误解、斗争、受伤、成名以及与小龙女16年的分离之后，他终于开始向往最初那种单纯的生活。生活绕了个圈，回到了最初，但这时的心态却已经大不相同。杨过最初是一个小说式的人，但最后他的归宿是和心爱的人过上了诗歌一样的生活。

在更多的时候，许多男生是心怀小说的梦想，却过着连散文都算不上的生活，他们常常以理想与现实的差距来解释其中原因，却忽略了自己所缺少的勇气；也有一些男生，将生活过得风生水起，跌宕起伏，心中不停地念叨自己要去过散文一样的生活，却迟迟不肯住手，他们只是放不下功名利禄或未知的新鲜诱惑而已。

女孩年少的时候大多会喜欢小说式的男生，觉得那种充满激情的生活才是活着的证明。随着年岁增长，她们开始明白，过日子还是要和散文一样的男生在一起。其实现实生活中很少有纯粹散文式的男生或是小说式的男生，每个男生都是一本合集，也许有的文章合集中散文多一点，有的小说多一点。作为读书的女孩，我们都要相信，不论我们选择了哪本书，都要认认真真读下去，他们值得我们一读再读，而读者的品质也会决定书的价值与品质。

文 / 周小鹏

你的男友是安卓版，还是苹果版的

每个人从出生开始，爸爸妈妈都给 TA 预装了一套操作系统。这套系统以父母的性格为蓝本，加入爷爷奶奶姥姥姥爷的一点小程序，伴随着小家伙的心跳和呼吸这些"硬件"的启动，软件系统正式运行。

孩子长大了，变成了别人的男友或者女友，然而 TA 的系统经历过二三十年的升级、打补丁，已经和硬件配合得天衣无缝。换句话说，格式化重装系统不可能了。

于是我们故事中的小皖就遇到了"工作版"的男友。

在交往三年准备迈进婚姻殿堂的时候，小皖越发觉得这段恋情很不对劲儿。男朋友王韦就像一个工作机器一样，永远处于对工作的兴奋状态，除此之外对其他事情都无兴趣。

"我们俩所有的话题永远是他的工作，电影、旅行、家务，还有情感生活，他似乎都不需要过问也不参与。我无论做什么事情，他都不关心，他总是说，这个家交给你我最放心，你是最好的老婆。可我也希望有人能帮我一起分担，有事情时我也想找人商量。朋友们都劝我说像他这种能赚钱养家又不花心乱来的好男人已经不多了，没有哪个男人什么都能给我。"

找闺密们聊完，小皖是会感觉"幸福"，但回家看到王韦，她又会回到那种难受的感觉，会觉得自己的生活苍白没有活力，面对这个只有工作，没有别的话题的男人，她不知道自己还能这样坚持多久。

小皖的男友配备的系统就是"工作"，安装的软件全是跟工作有关，没有游戏，没有音乐，也没有视频播放软件。如果他就是这样，小皖怎么办呢？

首先小皖应该确定自己爱不爱他。如果不爱，直接退货；如果爱，那就研究研究他安装的工作软件，有没有有趣的，也许某个功能很好玩，她也能喜欢呢。然后，试着给他安装一些软件。

如果男友是安卓版的，兼容性好开放度高，安装软件的自由度大些，什么美食旅游音乐电影多招呼就是了；如果男友是苹果版的，就只能找他接受的软件安装。

当然了，对于工作版的男友，给他安装软件的时候千万不要影响到工作软件的运行，否则容易死机，甚至罢工。

要是男友拒绝安装，或者安装之后运行不畅怎么办？

这时候就要好好研究一下，他拒绝安装的原因是什么。内存不够？CPU 过热？系统需要升级？软件不兼容？

总之，要想办法把你想要的软件装进去，别抱怨，别试图重装系统；尤其是做这样的傻事：苹果手机安装安卓系统，或者反之。

以上努力的前提，是你爱他，你没打算换手机。

如果爱他，就要多想办法。你还要好好地维护他的软硬件，因为工作版的系统，耗电量大耗损高，需要更好的呵护。

细节的温度 VIII

文 / 叶竹盛

诚信不是一个人的事

　　朋友最近很烦恼。留洋博士刚毕业，回国到一所重点大学应聘，对方告知，他的履历相当不错，条件也都符合，但是因为他们夫妻两地分居，来了后可能"军心不稳"，因此还得"考虑考虑"。

　　朋友一打听，原来他所应聘的学院去年一气走了 4 个入职不过一两年的年轻教师，理由都是"两地分居，生活不便利"。4 人同年离职，对于不过几十人的团队规模来说，可谓大动荡。"不明真相"的学界因此盛传，该学院待遇太差，评职称太难，逼走了年轻教师。

　　学院领导颇为气愤，却无可奈何，只好定下了"两地分居者不再录用"的"潜规则"。

　　朋友求职心切，找领导反复陈情，并表态说，若得录用，一定会安心工作，不会见异思迁。领导用一种看透世事的语气说，那 4 个人刚来的时候，说得比你还真切。朋友一听，顿时语塞。

　　在此背景下，无论是离职 4 人还是院方的"潜规则"，均难以臧否，但此事却折射出一个深刻的社会问题，那就是不诚信的外部性问题。所谓外部性问题，是指一个人或一些人的行为或决定，可能影响另一个或一些本不相干的人。

通常，个人诚信与否，是个人品德问题，与他人无关。但是个人品德还会通过外部性产生社会效果，一个人的道德亏欠，最终可能会"报应"到整个社会头上。一个不慎摔倒的老人讹了好心上前扶助的路人，除了自己遭受道德谴责，还会"威慑"其他好心人。长此以往，好人灭绝了，还有谁会去扶老人呢？而谁家没有老人呢？谁不会变老呢？一个人不诚信，就像工厂排放污水一样，污染的是一大片。

不诚信而产生严重的负外部性在当下中国处处可以找到印证，一些情况下甚至激发危机。医患关系紧张的根源之一是一些医生不讲医德，公知和专家污名化的背后则是谣言四起和知识的立场化与利益化，还有中国食品和中国制造在国际上名声不佳……

不诚信的泛滥可能导致社会溃败，因此一个良善的社会应该在司法、政治、社会领域进行恰当的制度配备，抑制不诚信造成的外部性，进而减少不诚信的泛滥。例如，正因为官员腐败对整个政府形象会产生严重的负外部性，因此政府应当大力反腐。

公开性、契约自由、行业自治，以及奉诚信为黄金规则的司法制度，都是抑制不诚信的重要手段。在一个诚实得不到奖励，而厚黑却横行霸道的社会，所有人都可能像那个喊"狼来了"的小孩一样，落入恶狼之口。

文/陆　地

肉摊清爽与器物精神

杭州的菊英面馆开在中河南路，未上《舌尖上的中国》之前，在那里吃碗面需排队半小时，现在有人吐槽，说现在吃面需要排队 1 小时了。

这家面馆最吸引我的倒不是那里的"片儿川"，而是每年 7 月至 9 月，会放两个月的暑假。老板说，钱是赚不完的，让员工也有个休养生息的机会，这应该是老板的态度。

菊英面馆的老板真的是有"态度"的，一般面馆的卫生，抹抹桌子拖拖地就可以了，而在这家面馆，里里外外，上上下下，连吊扇上的灰尘每天也抹一把。

我认为这是久违的"器物精神"。什么是"器物精神"呢，是对物件的钟爱，也可延伸于对工作注入情操和人生态度，再说得大一点，那就是精神追求。

菜场里有十几个肉摊，其中有一摊位与众不同，体现在刀具上，别人的刀具沾着肉末子，或是血淋淋的，他的呢，一块纯白的毛巾，时常擦拭，每一把都闪耀着光芒，整齐摆放。他的案台也干干净净，一丁点儿木渣也没有。有人买肉，一刀下去，一块肉就割下，没有一点儿拖泥带水。

这也是器物精神。

我没有与他做过交流，许多客户说他的肉摊清爽，清爽是外在的东西，其实里面是有文章的。

中国其实是一个具有"器物精神"的民族，在明以前的中国古代，无论是中国人的科技发明水平还是生活水准，在世界上都是数一数二的，当然中国人的精神追求也远远高于西方人。最能体现中国器物精神的就是瓷器和丝绸，瓷器的功能本来就是盛饭盛菜，用个陶钵和竹筒也能达到，但中国人把它艺术化了，瓷器出口到西方，让西方叹为观止。丝绸也同样，把衣料这种生产必需品艺术化了。

而反观当下的"器物精神"，我认为是缺乏的，换言之，今天我们的精神需求是低的或者说是不入流的。大家都奔着利而去，很多人没有精神追求。所以一个生意极好的面馆一年要放两个月的假，是让人不可思议的，天天耗费时间擦洗店面的里里外外也是不可思议的。

再看我们使用的一些生活器具，严格地说，都是垃圾产品，并且让人非常奇怪，反而是垃圾产品可以取得非常好的市场。

也有人把"器物精神"等同于"工匠精神"，但"工匠精神"只是它的第一个层次，更高的层次就是器物的美化，甚至艺术化。你制作一个物件或是完成一项工作，不仅仅为了实用，而是内心所需，自觉而为，然后乐此不疲。

就像那位卖肉的师傅，这样让人低看一眼的行业，里面也可以有人生态度。

文 / 咪　蒙

野蛮是一口吐向天空的痰

　　洪晃给女儿写过一封信，其中一段话我非常喜欢："妈妈希望你懂的第一件事情是人的尊严，就是爸爸常说的，你要有礼貌，别人才会对你有礼貌。当你需要阿姨帮你的时候，要说'劳驾'，不能用命令式的口气。我知道你的小朋友中有的不是这样的，但是你要按照我和爸爸教你的去做，别人没有礼貌，不要去理睬，但是自己要有礼貌，这就是你的尊严。你的尊严不是别人对你有礼貌，是你对别人有礼貌，不管别人是什么样的。"

　　她解答了一个很重要的问题：我们为什么要讲礼貌？在儒家精神式微的当下，讲礼貌不是一种必然，而成了一种选择。很多孩子会直接问：我凭什么要讲礼貌？

　　我的一位领导就说了一个例子，她在飞机上听到后座一个妈妈在教育大概四五岁的儿子，对话很有趣。

　　妈妈：刚才在车子上，那个叔叔给你让座，你没有说谢谢吧？儿子：没有。妈妈：你看，叔叔本来坐着，却让给你坐，自己站着，你看你是不是要说声谢谢？儿子：不要。妈妈：你这样，以后别人都不给你让座了。儿子：不让就不让。妈妈：没有座位，你就会累的。儿子：累就累。

领导说，这让她思考，该怎么教育孩子呢？是从功利的角度出发(以后就没人让座给你了)，还是从道德的角度？对一个四五岁的孩子，哪种才是合适的呢？

我不是专家，我的感觉是，这可以是一个多选题，功利和道德两种方式都可以采用。如果孩子坚持认为礼貌是可以舍弃的事，那么我们就在家里做一天实验，"废除礼貌一日游"，让他直观地体验一下大家都不讲礼貌的世界，是什么样子的。这一天，全家人达成共识，所有人都不对他讲礼貌，请他帮忙不说"谢谢"，撞了他不说"对不起"，他跟大家打招呼，听者假装没听见……不被尊重的滋味，绝对比孩子想象中的更难受。人是社会性的动物，谁说自己完全不在乎其他所有人，那纯粹是瞎扯淡。渴望被尊重，是人性最基本的需要，只要你的孩子是人类，他就一定能体会到这种感觉。"己所不欲，勿施于人"，这不仅是儒家的规则，也是具有普世价值的规则。

道德的本质，就是心中有他人。尊重别人，给别人以尊严，这就是你自己的尊严。

读香港专栏作家屈颖妍的《怪兽家长》，让我印象最深刻的，就是她讲到一个故事：一个香港人去日本，发现他们即使在深更半夜，行人稀少的情况下，也会乖乖地等红绿灯。香港人问，这是为什么呢？一个日本人答：那盏灯，就是法律。——我们不是怯于法律，我们只是尊重那盏灯。

很想对每一个毫无急事却无视红绿灯的人说，如果我们硬闯过去，那盏灯会难过的。

是的，这听起来很装 ×，可是，学者周濂就说，装是文明开始的第一步，装啊装啊就信以为真了，就深入人心了，就大道通行了……当下很多人的问题是，装得太功利，总惦记着立竿见影的效果。倘若没有效果，他便连装都懒得装了。

很多时候，我们有多少尊严，并不是因为受到多大尊重，而是我们有多么尊重别人。坦白说，我是毫无教养的人，聒噪、讲脏话、拿刻薄当有趣……可是我有一点是值得自傲的，就是我真诚地对待那些世俗意义上比我弱势的人。我对清洁工、保安、司机，比对权贵阶层更有礼貌。因为我有个奇怪的逻辑：权贵不缺礼貌，而就我所看到的，清洁工、保安和司机们，受到的尊重没有那么多。如果我必须当一个粗俗的家伙，那不如把人生中少量的知书达礼的配额，分给更需要礼貌的人。

我常常觉得，考察一个人的人品，最快速的方式就是看他如何对待服务人员。谁摆出那种居高临下、颐指气使的姿态，我就会对他产生悲悯之情。——人要寒碜到什么程度，才要靠欺负几个暂时居于弱势的人来赢得存在感。我最最讨厌的，也是那些对权贵谄媚而对弱势者呵斥的贱人。

有人说过，野蛮是一口吐向天空的痰，迟早会砸回你脸上，那是多么难看。

文 / 马　德

老张的哲学

　　作家刘震云讲过一个故事，说在灾荒年代，逃荒的路上老张死了。临死之前，老张没有想起妻离子散，也没有想起日本鬼子，他只想起了老李。原因是，老李是三天前去世的。

　　"我比老李多活了三天，值了。"这是老张留给世界的最后一句话。

　　这个世上的好多人都活在老张的哲学里。遥远的地方，有天大的事情也都跟自己没关系，最让他们在意的是身边的人。因为，身边的人那里才有自己的苦难和幸福。

　　有一个老婆婆，女儿在北京，每年她都要去女儿家住一段时间。每次从女儿家回来，她要做的第一件事就是到另一个老婆婆家去串门，然后，大讲北京的大街、商场以及形形色色的人和事。她为什么要讲这些呢？因为这个老婆婆的儿子在县里做官，总会大包小包带回好多孝敬她的东西，而她没有这样一个儿子。每次回来，把该讲的讲完了，她便一下子觉得心气和顺，幸福感十足。因为，终于在这件事上把差距找平了。

　　后来，听故事的老婆婆中风瘫了。她也很少再去北京的女儿家了，或许在她看来，这趟旅程已经没有了意义。

朋友所在的一家公司，每到年底都要走几个人，原因是发奖金。不是因为钱少，而是因为自己的钱比别人少。有的人，拿到手的奖金有二十多万，最后也走了。一问，只为比别人少一两万。

有人劝，算了吧，不就是少那么几个钱，何必呢？听的人一脸愤然，这能随便算了吗，这里边有猫腻，奖金中的小区别，可是领导那里的大江湖啊！

好多人本不该走，结果跳槽之后混得一塌糊涂。对此，朋友不无感慨：在别人那里较真太多了不好，因为别人什么都不少，而你会失去很多。

乡下有一对夫妻，老占小便宜。每到庄稼成熟的季节，总喜欢从别人家地里或者掰个棒子或者摘几根豆角，总之，这样便觉得十分快活。不料有一天，妻子竟被气死了。一个爱占便宜的人怎么会被气死呢？原来，她家的地里丢了一个大倭瓜。

看来，人这一生如果把所有都牵系在别人身上，滋味不好受啊。因为，别人那里有自己的幸福也有自己的痛苦，是快乐场也是埋葬地。

文/陈 方

中国年轻人为何不敢晃荡青春

2012年，在飞机上，邻座的波兰小伙儿刚刚参加完湖南卫视"汉语桥"比赛，要飞到石家庄看望他在德国结识的朋友。

这个波兰小伙在德国学习、工作了很多年，这次他代表德国参赛，比赛成绩不是特别好，但正好可以借机来中国和朋友一起旅行。波兰小伙儿说这次可以在中国待90天，我很好奇："你不用工作吗？"他说他还没有固定工作，在德国打工挣点钱，然后就去周游世界。他去过许多国家，认识了很多人，旅行改变了他的人生。

我问他多大了，他说已经28岁了，不过还可以再尽情晃荡几年，然后再把生活固定下来。

一个28岁的波兰小伙儿，还可以如此自由自在地晃荡青春，这着实让人艳羡。在中国，一个28岁的小伙子往往早已不再年轻，着急恋爱结婚生子，着急买房买车，着急拼事业。我们的年轻人在焦虑，如果30岁还不能出人头地，这辈子可能就"完"了。

我依旧好奇于波兰小伙儿的"晃荡"状态，在别人眼里是不是很另类，他对我的问题很惊讶，他说他生活的环境里很多年轻人都是这个状态。他问我，你难道没有出国旅行过吗，没有看过世界吗，那你年轻时都做了些什么？

和大多数中国年轻人一样，我毕业后就开始按部就班地生活。一个28岁的中国小伙儿，如果还没有一份固定工作，还没有结婚成家，还整天晃来晃去，那他一定是主流社会里的另类，甚至会被贴上"社会青年"的标签。

"主流"了，"正常"了，不能说不好，但很多中国年轻人还是渴望能拥有一段"晃荡的青春"，这样不会一看到别人在"晃荡青春"就心生艳羡。年轻就该遵从内心的奔放和自由，就该按照内心的意愿和兴趣来生活。

中国绝大多数年轻人一毕业就被庸常生活绑架了。一方面，传统意义上按部就班进入主流轨道的"社会习惯"主导着我们，另一方面，社会现实也剥夺了"继续晃荡"的机会。"剩男剩女"对于所承受的家庭压力还可以抗争，但一个独立的社会人必须寻得谋生饭碗。就业形势不容乐观，毕业后如果不尽快占一个"坑"，等你晃荡够了，这个"坑"早就被别人占了。社会上那些待遇较好的单位，招聘时一般都只针对应届生，往届生乃至"社会青年"是很少有机会的。找一个待遇一般甚至能勉强谋生的工作，又必须考虑到未来的养老风险。

波兰小伙儿并不完全理解中国青年的这般"纠结"，他在德国认识很多与他类似的中国年轻人，不过，那些中国年轻人之所以敢晃荡，大抵都是因为家庭条件比较优越，晃荡完青春并不影响以后的稳定生活。而这，和家庭背景一般的波兰小伙儿的晃荡，实质截然不同。

一毕业就"老"了，那是因为我们没有太多选择。你可以在内心"晃荡青春"，但不能以实际生活的姿态晃荡，你必须找一个主流的外壳来护卫你冲动的内心；如果说你想像波兰小伙儿那样以生活的姿态"晃荡青春"，那就必须付出有可能"晃荡一辈子"的代价。

　　如果哪一天中国年轻人可以随心所欲"晃荡青春"了，那一定是我们的创造力最自由奔放之时。

文 / 子　沫

你打算用什么打动别人

　　小区外面有个电器修理店，店主是小伙，叫罗利。8平方米的店面，小铺子被各类电器堆得满满的，电视、电脑、冰箱、音响……小伙子常常头埋在最角落里捣鼓着精密仪器，外人一叫，就抬起头来聊几句，说话缓缓的，做事从来不急不躁。

　　有一次，家里的煤气灶有点问题，打不了火，先生情急之下，去小铺子里请来罗利，小伙子一言不发，放下手中的活儿，来到我家。问他修过煤气灶吗？他摇头，不会我可以学，电器都是通的。他戴上手套，铺上报纸，一个人在那里检查找问题，10分钟后，说好了，原来不过是接头点火位置有点小问题，已修好了。他麻利地把脏报纸和手套包在一起，出门时拎出去。问多少钱，他害羞地摇头："小事，不收钱，又不费料费时。"

　　小伙人很勤快，做事还不烦。还有一次，我的手提电脑有点小问题，有个程序显示不了，我拿去找他。想想也好笑，这本不是修电脑的地儿啊。他打开电脑找问题，我在一边等。一些过往的人来来回回，有拿电扇的："小罗，开关坏了，看看怎么回事？"有拿手机的："小罗，触屏显示有问题，你给看看？"还有一位老人家，把耳机也拿来了，说是有一只有杂音……逢有人来，罗利总是抬起头看看别人的物件，说声："好啊，放这里，明天来拿。我忙完手头一点事。"还是轻言细语，一点不急。

总之，大家伙小家伙齐上阵，小铺子堆得更满了。我问他："这修得过来吗？好像小东西也赚不了钱，还费事花时间，修空调这样的大家伙才来钱的吧？"他笑笑："我开了店，当然什么都修，小东西修好了，人家才会找你修大东西，再说都是熟客，大家互相帮衬。"我的电脑一个小事就花去了他半小时，重复几次，他一点都没有不耐烦。那时已是晚上7点，他还没吃饭，他说每天都得忙到8点才回去吃饭。

还得说说罗利的家。他刚有了一对双胞胎女儿，妻子在家带孩子。罗利在店附近租了个小两居，一家人过得其乐融融。罗利说起孩子时，一脸的爱怜："两个小家伙，每天都得洗澡，水费、电费都很贵，我得多干点儿活。"他一个人养四口人，在武汉这样的城市，开销大得很，不过罗利说起来，没有丝毫的抱怨。谈起前段时间孩子感冒，去看儿医，听说他是打工仔，没有医保，"医生都不乱开药的，只给我开最便宜效果又好的药，还是好心人多"。我当时没有说一句，任何事都是相对的，人们对一些自食其力的、有耐心把一件事干精干好的人向来是心存敬畏的，有些人老抱怨社会不公，你自己都做了什么？是不是一个令人厌的人呢？"再奋斗几年，我还想买个二手房，让老婆孩子过好点。"罗利一边捻着细电线，一边充满了憧憬。

"不会，我可以学。"这是罗利的口头禅。他会装路由器，会装排风扇，还琢磨开辟修太阳能热水器的业务，业务跨越IT、家电、精密电子……夏天时，罗利的空调业务多了起来，他买了一辆二手车，只要客人需要，武汉三镇都可以上门服务，每每路过他的小铺子，破破烂烂，却是红红火火，生机勃勃。我对先生说：他一定可以做起来的。人聪明，能吃苦，脾气又好，这样的人上天怎能不眷顾？

正好，这两天看到作家六六提到她认识的一位投资人小伙子。她因为种种原因，剧本经常会有变动，用她的话来说，很折腾，中途还撤销过合作，当她都觉得不好意思时，小伙说：我的工作就是解决问题，你有任何问题都可以找我。六六说，她当时有个感觉：这个年轻人的未来无限美好。还有一位装修的师傅，装修前花很长时间跟她沟通，当她自己选中的地砖送来，又感觉不是自己想要的时，装修师傅仍然耐心地说：你想要什么？她觉得算了，自己选的就认了，师傅却说："难得装一次，要住很多年，别凑合。没关系，我们改。"看到客户自己找熟人设计的独特背景墙时，他会拿 U 盘拷下来，自己回家去揣摩学习，他做事真能打动别人。

这个世界，大多是做小事的人，你到底用什么打动别人呢？

文 / 薛仁明

多谈意思，少说意义

有位青年来信言道，自读大学起，因老想着做"最有意义"的事，又老念着要成就"伟大"的事，因此，总无法"把心好好搁在一事上"，总不断地"怀疑自己做的事没有意义"，最后，满脑子都是各式各样的想法，而这些想法，彼此又相互抵触、相互辩驳。结果，就把自己搞得"心力交瘁，非常烦乱"。

回信给他时，我要他把"意义"、"伟大"这些词都先暂时放下，这些词未必不好，却常常会把人困住。事实上，中国人不太谈"意义"，更常说的，是"意思"。"采菊东篱下，悠然见南山"，"桃花流水窅然去，别有天地非人间"，哪有啥意义不意义？但读着读着，自然可读出些意思来。于是我劝他，先做个有"意思"之人，多做些有"意思"之事吧！

我想起了司马迁。司马迁是个有意思的人，《史记》更是本极有意思的书。我读《史记》，总觉得司马迁乃天下第一等有志气之人。正因有志气，所以他看世间之事，件件有意思；其笔下人物，也个个有神采。我读《史记·高祖本纪》，不时啧啧称奇，也常常深感佩服，更多时候，则是读着读着，没来由地就开心了起来。

这种没来由的开心，或者是无缘故的好玩，既是《史记》的独到之处，更是刘邦的过人本领。《高祖本纪》有一小段落，就写个"刘氏冠"：

高祖为亭长，乃以竹皮为冠，令求盗之薛治之（派"求盗"去薛地找匠人又多做了几件；"求盗"是亭长手下的吏卒，掌管缉捕盗贼），时时冠之。及贵常冠，所谓刘氏冠，乃是也。

这个段落，与前后文无关，与刘邦的成就大事也很难看得出有何干系。换言之，是段闲笔。若换别人来写《高祖本纪》，肯定就没这段。尤其那些满脑子"治国、平天下"这等伟大之事的读书人，读到这儿，大概直接就跳过去了吧！还多半要嘀咕：哎呀，如此琐碎之事，有啥好记的呢？

是的，习惯"意义"、习惯"伟大"的他们，很难体会有种没来由的开心，也不清楚什么叫无缘故的好玩。他们总是目标明确，规划明晰，绝不做没意义的事。这样条理分明当然是好，不过，这就与"无所为而为"离得远了。"悠然见南山"也好，看着"桃花流水窅然去"也罢，压根就没什么目的，纯纯粹粹，就是一份好情怀，但却最能在若有似无之间保存了一份元气与志气。有此元气，人可如刘邦一般地屡挫不折；有此志气，人就能云雷满蓄，更能进可成事、退不受困。因此，老子有句名言，"无为而无不为"；老子又有一句更有威力的话，曰："取天下以无事"。

这话简直是个预示，果然，闲来编编"刘氏冠"的"无事"之人刘邦，当真就把这天大之事给做成了。《史记》写项羽刘邦二人，为了标出根底差异，又以近乎闲笔的手法，记了一件"琐碎之事"。那时，他二人都还没踏上历史的舞台，同样在人群中远远望着秦始皇出巡，项羽一看，就直截言道："彼可取而代也！"至于刘邦，则是望了一望，不禁叹息，曰："嗟乎，大丈夫当如此也！"

两人的情节相仿，说话的内容也相近，可个中气象却是天差地别。项羽的语气明确，既悍且戾，还满嘴霸气。霸道之人，平日所言所行，多半伟岸宏阔，很容易让人以为是个有大志的，其实说到底，不过是股强大的欲念罢了。至于刘邦，其言语、其神态，则是意兴扬扬，不胜欣羡。相较起来，刘邦所言，近于志气。所谓志气，总有些混沌，又有些欢喜，还处处蕴含着生机，在隐约之间，有种好意，有种好情怀。

有此好意与情怀，便可言志气。有志气之人，必然不乖戾、不烦躁，他们面对当下，没那么多气愤，面对未来，也没那么多郁结。因此，这等志气之人，多半眉目敞亮、神态清扬，单单看着他，我们就觉得这人有意思。于是，我劝这位困惑的青年多做点有意思的事之后，其实也想建议他，有空不妨拿面镜子，照一照，就看看自己的眉目与精神吧！

文/古　典

你所努力的，未必是前辈看重的

2013 年 6 月，中国职业生涯发展协会作了一个有趣的调查。他们调查了 500 多个在职人士，问他们一个问题："为了让你在职场新人中脱颖而出，你觉得下面哪三项最为关键？"

研究人员把职场新人（0 ～ 3 年，占 51.2%）和职场老人（3 年以上，占 48.8%）的选择做了一个对比，有趣的事情出现了。

职场新人认为最重要的三项是"专业知识与技能"、"拥有核心的硬技能"以及是否能够进入"认可的行业与职位"。而职场老人则认为，除了"专业知识与技能"之外，那些进入职场后你学会的东西 ——"积极的职业态度"以及"良好的职业习惯"，才是职业发展的关键，而"准确的职业定位"或者"认可的行业和职业"在他们看来都并非重点。

为什么职场新人和老人对于成功因素的看法差别那么大？我想是下面三个方面交叉作用的原因。

1. 对职场的认知不同：刚毕业的新人，很容易把职场当成自己大学生生涯的另一段延续——能力要高，专业要好，自己知识要过硬。而过来人则明白，大学和职场是完全不同的两个领域，面临一个全新的环境，积极心态和重新培养好的习惯至关重要。

2. 大学知识和技能的保鲜期很短：在知识爆炸、科技飞速发展的时代，大学学习的知识保鲜期很短——大学的专业优势大概只能支持你进入职场 3 ～ 6 个月，而学历（硕士、博士）优势只会在职场中保持 1 ～ 3 年，而其他所有的成功技能，都在进入职场之后学到。

3. 匹配论与适应论：职场新人往往过度看重如何"找到"适合自己的工作和定位，而几年的工作经验让职场老人很清醒——所有的适合自己的工作定位都是干出来、争取出来的。职场头三年，不靠定位精准，而是适者生存。

我想最后还有一个细节能证明我的观点——职场新、老人对于"找到并发挥自己的天赋"一项的评价差距最大——显然，新人期待通过识别和发挥天赋在职场中达到成功，其实他们期待的是不费力的获胜。他们不知道，发挥并让世界承认你的天赋，所付出的努力远远比仅仅做好本职工作难。而过来人认为，头三年的职业生涯中，只要态度好，慢慢养成好习惯和专业技能足矣。

认真就能及格，努力能有 80 分，技能和好习惯能让你拿 90 分，最后从 90 ~ 100 分才是天赋之争。以大部分人的努力程度，完全没有到拼天赋的程度。

文 / 毛 利

小规模坚持

几年前，V同学从纽约学成回国，扎根北京朝阳。我问她找好出路没有，她说早就有了方向，今后，将在一项事业上奉献所有光和热，那就是卖菜。

我固然不认为海归们都该衣冠楚楚地进投行做银行家，但听到一个曾经的陆家嘴白领说她将去卖菜，还是大吃一惊。我们努力求学，努力走出去，不就是为了离开那股土腥味儿？ V同学说她的目的是要改变农民的命运，不再让这些老实本分的庄稼人受中间商的重重剥削。她想做的事情就是帮真正的农民卖菜，让他们得到自己该得的报酬，她还想让人们重新重视食物，重新定义食材的真正意义。

我似懂非懂，另一个朋友说，你这事行不通，这是逆潮流而为，你还能改变国际贸易规则？ V同学眼睛闪闪发亮：从我做起，有什么不行？

她到处拜访真正种出好东西的农户，游说他们来北京卖菜，几个人搞了个市集。我去参加了一次，不禁为V同学的前途担忧。几家稀稀落落的农户，虽然每个人都有着满腔热情，但看上去总不像那么回事。所谓的有机食物，贵得离谱。当年朝阳早市 10 块钱 3 斤苹果，在 V 同学的市集上，苹果 5 块钱一个，我买了 7 个，觉得价格真是棘手。

她说，好吃的值得好价钱。我犹豫了一会儿说，还是贵。V 同学说，你为什么愿意花几百块钱买一件根本穿不了几次的衣服，却不愿意花点钱在真正好吃的东西上？但我依然觉得这事没什么前途，连我这样的年轻人都不肯掏钱，那些计较到一毛两毛的大妈怎么可能理解这事？我以为这种行为永远都只是一种小规模坚持，可不是世界潮流。

谁知道潮流果然逆转了。不知道从什么时候开始，食品安全成了悬在头上的达摩克利斯之剑，"有机"成了一个热门词语。V 同学忙得不可开交，祖国各地都开始有了这样的卖菜市集。

V 同学很喜欢跟我讲那个故事：一个爸爸带着孩子来到市集上，看中了手工饼干，五块钱一块。爸爸觉得太贵了，因为超市里五块钱能买整整一盒，但他始终拗不过小孩，不情愿地买了一块。到下午，他们又来了。爸爸说：真贵，可是真好吃啊。

文 / 韩浩月

没有人必须沉重地活着

中午路过银行，看到三三两两的年轻保安在大厦的一根根柱子下面，或靠着，或坐着，每人手里一根香烟，旁边的马路上，是川流不息的车。他们在繁忙城市的这一刻，是静止的，不知为何，我竟从他们身上看到深深的颓废气质。

城市里人们都像打了鸡血一样，急匆匆地行走着、争斗着、愤怒着，城市不缺乏激情，但缺少颓废。城市里的男人不敢颓废，怕稍一懈怠就会被别人赶超，再无出人头地的机会。只是那几位保安，仿佛看透命运的安排，抓住无所事事的那点时间，享受一下当下的快乐。

我知道他们为何能吸引我的目光，因为 20 岁上下也曾是我最颓废的时刻。记得那时我在工厂工作，拿着极低的薪水，上班时间偷偷跑出去和工友打牌，困了累了在工厂的地面上躺倒就睡，喝醉了酒还会和更小的兄弟抱头痛哭……

现在回想起那时的日子，居然有淡淡的欣喜的感觉，细究起来，就是那种久违的颓废，为青春蒙上了一层苦涩的甜蜜味道。也明白那时为什么会喜欢郑智化了，他身上浓重的颓废味道，吻合了很多人的青春。

怀念那时，正是因为现在没了悲观、无聊、懒散的机会，要当家里的顶梁柱，别的不说，总得在自己快上中学的孩子面前坚强起来吧。

曾几何时，颓废的男人是深得女人青睐的。在 20 世纪八九十年代，身上带有这样气质的小青年，多是姑娘们心中的偶像。他们写诗，开着破摩托，打架斗殴，惹得身后的姑娘流泪，却赶也赶不走她们。现在想来，是他们在禁锢的社会闯了出来，真实展现了男人的本性，这本性不见得美妙但却真实，在那个年代，真实就是最美的东西。

作家韩松落在微博里写过这样一件事。他有一位朋友，生活落魄，但出自他手的泥雕，件件都是艺术品，震惊之下他欲帮朋友将这些产品推向市场，但朋友却满脸惶恐，似有被陷害之意。韩松落从这个事情得到一个认识：颓废地活着可以是一个人的生活方式和权利，它有更宽广的含义，比如对贫穷的固守，对自我小天地的捍卫，自得其乐于随波逐流的生活。

如果你累了，请尝试一下偶尔颓废的生活，这会短暂地把肩上的重担轻轻卸下。

最近，我午休的时候会躲到广场角落里一个地方放空脑袋，什么也不想，很舒适，很自在，不知道，这算不算颓废。

文 / 林特特

你该怎样成功

她被视为幸运儿。

工作三年，已在一家大公司有了像样的职位，又因一个机缘，和朋友相约创业。起初是玩票，谁知不到一年，生意做得风生水起，被业内喻为传奇，她干脆辞去工作，全职投入。

我认识她时，在她的店堂，游人如织，顾客如云。

人们围着货架上的创意商品，如设计趣怪的台灯，又如勾起年少回忆的铁皮小火车，频频发出叹息、惊笑声。

她那么年轻，所以说起创业历程，我和大多数人一样，总结："你的运气真好。"

她又介绍顾客的年龄定位，"都是些二三十岁的年轻人。"

我灵机一动，"那就抓住文艺青年的心吧，做些名著、名剧里的经典玩意儿——林黛玉的帕子，冯程程的雨伞，或者顾曼桢的戒指……"

她沉吟："帕子、雨伞、戒指？"

我兴冲冲地说："对！尤其是戒指。张爱玲的《十八春》里，世钧送给曼桢的戒指，曼桢在指环上紧紧缠上红毛线，后来曼璐将戒指还给世钧，他没发现，红毛线上还留着曼桢的血。"

她点点头，很快，我们热切交谈的话题又换了。我忘了帕子、雨伞或戒指，直至许多日子后，她联系我。

我收到她的快递，那天是我的生日。

拆开包装，礼盒里是手工做的艺术盆景——一株向日葵，盆景旁还有个小小首饰盒。

我愣住了。

那是一枚戒指，戒面上刻着向日葵，与盆景相呼应，然而戒面下的指环紧紧缠着红毛线，一如我当初形容的缠法，《十八春》里顾曼桢的缠法。

我那天说，世钧万念俱灰，最后把戒指扔到江里了，所以我建议她开发新产品，"戒指有一天漂到你的店里，流落到某人手中。经过许多波折，戒指面目全非，但紧紧缠着的红毛线是它的标志"。

她当时一边听一边笑，我一边胡说一边笑。可现在紧紧缠着红毛线的指环就放在我面前，除了感动，还有些别的。

我终于明白为什么她是幸运儿了。

她幸运不在于运气。

她幸运在于她如此用心，用心捕捉每一个有用的信息；又不止用心，比痴人说梦者，有太多执行力。

文／（台湾）吴美君

三个"哇"大卖芭比

在奥美做广告业务时，我遇到一个影响我很大的客户——美泰儿玩具公司。这是全球第一大玩具公司，生产芭比娃娃、风火轮小汽车、火柴盒小汽车、迪士尼玩具等。但是，在台湾奥美，美泰儿只是将国外广告片直接翻译成中文，然后搭配旁白就行。

我喜欢芭比，到周末，我还会找办公室同事的小女儿来我家跟我一起玩芭比，想看她边玩边说什么，这对我培养消费者洞悉力很有益。

那段时间，我也常去玩具城卖芭比的粉红色巷子偷听小女孩的对话。让我兴奋的是，在那里，我发现好多新点子。

有一次，我看到两个小女孩在选芭比，其中一个说："哇，这个芭比没穿裤子，没穿衣服，羞羞脸。"我一看，原来，她们在说一个穿着比基尼泳装的芭比。

"这个芭比穿蓬蓬裙好漂亮哦，好像要去参加舞会。"我听出她们好向往有一天可以跟芭比一样穿着蓬蓬裙去参加舞会。

"这个芭比房子好漂亮哦，有粉红色的纱纱窗帘耶。"我听得着迷极了，好想跟她们一样拥有那张芭比梦幻床。

她们挑了半天，突然决定要买一个特定的芭比，她们说："就买这个吧，这个有'哇'，那个没有'哇'。"

什么是"哇"？这真是个消费者心中的黑盒子，我一定要打开它。

我冲过去看，原来，她们决定要买的那个芭比，是一个长头发芭比，它是架上唯一贴有中文贴纸的芭比，那张中文贴纸上写着："哇，芭比的头发好长哦。"那个芭比的头发长到脚踝，真的很长。但是，我认为是那个中文贴纸拉近了芭比与她们的距离，其他芭比都是英文包装，她们看不懂写的是什么。

于是，第二周我去见美泰儿的总经理约翰，迫不及待地与他分享我的观察。我告诉约翰，以后要少进泳装芭比，她看起来没穿衣服，对台湾小女孩来说，芭比可以投射她们的自我形象，可以圆她们长大的梦想。

接下来，我说到那个"哇"的故事。我告诉约翰："就是那个'哇'让她们想买。"

约翰听后觉得有意思，说下个阶段每个广告商品都要有中文贴纸，都要写句"哇"。他说，应该就是这句"哇"拉近了小女孩与芭比的距离。后来，他发展出一套99元新台币的芭比鞋梳组，包装上用中文写着："哇，芭比有七双不同颜色的高跟鞋耶。哇，还有一双芭蕾舞鞋耶。哇，还有一把梳子耶。"三个"哇"。

结果，这个99元"三个哇"大卖，连续好几年成为销量最大的产品。

文 / 彭 萦

周二的同学聚会

有闺密生娃后重出江湖，随即遭遇公司连续加班。一边是年幼的女儿，一边是步步逼近的项目截止期限。疲惫至极的时候，她泪雨淋漓地问我："工作太耗人了，我是否要放弃？"

雅虎的 CEO 玛丽莎·梅耶尔能每天加班到凌晨，敢在办公桌底下睡觉，周末加班也没有问题。她说："避免精疲力竭并不一定要一天吃三顿饱饭、睡够 8 小时，甚至不一定需要待在家里。在我看来，精疲力竭主要是由于愤怒。要想战胜这种情绪，你需要知道究竟因为失去了什么导致你产生这种感觉。我会告诉人们：找准自己生活的节奏。所谓节奏就是一些对你很重要的事物，如果失去了这些东西，你就会厌恶工作。"

有个年轻的员工刚毕业开始工作就露出疲态，梅耶尔问他，你好好想想自己不能放弃的是什么。他想了很久，说："周二的晚餐。"因为每周二晚上，他的大学同学们都会带自家的美食一起聚餐。如果他错过了这个晚餐，接下来的一周，他都会想："周二的聚会我都没有去成，今天晚上我再也不想加班了！"知道这个以后就简单了，只要他不再错过周二的聚会，一周内的其他时间他都会没有什么可抱怨的了。

　　还有一个女员工凯蒂经常在午夜一点和印度的同事开电话会议。梅耶尔一直担心她太辛苦了，但她说："别担心晚上半夜开会这件事。我爱我的团队，我一点都不在意。但我不想错过孩子的足球赛，或者去参加孩子的演唱会的时候迟到。"他们在开会的时候，凯蒂可能开始收拾东西准备走。有的同事问："哦，凯蒂，就剩五分钟了，不能再等等吗？马上结束了。"梅耶尔会说："不，凯蒂得走了。"

　　找准自己的节奏，不放弃自己内心最珍视的东西，这能让你不再疲惫，不再抱怨，干劲满满地投入到长时间的工作中。

　　每个人都有属于自己的"周二同学聚餐"或者"孩子的足球赛"。我们应该问问自己，为什么我感到精疲力竭？我的那个不应该放弃的东西是什么？

文 / 赵　星

不如多提几套解决方案

　　我想起我刚实习时，开始做一个新的项目。那时恰逢大四开学，学校一堆事，我也心神不宁，加上又是个新项目，麻烦百出。

　　每当遇到什么问题，我总是第一时间"不远万里"地跑到隔着好几排桌子的上司那儿当面汇报。上司给我个方法，我便"嗒嗒嗒"地跑回来。一会儿又"嗒嗒嗒"地跑过去……嗒嗒嗒……嗒嗒嗒……嗒嗒嗒……

　　上司终于崩溃了，把我拉到"小黑屋"里，给我讲起了故事："当年我实习的时候，我的上司告诉我，遇到或质疑一个问题时，不要马上提出来这个东西多么不好，而是要想出一个解决方案。当你告诉我这件事现在有多麻烦的时候，一定要给我一个你觉得好的办法。这样，你的质疑和提问才有意义，你才能学会解决问题，而不是一味地否定现有的状况。"

　　从那以后，我开始尝试在每一个我觉得不完美的方案之外，寻求更好的解决办法。倘若找不到，我就会闭上自己那爱抱怨的嘴。渐渐地，我开始能够找到一个甚至两三个不同的解决方案，与领导一起讨论，从中看到我的思维方式和领导的有什么不同，从而进一步改善自己的方法。

　　半年之后，我到新的公司笔试，两个小时，三道综合案例分析。我在每道题后面都写出了不止一种解决方案，最后没时间写完，只好在考卷上写下了电话，并留言："时间有限，如需知道第三种方案，请给我打电话。"当然，问我第三种方案的电话没等到，但等来了录用的消息。

　　一年之后，当我开始带实习生时，也发生了同样的问题——一件小事情会跑过来问好几次。于是我也把我的实习生拉进"小黑屋"，重复着当年的故事……

　　朋友说我不像很多同龄人那样爱抱怨，反而会在一轮轮的思考中，不断自我调整。我一直觉得自己活在一个很小的自我的世界里，不太关心外面世界的不公正或者不合理。回想起实习期上司教育我的那些话时，我突然发现，这已经成了我骨子里的一种行为方式，我学会了闭上嘴，用大脑去思考，用行动去改变。

　　每当我写好新的宣传稿，做好新的报告，或者画好新的设计图，总会下意识地想一想，有没有其他的方法，能不能做到更好。自那以后，当我可以独立承担一点点小的工作任务时，当我遇到问题迅速地思考处理方案时，我觉得做一个善于解决问题的人，是件特别有成就感的事。

文 / 明前茶

洗　车

看完红叶归来，江直接将车开进了小秦洗车行，摇下车窗，招呼穿着皮围裙和长胶靴正在忙碌的小秦："开了 240 公里，回来就直奔你这里了，要等多久才能洗？"

小秦回头笑："你自己摸摸引擎盖，要凉得像隔夜的汤婆子，就好洗了。"

江自己用手试了下："还有点热。"

"刚从高速上下来没多久吧，得等等，这时候用大量冷水冲车身，就像一个跑完马拉松的人猛灌冷水，不管是对车漆还是引擎，都太刺激了。"小秦过来看了看车身，笑说，"你也别闲着，你这回刚从郊外回来，前面挡风玻璃上虫尸残叶不少，我给你一小桶温水，你自己泡点肥皂片，把看得见的这些汁液斑点先用肥皂水浸透，然后用小块海绵，浸清水把这些地方擦拭干净。"

真牛，还有招呼客人自己干活的。见我诧异，江就笑："来这里，就得准备好给小秦打小工。"凭啥？"说件小事给你听，我有个朋友，一辆帕萨特跑了 7 年了，都是在小秦这儿洗的，如今只要小雨点子落下来，车身上还是一颗颗明晃晃的水珠，很均匀；别人家的车，雨水淋在漆面上都这里一汪那里一汪，铺成一片。这说明车洗得不好，车体漆面老早就被侵蚀了。"

哦，有这么神奇？在我心目中，洗车不就是用个高压水枪冲一冲吗？水枪喷得越猛，看上去车洗得也越干净。

小秦听见了，接口说："外行话！洗车也要有一种节奏感，该快要快，该慢要慢；一招一式，都要有说道有美感，擦出来的车，才能像刚出厂的一样。"

小秦大学里学的是财会，10 年前毕业后，家人帮他找好了工作：在一家银行当柜员。数了 13 个月钞票以后，他毅然辞职，去一家品牌洗车行从头学起。父亲以为他疯了，问他露天作业有什么好，冬天一手的冻疮，夏天晒得只剩牙白，小秦的师傅帮他说话："干任何事都要有天分，你家小秦，洗车很用心，他洗的第一辆越野车，刚从西部跑了沙漠回来，满身尘土，小秦就没有开足了水枪去冲，而是把预洗液拿出来，装在小喷壶里喷洒在车身上，耐心等待两三分钟，再细水慢流，从上往下冲洗。我发现洗这车，他就没把水枪开到六七个压强，你道是什么缘故？"

现场参观的小秦父亲张口结舌，答不上来。小秦说："车主说他刚从腾格里沙漠回来，中途就没洗过车，腾格里的沙子，石英成分重，有看不见的棱角，要是一上来就用高压水枪冲，洗车倒变成了给车'打沙皮'，很伤车漆。"

师傅再考他："那你为啥要让车主把车开到树荫底下洗？"

"那是个酷暑天嘛，柏油马路都晒软了，要是在大太阳底下，我们冲上去的水，会形成一层薄薄的聚光膜，动作稍慢一点，这层膜能赶在我们把水都刮掉之前，让局部温度上升，把车漆都烤裂了。"

"那你用海绵擦完车的上半身，干吗要换海绵？""不能一块海绵用到底，因为擦过车身下部的海绵里掺有大量洗不掉的细沙，这样的海绵极易划伤车漆，换海绵也是为了保护车漆。"

小秦父亲听儿子对答如流，再也没有对他的选择投过反对票。

洗了10年车，从来没腻过？小秦说："对呀，开了自己的洗车行，又逐渐有了名气，多少人把名车开来洗，像看万国车展一样，过瘾极了。我这人，就喜欢外面的新鲜空气，清水洗去尘土的味道也很好闻，还有手持风枪吹干车缝隙中的积水，暖烘烘的干爽味道，扑在脸上也很舒服。"

说话间，江的车已经洗完了，小秦不但将车身上的余水刮尽拭干，还仔细用风枪处理车缝隙中的积水，连门边密封条、大灯缝隙和尾厢钥匙孔也没放过。小秦说，真正的爱车人都讲究细节，洗车人没有一颗爱车心，谁能放心把车交给你呢？

文 / 李宝忠

珍贵的奖励

再有一年，我就要退休了。这几天，脑子总是发昏，一听到上课的铃声，头就大起来，心烦得要命，我纳闷，如何把这份工作坚持了这么些年。

这天上午刚要上课，突然手机响了，是一个陌生的号码。莫非又是谁的汽车需要修理？因为我是职业学校的老师，常有陌生人给我打电话，要求帮忙修汽车。

我问："喂，哪位？"

"很高兴您接了我的电话，请允许我占用您几分钟时间，有点事想跟您说一说。"打电话过来的是个女的，声音很甜。

"好吧，你尽快说。"我看了看表，离上课还有 7 分钟。

"我是一名外科医生，昨天下夜班回家的路上，我的车突然熄火了。当时已是凌晨，街上就我一个人，不知怎么办才好。"

"车还停在街道上吗？"我替她着急起来，连忙说，"可我正要上课啊。"

"不是找您修车。"女士回答，"再给我一分钟，让我把话说完好吗？"

女士的声音还是那样柔和，但语速加快了，"突然，不知从哪儿冒出来两个 20 多岁的小伙子，他们问我是不是车子坏了，我点了点头，他们就说，让我们看一看好吗？

"两个小伙打开发动机罩，就开始鼓捣。我赶紧坐进驾驶室，默默地祈祷，这两个家伙别搞什么鬼。一会儿，他们让我发动车子，简直不敢相信，车发动着了。他俩说，只是发动机有点问题，已经修好了。我非常感激，想给他们钱，他们说啥也不要。他们说，他们是您刚出徒的学生，还说，如果车子坏了，就找我们的老师。"

"什么？"我惊讶地问道，"我的学生？他们叫什么名字？"

"他们不告诉我，他们只是把您的手机号给了我。所以，我一定要给您打这个电话，感谢您培养了这么好的学生！"

一时间，我不知说什么才好，拿手机的手有些颤抖。在我几十年的教学生涯中，除了教给学生修理汽车的技术，时常也会跟他们讲一些做人的道理。

上课铃声响了，我大声说："尊敬的女士，请接受我的感谢，感谢您打给我这个电话。"我发现我说话的声音都有些变了。

去教室的路上，不觉间头脑清爽起来，感到浑身是劲，好像换了一个人似的。我想尽快和同学们分享刚才的这个故事，更想珍惜退休前的每一堂课。

文 / 孙会欣

细节的温度

受朋友所托，到工艺品小店帮忙选一个酸枝木笔筒。这对木石没多少研究的我来说，的确是一个难题，无奈朋友急用，只好硬着头皮前往。

店主是一位憨憨胖胖的 80 后男生。从木纹到颜色、从外观到价格，我把所有关于酸枝木的问题都抛给店主。在他看来，虽然这些问题浅显易懂，但他却表现出了极大的耐性，拿出很多不同款式、不同材质的笔筒，不厌其烦地介绍着，比较着彼此优劣。店主如此用心，无非为了促成这桩生意，这样想着，我也就心安理得地享受着这周到而贴心的服务。

在他的建议下，终于选中了一款在我看来"价格不菲"的笔筒，和朋友通电话，他对价格也还算满意。

办好付款手续后，店主为我选中的那款笔筒打包装。圆形的笔筒放在方形的包装盒里，四周还留着一些缝隙。他一点一点地用软海绵填塞，动作仔细认真，仿佛生怕一不小心有哪块海绵摩擦到笔筒似的。终于填塞完，他又拿出包装绳，在包装盒外左一道右一道地绑起来。"得绑结实点，酸枝木娇贵，怕磕碰。"他像在嘱咐我，又像自言自语，但目光始终未离开盒子。

我站在一旁，一直看着他打包装、捆绳结，本可以草草应付的一系列动作，足足用了十来分钟。装好、捆好，我迫不及待地伸手去提盒上的绳结，他却摆了摆手，"稍等，还差最后一道工序。"随后，他转身在货架上的一沓旧报纸中抽出一张。我正疑惑，报纸已被他三翻两翻叠成了手帕大小的方块，然后轻轻塞于绳结下，"垫上这个，不硌手。"他终于抬起头，双手把盒子轻轻往我跟前推了推，一副大功告成的样子。

"原来报纸还有这个用途！谢谢哈，想得真周到。"我感激地冲他一笑，他却憨憨地挥挥手，"别客气，您慢走，常来啊！"

回来的路上，心里暖暖的。一个看似无关紧要、信手拈来的细节，带着温度，传递的却是抵达心灵彼岸的感动。

这就是细节的温度。它就悄然住在我们习以为常的日子里，它可能是微不足道的 0.1 度，细微之至，不足以谈，但它却以一种超然的力量细润地调节着这个有时浮躁、有时冰冷、有时无聊、有时忙碌的世界，让我们感觉到来源于生活、来自心灵，带着地心温度的真诚。

IX

奇奇怪怪的谋生者

文 / 倪一宁

没有朋友的朋友圈

我常觉得，微信朋友圈是近年来最伟大的社交发明。人人网既庞大又臃肿，你大力扑腾起的浪花，很快就被淹没在跨洋的代购里。微博离现实太远，又顾及转发量，说什么都得字斟句酌。

朋友圈的奇妙之处就在于，你需要从蛛丝马迹的互动中，去猜想、挖掘、定义两个人之间的关系。每次新增一个联系人，迅速地浏览一遍对方的朋友圈后，总能发出"原来他们俩也认识"的感慨，同时也得出"原来他还有这一面"的结论。是谁发明了"圈"这个精妙的说法，它封闭又敏感，拒绝接纳新成员，又时刻渴望被窥视。你只知道你的朋友列表里有谁，却无法囊括对方的联系人，所以你回复时，不知道有谁沉默地盯着你们的互动，也不知道他回复别人时，又是怎样的。就像我加过的一个青年，朋友圈里满是豪言壮语，"不想被任何名利捆绑"，几天后我又在一个富二代朋友晒的新车照片下看到他的回复，充斥着"兄弟啊牛啊改天一起聚聚啊"这些热忱的字眼。

朋友圈最伟大的功能，就是分组，它的伟大之处在于，你没法判断对方是公开还是分组，还是就你一人可见。这功能给了多少人伪装的机会——有人跟男友稳定交往三年，对外则一直宣称单身；有人在这个组里装完孙子，又到那个组里去扮大爷。它给了一些人活在平行时空的机会，给了收取不必要的艳羡的权利，也给了从日常生活中叛逃的可能。谁都想要借虚假的朋友圈，活出现实里不存在的风生水起。

朋友圈所呈现的，大多是提炼后的人生。旅途中可能抓拍了七八十张照片，最后能通过层层遴选的，不过那么三两张；通宵做报告，累到极点，最后公开的却是一句"年轻就属于奋斗"；和伙伴一道做项目，不管抱怨过多少次对方的不靠谱，结束时还是要摆上集体照，感慨"相聚是缘，有你真好"。当然，围观群众也很上道，女生自拍一律默契点赞，发深夜两点落地窗前万家灯火的就恭称"某总"，至于考前拍概率论封面声称终于要开始复习的，评论里都会默契地回"学霸轻虐"。

这种互动，也未必不出于真心。当他人用心也用力地证明自我时，我们也乐于成为点赞之交。这种看似虚伪的社交下，其实藏着一点"食不易"的同理心，一点礼尚往来的私心，一点想开拓人际关系的野心。这些心思拼凑起来，也够大家和和睦睦地在朋友圈里天天见。

有时我也会懊恼地想，朋友圈里，其实压根就没有朋友啊。真正亲密的人，总是即时性地跟你分享喜怒哀乐，哪顾得上纠结到底要为这张抓拍选用哪款滤镜。就像逢年过节，你跟大部分人转发老套的祝福短信，末尾还不忘署名，生怕这一点社交的努力白费。而跟最要好的朋友和最喜欢的人，却不必假借节日的名头问候，在你们絮絮叨叨的对话间，便是最具仪式感的"节日快乐"。人世间最郑重其事的庆祝方式，都该是朴素而随意的，不必有蜡烛，也不需要烟火。

真正的感情，从来不是靠点赞维持的，只是我们和世界的关系太过稀薄，才想攥一把叫好声。

所以，一旦某个人停止了晒图，我总愿意相信，他是不必再向朋友圈索要安全感了。这安全感可能来自于强大的自我建设，也可能是因为被人摆在了聊天页面的置顶。我有个女朋友，做了多年的单身公害——对，就是那种深夜传自拍配歌词，传泳衣照说"哎哟又胖了怎么办"的女生。一整个暑假，在铺天盖地的旅游照、支教照、旧同学合照中，都没瞥到她的踪影。我激荡着八卦之心，兜着"不会被屏蔽了吧"的揣测，委婉地向她提问，她却是难得的直白："太麻烦了，懒得发。"

我当然不信。

过了好一会儿，她突然发过来一大段话。

"那天给他看小时候的照片，都是原片。反正你也能想象，有些笑得眼睛都没了，有些是麒麟臂。结果他来了句，你好可爱啊。你看得出来，他是真觉得那个肉乎乎的小姑娘可爱。

"我现在就想扎着马尾陪他上自习，不想再硬凹姿态，证明自己活得千姿百态。要是有个人能够接受你的原片，你就懒得再为无关紧要的人，动用修图软件。"

文/半　斤

那些嗜辣的人

　　身为川人，本有足够的谈资来说吃辣这回事，尤其是近来在重庆又生活了这些日子，吃辣的功力见长，简直有登峰造极之感。但对辣的领悟，却来自吃不出辣味的一瞬间。

　　曾经旅居德国一年，专门从蜀地带去了二荆条辣椒面，其珍贵程度简直堪比通过丝绸之路流通的香料，后来发现其实德国超市也卖极辣的新鲜小青椒，如获至宝。在德国的日子，虽常常能酣逛博物馆、听音乐会、看影展和短途旅行，无远虑无近忧，但居然也到了味同嚼蜡的地步，日子久了人就飘在了半空，大概就是所谓的"不接地气"。于是开始像要谋杀掉自己一样地吃辣，那便是一日之中感官刺激最为强烈的时刻。德国小辣椒我连续吃了好长一段时间，在厨房餐桌上辣到边吃边擦鼻涕眼泪，被推门而入的室友看到，只好解释说是被自己还活着感动了，十足的真心话自嘲。直到某日，吃饭到半途突然发现自己没有吃出任何辣味，遂又切了三两只辣椒，依旧无感，突然意识到自己失去了对辣的感觉。那一刻的无措，在多年后让人想起仍然惶恐。自此，我开始相信"无忧无虑"对于成年人而言并非好事，而物极必反的道理也完全是真知。

前些日子，微博上有个人说只有干体力活的人才吃辣，咸辣好下饭，历朝历代吴越地区养尊处优者居多，所以吴越口味偏甜。一石激起千层浪，唾沫星子无数。确也非一家之言，《白话随园食单》里都提过一句："随园菜以江浙菜居多，本身刺激性不强，从五味来看少辣和酸，这正适合当官人的口味。"咸、辣、酸最为下饭，"下饭"二字，就已经说明饮食上不同的追求了。就事论事，这也全非歪理。土生土长的重庆人，不分上下席地坐着长条板凳吃九宫格老火锅，一边涮着毛肚一边自叹重庆江湖气。豪放地吃老火锅是地地道道的码头文化，是劳动人民的吃法。我想那些无辣不欢的人要猛喷那条微博，只因为看不惯某些人莫名的优越感罢了。

不吃辣的人大概永远不会懂，辣之于嗜辣的人，早不是单纯的生理需求，而是一种心理需求。因此我难免觉得吃辣是一件看似很浓墨重彩实则孤寂落寞的事，过着波澜不惊日子的人，却忍不住在重口味中为自己猛刷精神上的存在感，求得一点自我的小小愉悦，像独自点了一朵烟花照亮夜空。吃到一口辣味，瞬间爆发，又浓烈又清寂，但也是在明灭的一刹那，知道了那是天，那是地，之间，还有个我。

嗜辣的人，是在用辣椒饲养内心的困兽。

文 / 路文彬

听到你在就好

　　按照西方的礼仪，双方在做面对面的交流时，总该用眼睛直视着对方的眼睛才好，因为那是你尊重对方的表示，是你在认真聆听对方话语的证明。而华夏民族似乎没有这样的谈话礼仪，我们只是一味讲求洗耳恭听。为了这洗耳恭听，那听者竟然常常是低着头的。于是，自然也就无法直视对方的眼睛了。

　　后来，渐渐地便开始有人非议国人的这种说话习惯，弄得我们仿佛压根就不懂得谈话的礼节似的。其实，相比于西方，我们这个民族自古就是一个最长于倾听的民族。我们对"宁静致远"的崇尚，对"沉默是金"的信奉，所表达的无不是之于倾听的热爱。

　　说到本质，听觉的内涵是谦逊的。事实上，若是没有了这样谦逊的情感，听便只能沦为一种外在的形式，即使话语进入了我们的耳朵，它也仍旧难以抵达我们的心灵。

　　迎取对方声音的应该是我们的耳朵，而非我们的眼睛。此时此刻，我们的心灵之门正在向对方敞开，我们丝毫没有心不在焉。况且，话语交流过程当中那专注的眼神，又能在多大程度上保证我们不分散倾听时的注意力呢？

倘若我们能深深领会听觉的真谛，还有我们那根深蒂固的倾听习性，便不难明白，在听取对方的讲话时，我们确实是不愿盯着对方的眼睛或面孔的。毕竟，听觉的谦逊与专注造就了我们高度敏感的心性，而视觉在本质上又是富有好奇与急切的进攻性的，故此，我们注定不好意思将这种目光直对他人的眼睛和面孔。我们与生俱来的腼腆以及含蓄，实际上恰是同我们的这种视听习惯息息相关。所谓的羞感，也只能在这种倾听的过程中得以生成。我们倾听着，羞涩着，这羞涩更与我们心存敬畏紧密相连。

很难想象，林黛玉在听贾宝玉说话时，会一直目不斜视地瞪着他的眼睛。每每想到这一情景，我不由得忆起徐志摩的那句诗来："最是那一低头的温柔，像一朵水莲花不胜凉风的娇羞。"就是在这低头旁顾的娇羞之中，那不知何处安放的目光款款诉说着旷世的深情。岂在朝朝暮暮的两情相悦，诉说的难道不正是这样一种缠绵？听到你在就好，又何须看个清清楚楚？牵挂用的不是眼睛，是耳朵，否则，在那伸手不见五指的黑夜，我又如何能够感知到你的一举一动？因为坚信听觉的力量，故而我们再也不用惧怕思念，执着的思念最终又成全了我们无可比拟的耐心。

说实话，我们这个民族的许多优点，都是来自于它对耳朵的倚重。

文 / 杨　光

争先恐后的本质

从小学开始，我们就懂得一个成语"争先恐后"，此成语历来被用来描述大家积极踊跃去做好事。但当我们成年后，则开始起疑："争先恐后"真是一个褒义词吗？

细细品味，其实"争先恐后"的本质，是"蔑视规则"。

粗略回眸中华五千年历史，我们看起来拥有一个最讲究秩序的文化（一切基于礼的儒家文化）。但如果我们有勇气像鲁迅先生那样认真看进去，就会看到截然不同的另一面，我们骨子里其实是完全不相信规则的。

规则的本质是什么？是大家为了共同获益而共同遵守的约定。但是真实的中国文化，也就是每个人公开不说，但内心都相信并始终践行的，恰恰是：规则都是用来约束下面的，并不包括上面和自己。

偶然听到某同行聊到一次采访，颇有代表性。他去采访一家开展精益生产的本土企业。车间里用各种颜色标示着不同的功能区域，其中也包括参观者应遵循的行走路线。参观中他不慎一脚走出了参观区，旋即惶恐地退回并致歉，这时，陪同的企业领导马上很友善地安慰道："没关系，这些都是用来管理工人的。"

当一种"规则"只用来约束一部分人，"恶"便产生了。因为越是这样的规则，越会让所有人看到践踏规则是多么诱人。于是，人们不再相信规则，不会遵守规则，更懒得完善规则。而必然出现的是：下面只想如何掌握制订规则的权力，进而解放自己，如掌权无望便苦心揣摩如何钻规则空子进而利己，上面则只想如何通过不断制定和不断打破规则来展示权力而满足自己。这时所谓规则，已与大众利益、组织效能无关，只与权力、欲望相连。

诚如"门"对于我们的意义，既不是开也不是关，而是在于谁有钥匙来随心所欲地决定门的开和关。

当有权者随意蔑视规则时，无权者必然群起摧毁规则。

我多年前曾在昆明郊区亲历过一件事。在一条高速路旁，我和多数人在长途车站站台排队等车，但也有人跑到 50 米外聚集。起初我很费解，但很快便愤怒地恍然大悟了。因为随后而至的长途车居然就在 50 米外而不是站台停了下来！于是那群有"先见之明"者便雀跃着先上了车。而等我们目瞪口呆之余再跑过去，早已没了座位。

出于捍卫规则的倔强，我选择独自站在车前，直到下一辆长途车来。我就是要告诉车上的每一个人：不论司机、售票员还是乘客，你们都参与了破坏规则，并意图从中获得快感或者利益，最终将适得其反，受到惩罚。

但更多的时候，破坏规则的人获得了纵容和利益，而遵守规则的人不仅不受保护，反而受到了伤害，甚至遭到了嘲笑。如果遵守规则等于低智商，践踏规则才能求自保时，人们除了"争"和"恐"之外，还有其他选择吗？

这就回到了"争先恐后"那个成语。"争"是因为"恐"，而"恐"是因为没有大家可以共同相信、坚守遵循并获得利益和尊严保障的规则。"恐"必然丧失理性，"争"必然不择手段。一个无时不"恐"、无处不"争"的社会，是不可能和谐共赢的。

文 / 韩少功

那渐行渐远的自然

　　城市是人造品的巨量堆积，是一些钢铁、水泥和塑料的构造。标准的城市生活是一种昼夜被电灯操纵、季节被空调机控制、山水正在进入画框和阳台盆景的生活，这大概是城市人越来越怀念自然的原因。

　　远离自然的人们到大自然中去寻找什么呢？寻找氧气？负离子？叶绿素？紫外线？万变的色彩？无边的幽静？人体的运动和心态的闲适？……事实上，人造的文明同样可以提供这一切，甚至可以提供得更多和更好，也更加及时和方便。但是，如果这一切还不足以取消人们对自然的投奔冲动，如果文明人的一个个假日仍然意味着自然的召唤和自然的预约，那么可以肯定，人造品完全替代自然的日子还远远没有到来，而且还可以肯定：人们到大自然中去寻找的，是氧气这一类东西以外的什么。

　　也许，人们不过是在寻找个异。作为自然的造化，个异意味着世界上没有一片叶子是完全相同的，没有一个生命的个体是完全相同的。这种状况对于都市中的文明人来说，当然正在变得越来越稀罕。他们面对着千篇一律的公寓楼，面对着千篇一律的电视机、快餐食品以及作息时间表，不得不习惯着自己周围的个异逐渐消失。连最应该各个相异的艺术品，在文化工业的复制技术下，也正在变得面目相似。不管它们出于怎样巧妙的设计，也永远没法呈现出自然的神奇和丰富——毫无疑问，正是那种造化无穷的自然原态才是人的生命起点，才是人们一次次校正人生的人性标尺。

也许，人们还在寻找永恒。一般来说，人造品的存在期都太短促了，与泥土和河流的万古长存无法相比。它甚至没有遗传的机能，较之于动物的生死和植物的枯荣，缺乏生生不息的恒向和恒力。一棵路边的野草，可以展示来自数千年乃至数万年前的容貌，而可怜的电话机或者汽车却身前身后两茫茫，哪怕是最新品牌，也只有近乎昙花一现的生命。在全人类各民族所共有的心理逻辑之下，除了不老的青山、不废的江河、不灭的太阳，还有什么东西更能构建一种与不朽精神相对应的物质形式？还有什么美学形象更能承担一种信念的永恒品格？

如果细心体会一下，自然能使人们为之心动的，也许更在于它所寓含着的共和理想。在人们身陷其中的世俗生活中，文明意味着财富的创造，也意味着财富的秩序和规则。人造品总是被权利关系分割和网捕。人们对故国和家园的感怀，通常都只是指向权利关系之外的自然——太阳、星光、云彩、风雨、草原、河流、群山、森林以及海洋，大自然无比高远和辽阔的主体，至少到目前为止还无法被任何人专享和收藏。在大自然面前，私权只是某种文明炎症的一点点局部感染。世俗权利给任何人所带来的贫贱感或富贵感、卑贱感或优越感、虚弱感或强盛感，都可能在大山大水面前轻而易举地得到瓦解和消散，在心中轰然洞开一片万物与我一体的阔大生命境界。

当然，这一切并不是自然的全部。人们在自然中可以寻找到的，至少还有残酷。台风、洪水、沙暴、雷电、地震，无一不显露出凶暴可畏的面目——人们只有依靠文明才得以避其灾难。自然界的生物链存在方式则意味着，自然的本质不过是千万张欲望的嘴，无情相食，你死我活。敦厚如老牛也好，卑微如小草也好，每一种生物其实都没有含糊的时候，都以无情食杀其他生命作为自己存在的前提，即便在万籁俱寂的草地之下，也永远进行着这种轰轰烈烈的战争。

由此看来，文明人所热爱的自然，其实只是文明人所选择、所感受、所构想的自然。与其说他们在热爱自然，毋宁说他们在热爱文明人对自然的一种理解；与其说他们在投奔自然，毋宁说他们在投奔自然所呈现的一种文明意义。他们正是敏感到文明的隐疾，正是敏感到现实社会中的类型原则正在危及个异，现时原则正在危及永恒，权利原则正在泯灭人类的共和理想，才把自然变成了一种越来越重要的文明符号，借以支撑自己对文明的自我反省、自我批判以及自我改进。他们对自然的某种绿色崇拜，不仅仅是补救自己的生存环境，更重要的，是补救自己的精神内伤。

文 / 豆　芽

重度脸盲患者

不知道大家有没有这样的经历，明明对一个人很熟悉，但在见到的时刻，无论怎么努力，却老是想不起对方的名字。

我就是个纯正的脸盲，从小时候开始，我就记不住人。被爸妈带去走亲戚，基本上我是要被骂的：为什么不叫人？你的礼貌呢？其实现在想想，那时我不是不愿意叫人，而是真的不认识，叫不出来。

我这脸盲的毛病一直没有好转的迹象。前几天回了一趟老家，我发现街上跟我打招呼的人，我一个都叫不出名字来。明明觉得那个人应该是非常熟悉的，但就是叫不出名字，只能回别人一句：对，我回来了。内心里却非常怕对方认为我故意不理他。

最近我又遇到了这种尴尬事，周末逛街，突然遇到一个妹子，长得特别的眼熟，大老远就跑过来跟我打招呼，而且还准确地叫出了我的小名。我想着这该是一个熟悉的人吧？也就假装认出了她，热情地聊了起来。从聊天中我才发现，她是我的小学同学，而且是小学时跟我玩得最好的同学。我现在都还记得，跟她一起逃课、相互抄作业的日子。

我记得她小时候留了非常长的辫子，长到可以拖到地上。班上的男生，经常扯她的长辫子玩，所以她烦死了自己的长发，总想着怎么剪掉。但由于家里不同意，所以一直留着。

有一次，她又被男生欺负，被拉疼了头发，找我哭诉。我跟她商量了一下，就把她的长发给剪了，还教她回去就说是被那个欺负她的男生拉断的。

当然最后还是被发现了，她妈妈找上门来，我被爸妈狠揍了一顿。但这并没有影响我们的友情，一直到初中毕业为止，我们都是最好的朋友。后来上了高中，我们去了不同的学校，就此断了联系。

但那份友情，还是深深地埋在了我的心里，然而悲催的是，即使我跟她聊了两个小时，回忆起了童年所有的往事，我仍是想不起她的名字。越是这样，我心底的愧疚就越深。最后我终于忍不住，跟她说了实话：我真想不起你叫什么名字了。

我以为她会发火，可她却只是白了我一眼说："我早就看出来了，你从小到大都脸盲，记得住我的名字才怪。不过……我很高兴，这么多年了，你还记得那些芝麻绿豆的小事，我没白交你这个朋友。"

那一瞬间，我有种想哭的冲动。我从来没有想到，会这么容易得到原谅。

我们的一生中，会遇到很多很多的人。你牢牢记住了她的名字，可是我牢牢记在心里的，却是她当时带给我的感动。无论哪种方式都不重要，重要的是有一颗真诚的心。

我是个脸盲，我只是用自己的方式，记住我的朋友。

文 / 王学富

敏感的另一端是创造力

　　坐在教室，对周围的声音和别人的动作都特别敏感，害怕受到影响，强撑着把目光放在书本上，却看不进去。害怕跟别人眼神接触，又忍不住寻找别人的眼光。本来担心受到周围声音与动作的影响，又忍不住关注和收集环境中的任何一点响动和迹象，包括别人的眼神、咳嗽、动作、姿态……就好像有一块磁铁把心吸到那些琐碎的方面去了。内心责怪自己，越来越担心自己出现心理异常……

　　有一个高中生就是这样在给我的信中描述她在生活中各种细微感觉和担忧的。分析起来，类似的心理困扰有环境的原因，如学习压力过大，也有个人的原因，就是太敏感，对事情有过度的担忧。我跟这样的人谈话，不太去管他们的感觉，我最关注他们的态度——我问他们：如果你的神经比别人更敏感，你怎样看待这一点？既然你有比别人更敏感的神经，你怎样使用它？下面是我对她的来信的一个回复。

　　读你的来信，我内心不禁感慨：好微妙、曲折、丰富的内心体验呀。如果不是排斥这种内心的感觉，而是拿起笔来，就这样把它们写出来，你简直可以写一本意识流小说了。法国有一个作家叫普鲁斯特，就是一个内心有许多细微感觉的人，他的选择是，把往日的记忆过滤成美妙的文字，结果写成了《追忆似水年华》。你可以试试！

我曾经接待一个高中生，她的神经极其敏感，给她造成了无限的烦恼。原因在于，她觉得一个人有如此敏感的神经，是多么不幸的事情。但在谈话中，她慢慢意识到，敏感的神经是她身上独特的东西，不必否定它，不必害怕它，也不必压制它。后来她考上大学，进入影视戏剧文学系，开始了她的创作。因为有这样特别的内在资源，她的作品被导师评为"接近了博尔赫斯"。

敏感的神经里隐藏着创造力。如果诉诸文字，让它们用自己的方式呈现或流淌，就成了文学；如果不明白它们，害怕它们，把它们阻塞起来，就成了神经症。

因此，对于来自敏感神经的那些细微的感觉，我们所要做的，不是试图去消除它们，而是用新的态度去看待它们，找到新的方式去使用它们。它们对你来说是什么，取决于你从哪个角度来看。你相信吧，它们可以成为你的宝贝。许多人没有它们，似乎不像我们这么烦恼，但他们也少了一样宝贝呀。

什么时候你能够接受自己的神经比别人更敏感，并不害怕它，也不执着于它，更不迷恋它和麻醉自己，你就开始走进生活的广阔领域，在那里有所创造，有所建造。

文 / 赵款款

告别混乱

很小时候就看亦舒，她的女主角热爱白衣白裤，至要紧是穿得随意，吃水果或是被小朋友弄脏了毫不介意。

很长时间，我曾将"随意"奉为人生真谛，又过很久才悟到：随意与混乱，只有一线之隔。

乱糟糟的房间、脏兮兮的厨房冰箱、落着灰尘的桌椅……连同未保存的文档、最爱却怎么也找不到的那本书、堆积成山摇摇欲坠的工作台，还有那些明明感兴趣却未完成的工作，明明不喜欢却耽误过时间的人，明明不满意却懒得改善的现状……共同构成我们混乱的生活，混乱的人生。

之前看到一句话："我喜欢过着整饬、有序的生活，每天规律地起居，做事。看一部剧，读一本新书。晚上上床时会感觉自己越来越厚实，好像长出了一片新叶。同样，对友情、爱情，也喜欢这种稳定累积的意义感。就是随着时间的逝去，你知道有什么变重了，长成了。"

年纪越大，越认可。混乱盲目的生活，会让人飘浮慌张。

只是很遗憾，我不是一个天生有序之人。

独居的时候，有一年要搬家，想着反正很快就要离开这里，也没什么可收拾的，于是过了几个月的混乱时光。现在仍然记得真切：天天换衣服，换完就顺手搁门口。挂钩早被占满，逐渐侵蚀到椅子，然后殃及餐桌。

不仅仅是衣橱。这种类似的混乱感像是有强烈传染性的病毒，从工作到爱情无一幸免，最惨的是，连自己都乱了。

熬夜，日日熬到凌晨才睡。不吃早餐，饥一顿饱一顿。长期伏案工作导致肩膀严重内扣，肩胛骨突出，斜方肌外翻，时不常地就会背疼脖颈疼……等自己有意识的时候，好像身体每个地方都不对位了，整个人状态都往下走，看着没精打采。

"不得不收拾了！"面临这个沉重的课题，下定决心动起手来，从最初的心烦意乱心猿意马，到初见成效，干劲十足，再到"好像也没那么难"。"咦？真的有点成就感呢！"

狠心清理出大批不再穿的衣服，给衣橱留出空间。留下的那些，严格照规矩打理。该干洗干洗，该手洗手洗……看着它们平整有规矩的样子，心情也会变好。

时间长了，依然会乱，但乱过几次后，就有了心得。

春夏季和秋冬季衣物要分开，过季衣物整理在收纳箱中再放入衣橱。有一块区域放近日新宠，方便随时取换。挂着的衣物长短依次排列，就会在下方空出一块宝贵的收藏空间放包包。

虽然完全不是擅长做家务的人，但越来越体会到打理一个舒适的家的重要性。把生活这件看似最微不足道的事情做好，才是其他一切的基础。

同时，开始规律作息，合理安排一日三餐，且通过瑜伽和跑步让身体建立秩序。运动这件事教给我很重要的是：没啥捷径。也别扯什么宏伟目标或者长远规划，最简单的就是你每天花点时间与自己的身体相处，每天单调地坚持、重复，认真不敷衍。也许在短期内觉得毫无创造力且十分无聊，但长此下去，自然就会看到变化找到方向，别的事情大概也是如此吧！

也许有人会说：怎么活着不是活呢，混乱着也行，自由就好。

以前我也这么想，以为自由就是想做啥就做啥，后来发现自律者才会有自由。当一个人缺乏自律的时候，他做的事情总是在受习惯和即时诱惑的影响，要么就是被他人的思想观念所扰，几乎永远不可能去做内心真正渴望的事。

只有用许多不自由，才能换来片刻深邃的自由，而一味逃避得来的，不是真正的自由，顶多算偷生。

那句话怎么说来着，"一个人，活得像一支队伍"。整齐，有序。不气馁，有召唤，爱自由。当然，也自有纪律。

有些人惊人的自律整齐仿佛是天生的才能，且要求家人也如此。那倒也不至于，因为生活不是停滞不前的，即使弄乱了也可以从头再来。如果没有混乱过，又如何能体会有序的好处？

混乱的另一个极端是铁一般的纪律下丧失趣味性、随意性，以及强迫症一般的收纳癖、洁癖，这又是另一个话题了……

文 / 琳　琳

泡沫箱要淡定

　　那年我在老师的介绍下到一家晚报社实习。有天上午，隔壁版记者老师带来一条爆炸性新闻：市中心公园发现一具女尸。

　　那是一座治安有口皆碑的东部省会城市，中心公园又是示范性公园，市民锻炼、休闲都爱往那儿走。在那种地方出现女尸，相当具有爆炸性，新闻当天傍晚就出街了。死者女性，被发现于公园东南角的偏僻水渠中，身高约 1 米 62，体形较胖，上身白衬衫下身黑裤子，脚上穿黑皮鞋，长发，年龄 40 岁左右。

　　第二天下午，更劲爆的消息来了。公园管理处打来电话：我们没接到警方发现女尸的通报，也组织工作人员把园内所有沟渠全部清理了一遍。除了在东南角水渠中发现一只死老鼠，并没有发现任何尸体，麻烦记者提供看见尸体的确切地点。

　　后来我们才知道，真相是报料人为了多挣 50 元报料费，硬生生把公园沟渠里的老鼠说成了女尸。记者老师因为轻信老合作人，没有认真审查消息来源被处罚了。

　　我有点同情他。假如有个人如此栩栩如生地描述细节，我很可能也会相信。画面感那么强，自带 3D 立体效果，很难想象究竟要怎样对着一只老鼠，说出脚穿黑皮鞋、长发、40 岁左右的细节，刷新了人类想象力和撒谎力的上限；而一个人用如此优秀的自带镜头功能编造那么大一个谎言，竟然只是为了多挣 50 元钱，也刷新了金钱诱惑的下限。

这事给我脑袋里埋下了一根弦：千万不要轻信别人的任何话语。说谎只是上下嘴皮碰几碰，并不费钱。至少，没超出人民币 50 元。

往后的十几年，生活经验越发让我坚定这个信念。当所有能写几个字的人都开始随心所欲在网上讲话，谁认真谁就输了。保持淡定的意思，就是不要别人一扯淡你就信。

我家买房时开发商赠送了大阳台，妈妈把我们装水果的泡沫包装箱填上土种菜。三不五时地，全家人就能吃上一碗无污染无公害的小白菜。在我的鼓动下，那些阳台有空闲的同事们也纷纷自种小菜。

我们很快遭受了一次巨大的恐怖袭击。那天，一个同事在 QQ 群里发了一条泡沫箱种菜致癌的消息，言之凿凿，有细节有出处，引起一片哗然。一位感冒的同事嚷起来："天啊我感冒这么久没好，不会是癌症吧？"

我有点慌，万一真有人吃出个三长两短，我不杀伯仁，伯仁却因我而死，多愧疚啊。

不过，多年前埋下的那根弦提醒我很快发现了这段文字存在的破绽。

第一，一家三口，三年来每顿都吃自己家种出来的菜，那蔬菜产量得有多大？光一个阳台怎么够，必须卧室床上都种了菜吧？假如他家种的菜不够每顿都吃，平时也在外面买菜或者外出吃饭，得癌症这事能全赖在泡沫箱上？

第二，通过平时的新闻我略有了解，卫生局跟教育局一样，教育局的职员并不直接教书，卫生局的人也并不直接看病诊治，怎么会去调查一家三口的患癌原因呢?

我把两大疑点发布在群里,大家觉得有道理,一场信息恐怖袭击的骚乱暂时平息。

几天后,有媒体采访,发现那家医院没有这样的一家三口癌症患者,那根本就是个假消息。我们问转发的同事哪来的消息,他说:"朋友发的,我也是为了大家好才发给你们看。"

是,说句为了大家好就什么责任都没有了。可是这种恐怖的信息袭击造成听众心理情绪波动,肾上腺激素水平异常,会损伤人体健康,每分钟会造成 250 个以上的脑细胞死亡。

你问我哪里来的这么精确的数据?

我这不是为了大家好才编出来的吗。至少是原创,消耗了半卡路里的热量,比不动脑子复制粘贴有诚意多了。

文 / 宋石男

点　赞

意大利雕塑家本韦努托·切利尼曾说，一个人若打算描述自己的生活，至少该年满 40 岁，而且还要在某方面取得斐然成就。不过，如今任何一个拥有手机的人，都不会搭理这位文艺复兴时期大师的古怪规矩。

微信崛起之后，中国人得以大规模呈现自己的日常生活，同时偷窥他人的日常生活。这些日常生活却又常带着表演的气息，在微信朋友圈中，人们用各种状态推销他们理想中的现实生活，得到的货币则是"赞"。

"防治癌症的十个办法"这样的帖子，会假装得到了方舟子的认可，从而在朋友圈里广传。排名第一的方法是"多喝水"。我每次看到这种帖子，都会毫不犹豫地点赞，以麻痹转帖者。

"柏拉图关于爱的十句真言"这样的鸡汤帖，我也会乐不可支地点赞，它的第一句话就是"如果爱，请深爱"。

还有星座帖，只要在朋友圈看到，我都会点赞。有时还会附和一下楼主的意见，痛骂冷血的天蝎座，鼓励憨厚的金牛座。

各种上师语录，我也会点赞。虽然我知道一百句里可能有九十九句是废话，剩下一句则是屁话，但为了尊重人们的纯真，我会以点赞来宣示开明。

我点赞，还有不可告人的心思，那就是希望被点赞的人能够知恩图报，也给我那些无聊的状态点几个赞。

兄弟的状态必须点赞。兄弟们喝酒之后往往会说一堆颓废的废话，似乎每个人都是在邮局给心上人寄耳朵的凡·高。这时候我会恰到好处地点个赞，并且跟帖说：来，兄弟，干一杯！

女性朋友的状态也应该点赞。她们发的自拍照，个个都是林志玲，或者高圆圆。有时我会想自己多么缺乏一双在生活中发现美的眼睛，后来我发现了美图秀秀这种在线整容大杀器，就释然了。

爱妻的状态更要点赞。如果你漏过一次没点，她就会板起脸，连续两个小时不理你，让你错以为自己在某个女孩的所有照片下都点赞的猥琐行为东窗事发。

同事的状态要点赞。上司的要点，因为你得表示自己的忠诚和仰慕。下属的要点，因为你得表示自己的亲和与慧眼。同级的要点，当你在晋升的羊肠小路上把他挤下悬崖时，才不会有丝毫内疚。

亲人的状态同样要点赞。既然你们见面的时候各自把玩手机，那么除了给亲人的状态点个赞之外，你还有什么法子来真情流露呢？

点赞也是有正能量的，某些时候，点赞也是出于一刹那的惺惺相惜，片刻的审美共鸣，或者发自肺腑的利他心。点赞让我们在虚伪中寻求温情，而这虚伪，也因此变得真诚。在乏味的时代，我们点赞来过活，不必那么深刻，不必那么认真。英国思想家以赛亚·伯林说过，"别人不晓得我总生活在表层"。这是非常好的态度，但更好的态度也许是，"让别人晓得我总生活在表层"。

文 / 子　沫

审美力

　　审美力是慢慢形成的，这是一所无形的学校，全靠个人的领悟力和潜移默化的熏陶。木心先生说，没有审美力是绝症，知识文化也救不了。此话有些重了，但还挺有道理。这好像有一种天赋的东西在里面，而且是一种慢慢形成的过程，跟你的心性教养和很多因素都相关，所以，真的，知识文化也是救不了的，钱也救不了，而且没有领悟力，学起来也是东施效颦，南辕北辙，无可救药。

　　一个家庭可以贫寒，但不能没有审美力。这个审美力不是说穿什么衣服，而是所有的衣物都要干干净净，如果有条件，学会用熨斗。一件衣服，平平整整地穿，跟从洗衣机里拎出来晒干直接穿，感觉千差万别，而差别，就是在那动手十分钟的熨烫。我看过一些国外的影片，那些贫困多子的家庭，小屋里，主妇也会在黄昏时分、家人未归时慢慢地熨衣，沉默地发一会儿呆，像熨烫一下疲倦的灵魂，安抚平复，这某种意义上来说就像一种仪式。干净，整洁就是审美，跟钱多钱少没有关系。

　　我的一位长辈跟我讲过，国外的主妇有三件宝：白纱帘，陶罐里的小雏菊、碎花桌布。不管住什么样的房子，不管搬到哪里，瞬间可以成为天堂，那是熟悉的家的模样，这也是审美。

审美力的培养，跟教育相关，现在学校没有美学教育这门课，有也是照本宣科，不是发自内心地引导。我有一个朋友，她很小的时候，家境并不富裕，但是，她的母亲，哪怕是给她改的一件旧白衬衣，也会在上面缝上一朵小花，让她跟别人不一样，教她女孩一定要爱美。她的妈妈，会穿着干净的灰色开司米毛衫，坐在客厅的沙发上，微笑着接待她的同学们；她的父亲，也是一位老绅士，在拍照时，会笑着对她和朋友们说，女士优先。在他们家，永远是女士优先。这是家庭的尊重和爱的审美。她的父母只是普通的老师，这位朋友如今成了服装设计师。

现在的电影，有没有可以引导一种审美力的？我记住《克莱默夫妇》这部电影，很大程度上是女主角衣服很有味道，那跟电影没什么关系，但导演有审美力；我记住了《今生情未了》里的衣服，很简单，但真的好看，这也是审美力。一部电影，一本书，都要潜移默化从细节处传递一种审美，而不是一味讨好观众。引导跟讨好是两码事。

文 / 和菜头

你家周围三公里的盲区

除非一个人正处于青春期，荷尔蒙爆棚，体力槽全满，智商为负，否则他一定拥有固定的生活模式。每天上学上班走什么路，去什么饭馆吃饭，去哪里看电影，去什么地方购物，统统都有固定的模式。唯有年轻人，愿意在城市里无头苍蝇一样乱窜，仿佛不是在这里生活，而是在这里寻宝。

于是，无论城市有多么大，设施有多么齐备，有多少娱乐消费场所，一个人生活在这里，只会选取其中极小的一部分，而且懒得变更。我曾经说过：在一个城市里生活，只需要有一家美味的馆子，一处相宜的超市，加上一间亲切的书店，一个人就足够在这座城市里过活。

在你所居住的城市里，绝大部分地区对于你来说是盲区，你最多知道街道的名字，小区的楼盘，但你不知道那里有什么。不单如此，就算是在你居住的地方，周围方圆三平方公里范围内，也有超过七成的地方你从来没有去过。

我们可以用计算的方式证明一下。三平方公里是什么概念？也就是以你的住处为圆心，980米为半径画一个圆。这个范围，相当于从你家里出发，朝着任意方向前进一公里。

　　由于生活模式固定，你进出自己的驻地，大多走相同的路径。所以，即便是在你家周围三平方公里的范围，也存在大量的商店、饭馆、洗衣店、理发店、宠物店、培训课堂，你根本没有去过，甚至不知道它们的存在。

　　人们说要去看世界，人们说要热爱生活。其实，根本不需要去看乞力马扎罗的雪、乌斯怀亚的火车、艾尔斯岩上的落日，在你家附近都有海量的存在等待你去发现，也有大量盲区等待你去探索。

　　如果你肯选一个周末，在自己家周围三平方公里内仔细转一圈，也许你会对生活有一种全新的看法。在你自认为了如指掌的这块小地方，竟然有如此之多千姿百态的存在，提供着千奇百怪的服务，驱使难以计数的人忙忙碌碌地工作和消费，那么，你也就能切身地感觉到生活中所蕴藏的热量。

　　他们管这个叫"接地气"，中国古人管这个叫"人间烟火"。

文/刘　轩

飞上云端

　　我的衣柜里有几个箱子，装的是贺卡、书签和信件，还有旅行时用过的地图和车票。每次翻出来，我都会问自己：博物馆简介有什么值得保存的呢？一个在巴黎购买的、一直没装上钥匙的钥匙圈，留着有何用？丢了又心疼，留着也无妨，于是这些物品便跟着我跨越了半个地球，也跟着从旧家搬到新家，在衣柜里占着空间，默默地累积着岁月。

　　现代生活变化太快、太仓促，所以我们要搜集、留念，以便记得，以便未来有闲情时慢慢回味。但从精神的层面看，这些都是负担。纪念品象征着好时光，而好时光本就无常。

　　最近，一位海外的朋友搬回来，货运商误会了指示，竟然把她存放在东京仓库的物品统统销毁了。"十几年的东西毁于一旦，我觉得自己快死了！"朋友说，"但死过了之后，倒是越想越轻松，好像人生翻了一页。"我没问她获得了多少理赔，但相信那轻松的神情不是金钱买来的。

　　之前听过一个理论，说因为新细胞不停地替代旧细胞，所以人体每7年就等同更新一次。虽然这无法确切地证实，但我觉得是个很好的概念。从物质的角度来看，如果现在的我跟7年前的我已经是不同的人了，又何必坚守着"别人的东西"？

　　与其惋惜，不如舍弃。行囊里少一件东西，脚步还更轻快。搜集这么多杂七杂八的东西，如果只是为了提醒一些过往的回忆，何不干脆把纪念品数码化，把"孩子出生时的包巾"、"高中时期的书包"用相机拍下？跟实际的物品比起来，这些照片好整理多了，也能在云端享有永久生命。只要建档时花点心思，关键字一打，图片马上就能被搜寻出来，再也不用翻箱倒柜。

　　其实，云端革命正在改变人类看待自己的记忆的方式。你的照片、我的影片，全汇集在一个地方，便成了地球人共享的资料库。例如现在上 Google Maps，便能选择在地图上观看其他网友上传的照片，而云端运算甚至能把许多不同角度的照片拼凑在一起，成为一个立体图形，让我们绕着帝国大厦观看，或身历其境别人所拍摄过的时代广场。当这个资讯库继续累积，我们未来不但能用亿万张照片和监视器画面建立一个全 3D 的世界地图，还能选择年份，还原 5 年、10 年前某时某地的景况，说不定还能在其中一张合成图中，看到以前的自己。个人的记忆，将融入全球的记忆，而人类的历史，将成为一个能随时被浏览的虚拟世界。

　　此时，再回头想想那塞满柜子的纪念品，就突然觉得自己好自私、好渺小。自私，因为我还用物件牵着回忆，让那些东西没有再生的机会。渺小，因为我知道这些回忆总有一天会随着我的肉体离开这个世界，与其紧抓着不放，还不如把这一切交给云端。反正总有一天我会搬到那儿，而在那里，未来的子孙总是可以搜寻到我的踪迹。

文 / 毛　利

奇奇怪怪的谋生者

　　美国最近开始流行一种新职业：拥抱师。1 小时 60 美元，提供给你一个温暖的怀抱。据说很多人排队预约这种服务，这一点儿不奇怪，这世上孤独的宅男宅女如果联合起来，可以组成一支无比庞大的舰队。有人认为这是单身公害，给他们介绍个对象赶紧结婚就好，有人恰恰看到了巨大的商机，如果孤独的人偶尔想要个纯洁美好的亲人般的拥抱，他为什么不能买呢？

　　你得佩服人家，怎么会有这么好的点子？老实说，我对这种稀奇古怪的谋生方式一直怀有敬意，也由衷地认为，能赚这种钱的人，能量远比看上去的要大很多。光想想他们怎么对付别人的闲言碎语，已经是一件让人头疼的大工程。

　　有一年我在大理认识了一对夫妻，他们看起来神秘极了，总是傍晚出现在客栈，跟人闲扯几句，就一起去吃饭。没人知道他们是干什么职业的，只知道他们看起来很阔绰，不仅闲庭信步，还养了只狗，隔三岔五就会收到快递送来的高级狗粮。有人猜他们是富二代，但是男人一到晚上八九点钟就会说自己要去做事了。做什么事呢？叫人琢磨不透。一直到很久以后，才知道此男专业在网上打德州扑克，用美国时间生活，鏖战一宿，白天睡觉。收入很稳定，反正既能养活老婆也能养活狗，还能租个院子闲时看雨忙时听风。你一定会问：这事能长久吗？这对一个打德扑都能赚钱的人来说，实在有点多虑。没准儿哪一天他觉得这事没意思，就转头去了另一个方向。

还有一个高中同学，以准备要小孩的名义辞了工作，赋闲在家。不过两年过去了，她的小孩一直没来，倒是另一件事做得相当红火。作为一个烘焙爱好者，她很乐意在家做曲奇做蛋糕，做好了分给亲朋好友，别人交口称赞。久而久之，终于越来越多的人过来拜托她，给我做 100 块钱的曲奇吧。

我吃过她做的曲奇，不由得跟老同学感叹说：你这钱赚得真辛苦。要做，要烘，要包装，要找快递。老同学说，是啊，辛苦钱。直到有一天，我发现她一天做 10 个八寸蛋糕，每个盛惠 288 元。按照这种趋势算下来，每个月流水就有好几万元。

所以说，千万别替这些用奇奇怪怪方法谋生的人瞎操心，认为他们必然不长久，没准儿人家就是下一个创业团队的 CEO。而拥有一份稳定无忧的工作，也可能失去那些你不曾料到的大好机会。你以为别人整天打游戏，没想到他光卖卖装备轻松月入上万元；你以为他埋头在家是标准宅男，没准他是匿名科幻小说家银行卡余额有 7 位数。

想想如果没了这些人，世界将变得多么乏味。最好奇怪的职业和奇怪的谋生者再多一些，也无须操心这种事怎么能一直干下去，生在这种饿不死的好时代，更重要的是再有趣一点，再好玩儿一点。

文 / 麻　宁

和"装备党"交朋友

　　周末要去崇礼滑雪，和挚友在淘宝上雀跃地挑了好久周边产品——滑雪服、手套、护目镜……选了一套彩虹条纹的滑雪服，兴奋地畅想着："哇，在雪场上穿上它该多么闪耀多么夺目啊！"挚友温和地取笑："到底会不会滑啊？真是装备党！"

　　"装备党"这个词在过去的一年里听到得越来越频繁。朋友们一起出去活动，常有一些人被取笑是"装备党"，就是那种活动还没开始、水平高低不论，先把行头置办得特别齐全特别专业的人——没错，有好多"装备党"其实根本不擅长他们所参加的运动，他们只是雷声大雨点小地摆出一副认真参与的架势：嘿，我来啦！

　　其实我一点也不讨厌"装备党"，相反还很喜欢——这代表了一种活得投入爱得用力的人生态度，是不是赢家 Who cares？华丽丽来过才最重要！

　　我身边最典型的"装备党"是闺密兼邻居小棠。去年夏天，有个朋友要去园博园参加 5 公里彩色跑（一种趣味性的长跑活动，选手每跑完一段路程就会有不同颜色的彩粉撒满全身，全程下来会浑身五颜六色如同彩虹一般），顺手替我也报了个名。结果事到临头那个朋友突然有事去不了，于是临时拉了小棠顶替。按理说，她原本是个"公开的备胎"，应付差事陪我出现一下就得了。可小棠不，她表现得非常投入——活动前几天就悉心地准备好漂亮又方便的鞋子、短裤、太阳镜，到了活动的当天还热情洋溢地打电话给我："我现在去咱们小区美发店做个造型，你也来你也来！"结果，当我赶到时，看到的是一个编了一头小辫笑容要多阳光有多阳光造型要多抢眼有多抢眼的漂亮姑娘！我顿时觉得这个活动的美好指数爆表了！

若要较真儿问我们那次长跑的成绩——都不是专业选手能好到哪里去呢？谁要管名次如何耗时多少这些技术流的问题啊，反正只有 5 公里，反正分很多批起跑，反正开心最重要！

相反，认识一些人属于那种行事非常冷感、负气场相当强大的。跟这样的朋友一起活动，他会以他的无感和置身事外，让你觉得原本好玩的议程都成为闹剧，原本精彩的看点都成为惯例，原本饱满的情绪都成为"深井冰"……想想看，你有没有遇到过这样的情况——一群朋友兴味盎然地策划集体旅行时，有个人在旁边泼冷水："台湾有什么好去的？弹丸之地哎！""谁要去肯尼亚啊，那么落后条件那么差！""巴黎正赶上打折季，走哪儿都挤死你！"要不了三分钟，你就会在他的碎碎念中由兴致盎然到兴味索然。比策划阶段更可怕的是实施阶段，万一这个朋友寡不敌众少数服从多数一起参与了集体活动，他会黑口黑面地走完全程。安排充实他会嫌紧张，安排松散他会嫌无聊；做了功课他抱怨太机械，不做功课他抱怨不靠谱；文艺范儿他嗤笑为矫情，穷游范儿他鄙视说寒酸……想想都觉得可怕。就算是男／女神级别的人这样做，都让人觉得难以相处无法取悦，何况大部分人只是平凡男女，谁愿意为你这些负气场埋单啊！比起这样的人，你还体会不到"装备党"的可爱吗？

如果你身边有"装备党"，赶快和他们交朋友，他们会以丰沛的生活热情、乐观的生活态度、积极的生活理念感染你，滋养你，给你莫大的快乐和充实感。现在有个词讲到有些滥的地步，就是"正能量"。其实正能量无处不在，体现在许多细碎的点滴里，"装备党"就是其中的一种体现啊。对了，还忘了告诉你，跟一个"装备党"一起出街，附加的一项收获会是——拍出的所有照片，都好好看啊！

文 / 郭韶明

家庭旅行箱里都装了些什么

　　电影《海鸥食堂》里，去芬兰旅行的正子被航空公司弄丢了旅行箱。之后，她陷入漫长的等待，几乎每天都要往航空公司打电话：我的行李还没有寄到吗？

　　遗失了行李的她，最初简直无法正常生活——穿着同样的衣服，去同一家馆子吃饭，在同一个码头停留。终于有一天，她不再追问，而是开始添置新衣，尝试新的风格，设定新的生活轨迹，迎接新的可能性。结局你可以想象的到，离开了那些一直以为带在身上才有安全感的东西，其实也没什么大不了。

　　海明威也遗失过一只旅行箱。

　　在这只家庭旅行箱里，装着他和第一任妻子哈德莉·理查森 1921 年至 1926 年在巴黎生活的回忆。1957 年，海明威找回了这只落在巴黎里兹饭店的旅行箱，凭借旅行箱里装着的私人文书，海明威完成了《流动的盛宴》——旅行箱的故事总是充满戏剧感。

　　我的闺密爆料，S 一家出门旅行要带上一口锅。有一次去沙巴，闺密和 S 在机场碰上了。S 展示他的装备：他把所有的衣服都穿在身上，只是为了在旅行箱里放上一口锅。理由是到了海边，从当地渔民手里买上一些海鲜或者自己垂钓，随意加工就是极致的美味。在他的出门逻辑里，一口锅比我们觉得重要的那些衣服啊相机啊重要多了。

F和我出行时喜欢带上一本书，这本书可能是一直没看的，也可能是正在看着的，总之，我们都爱在旅行箱的外侧塞上一本书。几次同行的事实都证明，我们不仅没有时间看带上的这本书，常常还会再带回几本。而给旅行箱如此增重的意义，只是在飞行途中翻上那么几页。后来我发现，像我这么一个带着孩子出门的人，要应付各种突发状况，怎么可能有读书的时间？

父辈的旅行箱里总是喜欢装上食物，而且属于两地流通型。我的老爸老妈，去台湾时特意在旅行箱里装了一块酱牛肉，担心在那里吃不惯。而F的老爸，从国外返回的时候，要背上好几盒牛奶。他们都忽略了如今美食的跨地域性，觉得身体力行的流通才是有意义的互通有无。

归家的旅行箱里内容也很丰富。在外地工作的孩子会早早给家人备上礼物，放在旅行箱最不可撼动的位置上，然后把自己的一切从简。回家嘛，什么没有？父母绝不会让你的旅行箱空着回来。他们常常会给你塞上更多的东西，直到关箱子都有些困难。父母给你的，可能不如你给他们的花哨，可一定是你最熟悉的。

后来还看到一些"私家必备"。一位前辈出门旅行要带块抹布，到了酒店，第一件事就是把风尘仆仆的旅行箱好好擦一遍。嘿嘿没错，她是处女座，不管到了哪儿，清洁比什么都重要。

不久前，朋友圈里一个女孩很欣喜地晒出折叠晾衣架。住酒店的衣服晾晒问题已经困扰了她很久，现在终于迎刃而解。这让我想起之前有人分享过的经验，把旅行箱往冰箱或是衣柜等高处平放，抽出拉杆，就是一个天然晾衣架。在晾衣服这个问题上，姑娘们的想象力是无穷的。

　　有聪明人士甚至列出一份家庭出行必备清单，号称拿着这个清单勾勾画画，你就可以放心出门了。可事实并非如此，你很难让一份公共清单满足你的私人需求。比如，我家的旅行箱最常见的问题就是带错衣服。我总是莫名其妙地带很多同一个季节的衣服，不是冻得瑟瑟发抖，就是行程告一段落，先去买件衣服再说。

　　我还有出行焦虑，翻开旅行箱无法迅速决定哪些带走哪些留下。从这个意义上来说，私家必备倒是可以战胜一些出行焦虑吧。如果带上一口锅最重要，那么其他问题你都可以接受。如果带个晾衣架带块抹布就能安心，那么其他小意外都不是问题。

　　最要命的就是，你想把既定的生活状态带走，你想把什么事都放在可控范围内，你想一直保持自己的舒适区完全不被打破，那么最好的办法就是别出门。想想一整只旅行箱不翼而飞的故事吧，你肯定一分钟都不想待，直接踏上归程。

文／王　深

拇指时代的小偷

所有人低头看着手机。每次进入地铁或者公交，总是这样的画面。我们知道，现在进入了拇指时代。

在地铁里，我喜欢躲在别人背后，偷偷盯着他们手机上的动作。当一个西装革履、提着公文包的中年男子在微信里同时跟三个女孩说"宝贝，吃饭饭了吗"时，我会故意从鼻孔里哼出一个冷笑，造成他大约一秒钟的慌乱。而当我看到一个身材与面孔俱佳、衣着也颇有气质的女白领在看玄幻穿越小说，我又特意盯着她，长叹一口气，她就会给我一个白眼。

偷看得久，我就总结出了规律：双手捧着手机的女生，十有八九在看韩剧；轻飘飘对着手机小声说话、不时流露微笑的男子，玩陌陌的居多；表情严肃、时而皱眉的，常常是爱国青年在刷新浪微博。

窥人隐私，这是败人品的事情，为求心安，我骗自己说这是新闻记者的职业习惯，但窥私还是导致了人品崩盘。上个月月底，我旁观一个小女生在微信上对其追慕者欲擒故纵地调情，乐在其中十多分钟，回过神来才发现，放在地上的两个书包丢了一个。要命的是，丢的正是放了钱包的那个。除了钱包，包里还有几本小说，其中有我最近在读的马尔克斯的《霍乱时期的爱情》，刚刚看到一半，是绝对意义上的"一半"，一共 401 页，我刚好看到第 200 页。

第 200 页的第一段说："弗洛伦蒂诺·阿里萨更喜欢待在灯塔，破晓时分，从那里可以隐约看见整座城市，海上渔船那一串串的灯火，甚至还有远处的沼泽。"

不知为何，这段话令我想起了爷爷。过世之前的黄昏，爷爷常常搬了赭黄色布条的马扎，坐在我们县里最古老的菜市场角落，看着身边的屠夫麻木地驱赶案板上的苍蝇，我把这个联想写到了这一页的空白里。

接下去的好几天，我奔波在补办各种证件的路上。垂暮时分，我耷拉着双肩，疲劳地挤上地铁，所有人低头看着手机。走了一天，鞋里又湿又热，脚心里传来一波又一波的烦躁。地铁经过一个商业中心，拥上来又一拨人，站定之后，他们拿起手机，继续像僵尸一样垂下头去。

一个模样斯文的眼镜男挤到了我前面，刷起了微博。入眼的内容大同小异，连续十几条都是关于马尔克斯的离世。

关于《霍乱时期的爱情》的一则书评吸引了眼镜男，他看了整整两站地铁的时间，看完之后，点击了转发，输入框弹出，他双手捧起了手机。我盯住他的手机，静候他的发言，如果他说得太烂，我会及时启动鼻腔，给出一个欠揍的嘲讽。

好像有谁说过，世上的所有罪恶，都是偷的变种。抄袭正是小偷的行径。自小学写作文开始，我就看到有人抄袭。是的，懒惰的小偷，在拇指时代，又一次出现了。

"这本书曾让我想起我的爷爷，过世之前的黄昏，我的爷爷常常搬了赭黄色布条的马扎，坐在我们县里最古老的菜市场角落，看着身边的屠夫麻木地驱赶着案板上的苍蝇。"眼镜男在手机上敲下这段话之后，轻盈地按了一下"发送"。

我的手有点抖，拍了一下他的肩膀，眼镜男转过脸来，错愕地看着我的眼睛，等我开口。

"哥们儿你记忆力真不错，"我沉吟了一秒钟，"可是，你抄我说的话不加引号，这就是偷。马尔克斯最烦的就是偷，你不知道吗？"

人生需要
盛装时分

X

文 / 马雪琼

谈恋爱，谈什么？

　　和我同一个办公室的女孩新婚不久，向我抱怨对她老公的各种不满。我听了半天，问她一个问题：你结婚前都在干些什么？

　　婚前就是谈恋爱啊。女孩说。

　　女孩所说的谈恋爱，也就是一周约会三四次，一起吃饭一起玩——那时候一起玩得挺高兴，女孩说。

　　那后来呢？

　　后来见过父母，父母都同意，他妈妈催，我妈妈也催，一直催我们结婚，然后就结了。

　　大概我的表情太过无语，女孩问我，那婚前应该干些什么啊？

　　婚前应该干些什么？婚前要干的事多了去了！

　　首先，你必须要足够了解他的人生观、价值观、消费观和道德观。

　　人生观不一致的，根本无法相处。比如一个想要儿孙绕膝天伦之乐，另一个却决定丁克到底；一个主张安贫乐道，另一个却讲究生活质量；一个热爱盛世浮华要身光颈靓，另一个却恨不得田园归隐淡泊明志……人生观没有对错，但是人生观不同还非要在一起，那就是自找悲剧。

价值观不同甚至对立的人，很难互相理解。你觉得重要的东西他觉得没有意义，他坚持的东西你觉得没有必要，无法互相理解，是一种不可调和的矛盾。

消费观相悖，会让婚姻生活一地鸡毛琐碎无比。一说到钱就会有矛盾，看着是小矛盾，不是原则性的大事，可就是会一次又一次、一桩又一桩地争吵不休。

道德观不同，也许看起来，平时生活不怎么受影响，但是它一定会在关键时刻，让你们彼此失望，甚至互相质疑。

除了要了解他的三观，更重要的，是要了解他的思维模式。人的思维模式有两种，一种是自省，另一种是推卸。自省模式的人，看待问题首先会自我反省，自己是不是哪里做得不够好，应该如何改进。而推卸模式的人，不管遇到什么事，首先是推卸自身的责任，错的永远是别人，他就算是错，也是情有可原……如果他的思维模式是习惯于推卸的那种，那么，不管他看起来有多好，硬件有多完善，都不用考虑他了。因为不懂得自省的人，是永远不会成长、不会进步的。

另外，还要去了解他的家庭和父母，了解他的工作能力和对待工作的态度，了解他面对顺境的态度和遇到困境的承受力……

女孩听得张大了嘴，问我，你婚前真的会考虑这么多吗？

当然，不只要考虑，还要实地勘察，要让事实说话。没有一起生活过，你们能有足够的了解？就那么约约会玩玩，你连他习惯晚上几点睡觉都不知道吧？一个习惯晚睡，一个习惯早睡，如果不能调和的话，也会给双方造成很大的困扰。

女孩说，如果婚前就能知道这些问题，这婚我肯定不结了！那我现在应该怎么办？

中国有一句老话，男怕入错行，女怕嫁错郎。不过在现代社会，我觉得这两者都不是最可怕的，最可怕的，是明知结错了婚，还懵懵懂懂糊里糊涂地生下孩子。

我不能对她说，你应该去离婚，我只能对她说，如果可以，先不要急着生孩子。

如果你的能力，还不足以应付你现在的婚姻生活；如果你的智慧，还不能够让你看清未来的方向；如果你的成熟度，还无法让你知道你要什么不要什么——那么，请你先不要急着生孩子。请对你自己，也对你的孩子负责——尽管他尚未出世。

文 / 蘑菇姑姑

男人的上进心与你何干

　　我有个朋友，和老公青梅竹马，到现在结婚三年多。朋友说，男方对自己非常好，唯一忧心的是不太上进。她说："他是公务员，工资只有两千出头，已经做了快八年科员，他的同龄人已经升到主任了。而且他似乎不喜欢交际，下班就回家，周末要么钓鱼，要么宅在家，很少出去应酬，也不跟我聊工作上的事，感觉对事业没有想法，安于现状。看着周围的朋友都过得不错，我担心我们的生活没有希望。"

　　男人的上进心，是女人的一块"心病"，今天我们就来说说男人的上进心。

什么是所谓的"上进心"

　　给领导送礼，下班和周末有应酬，再混个主任当，你所谓男人的上进心，其实本质是"功名"。

　　《非诚勿扰》里那些转着弯问男人职业规划的女人，不就是想问这么一句吗——你到底有没有潜力，我跟着你能过什么样的生活？

与其说男人上不上进，不如换成，你入世不入世，符合不符合社会期待。如果这么看的话，个人觉得，没有上进心也没什么。

他有"不上进"的权利

他不跟你聊事业想法，不代表他没有想法，只是不愿意跟你说。没准是你的焦虑、责备影响到了你们之间的关系，让他对你关闭了心门。

退一步说，如果你男人真的安于现状，不求所谓上进，他有没有这个权利？

有！任何人都有按照自己的价值观生活的权利，最亲密的婚姻关系也不能改变这一点，好的婚姻还要放大这一点，"连我自己觉得不被世俗认可的，竟也被你喜欢和包容"，这就是婚姻幸福感的来源。

社会上普遍认为，男人就该上进，实现更多的社会期待。可是有一部分男人不是资源掠夺型，他们的优点不是建功立业，而是平和稳健。这种个性，放在女人身上是温柔和顺、有生活情趣，放在男人身上就是不思进取，这是对男人"裹小脚"的制度。

爱情的本义是成全和理解，而不是强求。

你为何为男人的上进心焦虑

"你未来能给我什么样的生活"，这么问多少是一种冒犯和自我价值贬低。

第一，你说他个性简单，为人宽厚真诚，想必这让你很有安全感。但是，有个性简单、生性淡泊的人喜欢去应酬的吗？官场世故得意，为人简单善良，两者是矛盾的，你是否强求了他？

第二，我们应该学习一下男人对女人的态度。他们很少要求女人上进，有职业规划，我喜欢你，我们在一起快乐就够了。

第三，想想看我们对男人的审美是否太过单一，除了建功立业型男人，我们是否能欣赏另一种不勉强自己去顺应逢迎，只想做自己的男人呢？

为何偏爱"上进的男人"

多少弱女子就是这样，一边想要找个"功利型资源抢夺者"来依赖，一边却抱怨自己的丈夫不温柔，不顾家。其实，这难以两全。工具化男人的后果，是他的阳性思维、个人主义超强大，而阴性思维、情感体验会渐渐退化。你要做旧式女人，后果只能是一个旧式男人来配合你。你的丈夫耐心温柔，他有平等爱人的思维，有生活情趣，他是属于新时代的爱人，他断然无法同时兼容旧式男子的家长作风。

归根结底，男人有没有上进心其实是他自己的事，轮不到你焦虑。唯一和你有关的问题是你爱不爱他，理解他上进或不上进的缘由了吗？即使需要改变，那也只能因为是他想要完善自我，不能是你认为他没对你"负责"。

活出自我是好爱情的祝福，只有奴役制度的爱情才需要男人以上进心作为保障。

李安领奥斯卡奖的时候，其夫人在友人举办的庆祝派对里得到了"最支持丈夫奖"，她上台领奖的时候说了大实话："我实在不知道什么叫支持丈夫，我只是 leave him alone，他赚不到钱的时候不管他，他拍戏忙的时候不管他，其实我自己都忙不过来，没时间管他。"

瞧，这就是回答。Just leave him alone！

文 / 庄雅婷

要不讲理，但要有规则

因为怀疑对方出轨吵起来，因为买房子的繁复过程闹得要分手，甚至因为约会去哪儿吃饭都能吵起来……有时再有个好朋友出谋划策，很容易就事态激化，上升到"我伤心乃至寒心"或"你根本就不爱我"这个层面，恨不得分手了事。这里有趣的地方在于，无论是他们自己默默伤心，还是对着好朋友倾诉，或者是两人面对面吵架，总是想找论据来支撑自己"没有错"，错的都是对方，可他们从来都不多想一步：就算自己错了，又能怎样？

这是感情里最爱犯的毛病：非要讲道理。你知道吗？男的一听见女的说话带上"人生"或"生活"俩字立刻脑袋"嗡"的一声；女的一听见男的说"你真烦"和"你想多了"也会立刻炸毛，要是不服输的男人们再找出点例子证明你在这件事上也有错，那简直不分手都不足以平愤。记得以前我有一招对付总是试图和男人讲道理的女人，"可是，你爱啊。"——对呀，就算证明对方错得离谱，你不是照样爱吗？毕竟两人世界不是法院，做错了就得服刑。感情生活里不应该存在道理，撒撒娇卖卖萌就过去的事儿，何况很多风波本身就是为了求呵护呢。

但感情中不能没有规则。这个规则就是相处的方式，需要一开始明确确定基调，通过沟通或默契来实现。比如我开会的时候来不及接电话，她担心死了使劲打电话，这时候你就不要去想她是不是个变态的问题，而是约定好一定范围内的提前告知、第一时间回话，或双方设定暗号什么的。比如他喜欢在无关紧要的问题上撒谎，明明是在公司打游戏非要说加班，那就需要从一开始建立信任机制，给予更大范围的自由，当他有打游戏的空间时，就犯不上骗你。

规则建立好了，矛盾就好解决，而不会演变到动不动就分手的节奏。很多朋友不太敢跟我说感情矛盾，在他们想象中我肯定会怒吼一声"人渣！分手"！但我没好意思告诉他们的是其实人都差不多，这人身上的毛病那人身上也有。更何况，再一次重新开始，从自我介绍开始，这也太累了，会产生人生挫败感的呀，还不如先和一个人在一起学习下卖萌和撒泼技能呢。

文 / 韩松落

该不该去赴一场千里之约

　　隔三岔五，就有朋友发展出一段异地恋，然后面临这种选择，要不要去他（她）那边？每次遇到这种需要建议的异地恋，不管双方表现得多么融洽，我都会劝他们慎重考虑。

　　我所目睹的异地恋，失败率远远高于同城婚恋。先后有几位女性朋友，辞职售屋地去赴一场千里之约，他们的相处没多久就出了问题，但背井离乡的这位，往往拖延了三到五年才彻底离开。原因不难想见，她们付出的成本过于高昂，从经济上、社会联系上，都是以斩断往日命脉的方式，来赴这一场约会。尽管稍后她们就隐隐觉得不妥，但那高昂的成本将她们套住了，离开此人此地，就意味着将损失变现，必须怀着解套的心，期望时间将成本摊薄。

　　异地恋的失败，仅仅因为成本问题吗？或许，真正的原因是，它改变了两个人的强弱关系。美国学者在 1971 年做了一个实验，名叫"斯坦福监狱实验"。他们招募了一群大学生，进入他们临时搭建的地下监狱，分别扮演看守和犯人，仅仅一周时间，实验就宣告终止，因为，双方都太入戏了，扮演看守的学生们，开始残暴地对待"犯人"。实验揭示了这样一个事实，绝对的强弱关系，会让好人也变成坏人，此为"路西法效应"。

异地恋也是这样，它让两个人的地位分出强弱，赴约者（多半是女性）将自己放到了一个完全被动的弱势环境里，获得什么样的待遇，完全要看地主的人品。而当一个人发现自己可以控制另一个人，拥有绝对权力，"路西法效应"多多少少会发生作用。

所以，曾有情感专家在分析了若干对异地恋的现状后，得出结论：凡是男方去女方主场的，结果大致不错；凡是女方奔赴男方主场的，结果通常不妙。男女两性，本就有先天的强弱区分，主场客场的区别，更加深这种强弱关系。弱者向强者靠拢，以为能抱到大腿，却常常将自己放到任人处置的位置上，连自己原有的优势也丧失。

抱强者大腿，或者要有资财，或者要有阅历见识，有六成的本钱，才能接近有十成资本的靠山，否则只会被吞没。商业社会，这种例子实在太多。

这就是异地恋经不起打量的原因。异地恋，是主动将自己变成弱者，以商业的眼光看，这是在自己只有两成本钱（原木的五成木钱，因为异地身份而折损了）的情况下，去和有八成本钱的人，谋求一场平等的联姻。

文 / 韩松落

去爱吧，哪怕他是一座前情博物馆

　　小 A 正和一位男士交往，这人见识广博，说话有趣，还对自然风物怀有真挚的热爱，在越来越迅捷的时代，这样的人不多见了。问题是，他对前妻念念不忘。

　　他本来是个穷小子，读研的时候遇到了后来成为他前妻的女人，生活从此发生巨大变化。在他口中，他的前妻几乎是完美的，出身世家，风华四溢。有她在一边映照，他不得不努力提升自己的内在外在，加上她的帮助，最终将他雕塑成现在的样子。

　　他对小 A 非常细心体贴，而且是自然而然的，上下车替她开车门，去餐馆吃饭，先替她拉椅子，见面的时候，很自然地递过一把鲜花。她也见过些男人，有海归有名流，气壮山河，但就是哪里不对，现在她知道了，他们的世界没细节，也没有别人。

　　问题就出在这里，他太好了，但这种好处处和他前妻有关，是他前妻调教、影响的结果，他自然对她念念难忘，常常提起她，还时常和她联系。

　　我曾将保留了太多前情前爱的生活习惯的人称作"老情人博物馆"，

他们身上呈现的，是另一个人的气息，要开始新生活，似乎就得脱离这座博物馆。所以，有个叫伊恩·厄舍的澳大利亚男人，为了忘掉前妻，曾公开拍卖他们共同生活期间的一切物品。随后，列出清单，在100个星期里完成100件事，作为新生活的开始。

这说明，生命交融之后的影响，有多强大，强大到要用100周的磨砺来清空。

但"前情博物馆"真有那么可怕吗？这得分开看。人们容易对那些经历过坏爱情的人产生同情，因为伤痛往往显得比幸福更真诚，但我的想法恰恰相反，经历过好爱情的人，可能更值得接纳。人性的学习，是在人和人的相处之间完成的，一样需要好老师、好机遇。好爱情如果是一所学校，也是学校里的211、985，入学的筛选已经说明了学生的资质，学习能够显效，更是天时地利的功德，接收一个这样的学生，几乎是坐收渔翁之利。

人的成长，靠各种材料滋养，但材料的质地有差别，有的粗糙单调如狗粮，有的细腻丰富像盛宴。不论是寻找合作伙伴，还是生活伴侣，都得学会鉴别对方是靠什么养大的，对好材料滋养出的人，应该伸手欢迎，哪怕他是一座前情博物馆。

文 / 徐一龙

从一张白纸到变形金刚

　　就着酒，同事忧心忡忡地讲着他和女儿的代沟。女儿上高三了，让他郁闷的，是发生在去年的出走事件。

　　去年，女儿喜欢的摇滚乐队来上海演出，她特别想去，但同事夫妻工作忙，没法陪她，于是最后决定把路费、演唱会票款折合成钱给她，不去看演唱会，但可以在北京做其他她想干的事。沉默半天，女儿答应了。

　　结果，演唱会前两天，这姑娘失踪啦！好一通找，全无音讯。绝望中，终于接通了女儿一度关机的电话，说已经住进了上海的一家青年旅社。同事咆哮："不是说好了，怎么说话不算数！"电话那头，只传来冷静的回答："给你和妈妈发了邮件，去看看吧。"

　　邮件是详细的文案，有她去上海的全部计划，怎么去，住什么地方，第一天干什么，第二天干什么。还有应急方案：钱包丢了怎么办、手机丢了怎么办……

　　听到这里，我忍不住插话，这女儿多好，有什么不放心啊！同事也说，看完后放心很多。

这故事让我啧啧称叹。一个高二女生，知道自己想干什么可以干什么，稍微越界，但不冒失。

十多年前，我刚刚进大学时，几乎是一张低能的白纸。想来真是耻辱。上大学前，我从来没有独自出过远门。我家离大学所在的城市有七八十公里，是父母送我到学校的，天色渐晚，父母挥手离去，我开始惊慌失措：什么意思，留我一人在这过了？

那时，我毫无疑问是个"三无"人员。

无财务观念。父亲留给我一笔钱，每月三百元的伙食费。可我从来没掌控过财务，对花钱几乎没概念。无自理能力。衣服是会洗的，床单、被罩肯定不会。头一年，我常常将这些大东西带回家用洗衣机洗。无社交概念。突然间，我和七个完全陌生的男生挤在一个不大的屋子里，真不知道怎么办。报到那天，大伙沉默了一下午。晚上，大家未能免俗地排了排大小，开始互称老大、老二……青春逼人，社交无能症几乎都能治愈。

我成为"三无"人员，真不是自己的错。从小到大，主导一切的是学习，其他素质几乎都不被重视。这是社会的病，直到现在，还没被完全治愈。很多年前，人们用"一张白纸"形容初入大学的青年人，现在看来，这简直是侮辱。

说回我那同事，他的苦恼还没结束。今年暑假，女儿提出要独自去西藏玩。他不想同意，可实在找不到理由，只好说，那你按上次那样再写一套方案……

我几乎能看到他女儿满心欢喜的样子。上帝保佑，幸好我上大学时，班里没有这样的女生。那样，我岂非逊毙了？

文 / 叶半夏

为爱冒险

　　她坐在我对面，讲述美丽的爱情，时不时问我"是不是太冒险了"，语气满满的忐忑。在我身边充满了这样害怕冒险的人，姑娘们过了20岁，就会倾向于在非常爱却不稳定的男友与不反感但具备结婚条件的相亲对象中选择后者。按照马斯洛的需求层次理论，大多数中国男女青年的爱情观还停留在安全需求层次。

　　整个社会的安全感缺失，折射在爱情上，是捕猎型选手充满整个爱情市场。每个人都在寻找心仪的猎物，而这个寻找过程，有着严格的程序化管理与标准化流程，与爱情相悖。

　　爱情是随意的，见到一个人，认定前生与他相识，一见钟情是爱情最美好的形式之一。为了爱，不顾一切地完成一件过去没有勇气完成的事：学习钢琴，为了弹一首歌给他听；学习烘焙，为了做一只独一无二的生日蛋糕；减肥，为了轻盈地奔跑在探望他的路上；周游世界，为了心里藏着一个人，走遍万水千山。

　　在中国，弱智的韩剧总能让人哭得稀里哗啦，因为它让辛苦的捕猎者意外邂逅华丽丽的爱情，开始一场过山车式的冒险，时间一到，大家皆可全身而退。停留在为生存而择偶阶段的人们，只喜欢虚伪的冒险。

爱情什么时候才可以不排斥冒险？当我们将它看作是一场自我实现与自我超越的需要，而不仅仅是提供生活必需品的途径。

一位名叫 Jack Hyer 的美国男青年花费 4 年时间，周游 26 个国家，剪辑了一段求婚录影，送给他的女朋友 Rebecca。他说："我曾经经历过很多的冒险，骑在大象和骆驼的背上旅行，徒步到达过地球上最低洼的山谷，也攀爬过不少高耸的山脉。但是，爱上了 Rebecca 才是我人生中最美的冒险经历。"

爱情给予 Jack 最重要的东西不是房子车子孩子，而是环游世界的勇气，他为爱而去冒险，冒险却丰富了他的人生。

为爱而做一件事，表面上是付出，其实是借了爱的翅膀飞翔。

人类最高级别的安全感来自于自我价值的实现，即使失去爱情，我们也不会一无所有，因为在拥有爱情的这段日子，我们成就了更好的自己，这才是爱情的至高境界：进可攻，退可守，生命没有白白浪费。

爱情并不负责为我们提供一张年老时安稳的床铺与尽职的看护，它只为了让我们经历不同的人，不同的事，在爱情里面找到过去从未正视过的那一个自我。如果你以这样的目的去爱，最不好的结局只是没有在一起，而从不存在爱情的失败。爱情怎么会失败呢？那场华丽的冒险，我们懂得怎样去爱，懂得走出悲伤的捷径。冒险的乐趣从不在于结局，仅仅思考结局的人，是生活的苦行僧。

文 / 黛　喜

驯悍记

第一万零一次，我收到了这样的信："女神你好，是这样的，我男朋友他家暴，又失业，又酗酒……"洋洋洒洒诉苦大半天，果然到了中段总结："我身边所有朋友都劝我们分开"，看到这儿就知道，绝对还有一个最重要的末段转折，肯定没分。没错，这个转折就是："但是我一直相信只要我对他耐心、对他好，总有一天，能让他成为一个好男人……"这很可能又是一个有驯悍情结的姑娘。

《驯悍记》都看过吧？一个男人软硬兼施，把一个不符合当时主流规范的泼妇，愣是驯化成了三从四德的淑女。我觉得如果把剧中男女主角的性别改过来，改成"一个女人软硬兼施，把一个不符合现在主流规范的穷矮矬，愣是驯化成了十项全能的高帅富"，绝对会更受欢迎。这个剧最大的卖点不在男权女权，而是其中的驯悍情结：把对方变成自己想要的样子。

"把对方变成自己想要的样子"，即使不在男女关系中，这都是莫大的快感来源。你老板想这么改造你，你想这么改造你的熊孩子，传销公司想这样改造冤大头们。此乃一根深蒂固的本能，人类就是能通过控制他人搞得自己很爽，这是无可辩驳之事，何况改造恋人的快感还不止如此。

首先，我们总一厢情愿地认为，对方的改变不是屈服于自己的手段，而是因为"他 / 她爱你"，对方改变越多，我们越觉得是对方爱自己越多。自己被爱的感觉已经足够好，而被人所爱常常还是和自己的魅力沾边的。最后，我们总坚信自己对恋人的改造一定是合理的、进步的、必要的，没有这些改造，他 / 她一定过得比现在不好，这里还多了一重拯救对方的道德荣誉感。多管齐下，难怪很多人沉溺其间无法自拔。

当然，"死磕烂人"的原因很复杂，驯悍情结是其中可能的一个原因。有趣的是当事人通常都不自知，他基本上是无意识选择了这样的伴侣——且只选择这样的伴侣，正常的人被他直接过滤掉。

那些经常出现在信里的"身边的朋友"，我倒劝你们少操点心，因为只要一个人内心有旺盛的驯悍情结，无论多少次，无论你们怎么苦口婆心，换下一次，他还是会选择这样的人。你们还是省点力气吧——当然，如果你们心中也燃烧着旺盛的"驯不争气的朋友情结"，则另当别论。

文 / 赖　宝

女人要惊喜

一哥们儿愁眉苦脸地来找我，说马上结婚 3 周年纪念日了，实在不知道今年咋玩儿了。我理解他抓耳挠腮的状态，他老婆是个追求情调的人，渴望着生日啊、节日啊、纪念日什么的都能得到一份惊喜。

我身边有好多这样的女性朋友，都希望得到源源不断的惊喜，而我所见识过的惊喜，无非是一件女方心仪已久的首饰、衣服或包包，或者在一家高端大气上档次的餐厅浪漫唯美一把，这是大多数男人力所能及的状态。像我一个土豪哥们儿，在马尔代夫包了一个岛，各种精心布置，然后带女友去谎称旅游，然后求婚，这算是极大的惊喜，却是我们想都不敢想的。

当然我听说过，的确有聪明男人搞出许多花样，比如买个女友姓名的域名制作一个浪漫的表白网页啊，比如女友加班到很晚的时候带着电磁炉和食材去公司亲自做她爱吃的东西，再比如新房装修好后，用未婚妻各个时期的照片拼成一面照片墙……当然最后一个是朋友的失败案例，因为他未婚妻在看到那面岁月流金的照片墙后诧异了一秒钟，接着就横眉嘟嘴道："我以前照片那么土你干吗找出来！"——呃，女人的关注点，总会让男人措手不及。

　　我想说的是，一次完美的惊喜很难得，如果对方想到了绝妙的惊喜点子自然会给你。但如果你索求，或是明摆着地期待，就会让对方陷入想满足你却又黔驴技穷的焦虑。

　　最后的解决办法是我携我老婆一起参加了他们的结婚三周年纪念，没有任何惊喜，就是吃了顿饭。我和老婆现身说法，惊喜不是非得大操大办，也可以是小情小调。在我老婆看来，比如她在做饭时我突然从后面抱住她，然后深深一吻，这就是惊喜；比如在她生理期的第一天早上我已经煮好了红糖水端到她面前，这也是惊喜。我对他们说，惊喜不是爱情，爱情才是惊喜。

　　这么说吧，如果你半夜突然醒来，发现他在给你掖被角，不是惊喜吗？如果你吃饭时一缕长发垂下快沾到饭菜，他伸手帮你把头发撩起顺到耳后，这不是惊喜吗？如果你工作忙碌又烦又累时，收到他的微信说"今天我下班早，想吃什么我买了回去给你做"，这不是惊喜吗？

　　惊喜未必是礼物、是物质，你会因为这种心态，忽略已经存在于你身边的无数惊喜。说到底，惊喜这词得拆开看，你是更希望惊，还是更希望喜？比如我当然也希望能包个岛跟我老婆过纪念日，但是"臣妾做不到啊"！但我经常给她一些意外的小满足，就像我下班回家买一袋她爱吃的鸭脖时和我给她买个包包时，她脸上展露的笑容是一样的好看。因为意外，因为开心，因为幸福，这不就是惊喜的含义吗？

文 / 陈艳涛

越完美，越荒凉

经常有人引用张岱《陶庵梦忆》里的那句话"人无癖不可与交"，但这句话却常常被人们误读。实际上，张岱的这句话，后面才是重点："人无癖不可与交，以其无深情也。"

无癖所以无情，一个人，如果从来冷静客观，理性处理任何事，对待任何人，没有依恋过，没有痛悔过，也没有深陷过，就没有深情可言，你永远不可能与之结为知己。

所谓知己，是要同悲同喜、以心相交的。

其实在文学作品里，那些所谓完美的大善人，向来招人非议，就像刘备、宋江，越是完美无私，越是让人怀疑他们的伪善。

同样的情形，也发生在宝钗身上。作为一个十几岁的少女，宝钗却超人般地无所不知、无所不能，近乎完美。然而正是因为她太懂人情世故，也很少有真性情的时刻，反而让人对她感觉疏离、陌生，甚至反感。

和宝钗相比，黛玉是诗人、文学家，她的烦恼，多是内心与世界的无声冲突。而宝钗要操心的，却是世间种种，经营生意、人命官司、人际纷争。

宝钗出生于人丁单薄的皇商之家，十岁时，父亲早逝，母亲无能，哥哥是只会闯祸的"薛大傻子"，她几乎要在一夜之间，从一个无忧无虑的小女孩成长为主掌家务的人。宝钗时时要操心的，都是最琐碎、最难缠、最不堪的家务事。她所见识的人生，远比宝、黛他们所见所闻的，要复杂残酷肮脏得多。

一个十五岁的女孩子，为什么已经失去了感性和温度？

皇商家族的沉浮起落，哥哥时常沾惹的官司，都会逼着宝钗成熟。湘云、黛玉们连当票是什么都不认得时，宝钗却已深谙当铺的经营之道。

探春理家时想到将大观园承包给下人经营时，宝钗在脑子里大致一算，已经算出一年可以省出四百两银子，可以置多少亩地，买多少房子，地产和房子租出去可以有多少收入。

这些经验是她在经年累月操持管理庞大的家族产业时一点点累积起来的，反而是作为长兄的薛蟠，因为资质愚钝，又被薛姨妈宠溺太过，无法担当家业，倒保留了其天真热情的本性。兄妹两人一冷一热的个性，都能追根溯源，又能相映成趣。

宝钗之为人处世，就像宝玉所看《庄子》里的那段话："巧者劳而智者忧，无能者无所求，饱食而遨游，泛若不系之舟。"人世间，总是那些更聪明敏感、更有追求或是野心的人活得更劳累、更忧伤，承担很多也许本不属于他们的担子；而才能平庸或是心性散淡的人，才有可能"饱食而遨游"，才能体会"泛若不系之舟"的随意和自由。

经历过丧父之痛和家世败落的宝钗，其实是悲观的人，她为即将到来的荒凉命运做好了一切准备。

她不像其他女孩子那样爱美，从来衣饰素淡，房间像"雪洞一般"，任何装饰玩物皆无。或许是因为她做好了繁华可能落尽的准备，家族的颓势不可逆转，她冷眼旁观，随时准备撤退。

她的准备，让她能承受任何艰苦的环境，也能承受任何离散孤苦，因为她从不曾真正投入地眷恋过什么。

宝钗的冷，是看破了爱恨冷暖、人情世故之后的冷，是真正深入骨髓的冷。在她身上，从来无所谓爱恨，只有当下，只有现实，只有解决问题。

只是，即便在隐隐而来的命运面前，即便宝钗做好了所有的准备，但不贪恋繁华旧梦，不眷念友情爱情，活着，又是多么了无生趣的事情。所以宝玉对着"山中高士晶莹雪"，思念的却仍旧是"世外仙姝寂寞林"。因为只有黛玉，是和他一起同悲同喜，感受过爱与哀愁，体味过生命中那些又寂寞又美好、又煎熬又甜蜜的种种深情的人。繁华过后的凋落才格外悲凉，温暖相聚过后的离散，才格外让人惆怅。

聪明绝顶的宝钗，为命运做好了所有的准备，唯一料不到的，却是人心。只是似乎她也从不在意人心，对她来说，心在哪里，爱在哪里，有那么重要吗？

不想一个人
孤单

XI

文 / 曹文轩

圣　坛

1977 年秋，我北大毕业后留校任教，上讲台的头一天，我忽然紧张起来，也就是说，明天，我将开始教学生涯了。教师的责任感似乎与生俱来，不做教师，你一辈子感觉不到，而你只要一做教师，它就会自动跳出来抓住你的灵魂。晚上，我敲开一位先生的门，问："怎么讲课？"

他像修炼很深的禅师面对未悟的弟子，头微微向上，少顷，说出四个字来：目中无人。

我退出门外。

我清楚地记得第一次上课的情景。下面安静极了，我甚至能听见台下动人的喘息声，我能克服紧张的情绪，全靠那四个字给我撑着。从那以后到现在，我一直信那四个字。我对"目中无人"似乎有所悟：目中无人非牛气哄哄，非内荏而色厉，非蔑视，非倨傲，非轻浮，非盛气凌人。那是一种境界吧？是人格上的、精神上的、气势上的笃定，是对学术观点的诚实和对真理的自信吧？此言似乎只可意会而不可细说。但有一点，似乎又是可以说的：所谓无人，就是没有具体的人，而只有抽象的人。因此，即使给只有 20 人的一个班上一年课，在课堂上我也往往难记住一个个具体的面孔，似无人，但恰恰是把听课者看得很高的。

敢目中无人，却不敢再掉以轻心。我很敬仰一位先生，既为他的人格又为他的学识，然而我想象不出，就是这样一位先生，却在上课之前竟对明明认识的字一个个怀疑起来，然后像小学生一样，去查字典，把字音一一校对、标注。我敢说，他的这种心理，完全是因为他对讲台的高度神圣感引起的。这件小事使我不禁对他又敬仰三分，我喜欢这份严肃，这份认真。当然，我并不排斥"名士风度"。我很钦佩有人不用讲稿，竟然雄辩滔滔，口若悬河，一泻千里。我曾见过一位先生，他空着手从容不迫地走上讲台，然后从口袋里摸索出一张缺了角的香烟壳来，那上面写着提纲要领。他将它铺在台子上，用手抹平它，紧接着开讲，竟三节课时间也不够他讲的，且把学生一个个讲得目瞪口呆，连连感慨："妙、妙！"我只能羡慕他。我这人缺这份好脑子，我得老老实实地备课，然后一个字一个字毫不含糊地全都写在稿纸上。有时看样子离开讲稿了，但所云，却几乎无一句是讲稿以外的突发灵感。我心里有数，像我这样做教员，是很累的。可我笨伯一个，无奈何。时间一久，我退化了，离开讲稿竟不能讲话，一讲，八成是语无伦次，不知所云。

我何尝不想来点名士风度，轻松自在侃他个三四个小时，好好潇洒一番？可我不敢。

讲台是圣洁的。我认识一位外系教员，此公平素浪漫成性，情之所至，卷起袖子，把衣领一一扯开，直露出白得让人害臊的胸脯来，有时还口出一两个脏字，以示感叹，以助情绪。然而有一次我去听他的课，却见他将中山装的风纪扣都扣得严严实实，一举一动全在分寸上，表情冷峻，严肃得让人难以置信。课后我跟他开心：何不带一二感叹词？他一笑说："一走进教室，一望那讲台，我顿时有一种神圣感。在上面站了一辈子，我从没说过一个脏字，并非有意，而是自然而然。"我有同感。

我高兴起来，放浪形骸，并有许多顽童的淘气和恶习，然而，在临上讲台前一刻，却完全沉浸到一种庄严的情感之中，完全是"自然而然"。

我走到教室门口，总觉得那讲台很远，很高。我朝它走去，有一种攀登的感觉。我曾有过幻象：我被抛进一个巨大的空间里了，就像走进一座深邃的教堂。我静静地站到讲台上，等待着铃声，宛如在聆听那雄浑的令人灵魂颤抖的钟声。我喜欢这种肃穆，这种净化了的安宁。

也许有一天，我会厌倦讲台，但至少现在还恋着。恋它一天，就会有一天的神圣感。

文 / 李斐然

被身居暗处的傅敏点亮

小时候去书店，在"教育典范"的大招牌底下，我捧着一本《傅雷家书》翻来翻去，当时年龄小，看不懂里面讲的肖邦和贝多芬，只看出一个问题——这本书是大翻译家父亲傅雷写给大钢琴家儿子傅聪的家书，那序言里的这个傅敏，是干吗的？

又过去很多年，我终于在傅雷的传记里寻到了答案。让我意外却又冥冥中觉得合理的是，傅敏是傅雷次子。

我读过无数次《傅雷家书》，随着年岁的增长，每一次读都有新的感悟。可唯一不变的是，从开头到结尾，力透纸背的每一个字都是傅雷对傅聪深深的父爱：他有一个才华横溢的天才儿子，他关心他的一切，他的爱情，他的音乐，他最近看的书，他在海外吃的粮食，他走路的时候有没有将衣领折好……

如果囫囵吞枣地读下去，大抵会有无数人为这样无敌的父爱落泪，但是萦绕我心头的却是另一件事：在往来繁复的通信里，只有寥寥数笔提到这个家里唯一的弟弟，翻页快的人大概都不会留意他的存在，这让我顿时觉得喉咙里堵了一样东西，硌得难受。

在另一本传记里，我看到了一个更为完整的傅雷家事。傅聪出生后，全家人的爱全都倾注到这个长得粉嘟嘟的小男孩身上，找最好的老师教他弹琴，送他去最好的地方，在最好的环境里，实现最极致的发展。

对这家人来说，一切都好到了一个极致，直到另一个儿子出生。生于斯，长于斯，这个被叫作傅敏的孩子也想跟哥哥那样，学习音乐。他跟父亲的好友偷偷学过一小阵子小提琴，他的音准之好，让这位老友也来劝说，傅敏很有天赋。

可是，父亲不让。这位父亲说了一堆话，如今已无从考证，大体意思是，我们家已经有了一个傅聪，我们不需要，也无力再去培养另一个傅聪了。你，去当个老师吧。

后来的种种人生经历让我明白，对爱子心切的傅雷来说，在那样的时代背景下，要背负多少爱与痛，才能在一个孩子还在 11 岁的时候，就给他下判语：你不适合这个，你适合那个。

旁观者可以惋惜，可这就是当局者傅敏的人生，他如是接受了它。后人常常补充说，傅敏其实在教育方面也是很有天赋的嘛！我看到了一张傅敏跟学生一起看书的照片，师生相处其乐融融。可那时候他还不知道，后来迎接他的，是连绵数十年的坎坷不平，风云突变，双亲自缢，家庭破裂；时代的伤痛如一根刺，扎在他心头最柔软的地方。

故事的结局是，傅敏在 1979 年去伦敦探望哥哥傅聪，所有人都以为他会去投奔安逸的生活，但是他没有。1980 年，傅敏回国，继续做一名中学教师，并向学校提出要求，终生不升"长"，要做一辈子的中学教师。他了断了自己的婚姻，也断了自己升职的道路，把自己关在小小房间里，整理编辑《傅雷家书》。

我无从想象，坐在房间里整理家书并将其出版成书的傅敏，是抱着怎样的决心和情怀，以他一己之力促成了一本传世经典的流传，而在整整一本书里，只有序言出现了他的名字，仅此而已。

但是当我长大，我也开始明白，在傅敏做成这件事的时候，他大概是喜悦且舒畅的。这个时代眼中的不合时宜、父亲眼中的不合时宜，甚至命运眼中不合时宜的人，却依然坚持做着旁人看来不合时宜的事情，因为他知道，什么才是真正合时宜的。直到今天，《傅雷家书》依然影响着无数人的生命，包括我。也许，这就是不合时宜者的胜利。

故事本来讲到这里就要结束了，可我还想补充一件事。傅聪今年举办 80 岁音乐会，在中山音乐堂，我看着他穿着素色的唐装，弯着背走出来，埋着头沉醉地弹奏莫扎特的乐曲时，突然想起他在自传中说的一件事。他说有次回国，无意中跟弟弟比手，发现自己的手其实并不适合弹琴，他的手非常硬，但弟弟的手能够张得很开，非常柔软，这些都是优秀演奏者的必备条件，这是天生的好坏子。

说完这些，书中的采访者开始盛赞傅聪多么努力，锲而不舍地把一双原本该练举重的手生生练成了钢琴家的手，多么励志感人云云。可是我却在看到傅聪闭着眼睛沉醉于黑白键的那一刻，突然想起了弹琴先天条件极好的傅敏，父亲的好友没有骗他，他的确适合学琴。

然后，在我眼前又浮现出另一幅画面。这些年傅聪回国演出，都暂住在弟弟家。来自全国各地的记者挤在傅敏家小小的客厅里，眼巴巴等着坐在沙发上的傅聪同意接受他们的采访，而同在角落里挤着的，是这个家的主人傅敏，被人群挤在一边，被历史遗忘在角落。可那却是傅敏啊，那个微笑地看着哥哥、坦然接受周遭一切的傅敏，平静而泰然，却留下一本经久传世的《傅雷家书》。

不知道是为了这两个命运迥异的兄弟俩中的哪一个，在黑漆漆的观众席中，我突然觉得非常难过，咬着牙不想哭出声，最终还是忍不住，为这两个在书里陪我长大的兄弟，掉下了眼泪。

文 / 高　军

那些伟大的"文学败类"

　　提到文学，那些伟大的作家是怎么看待这个问题的？

　　卡尔维诺是这样描述自己的文学成就的：我的家庭中只有科学研究是受到尊重的，我是败类，是家里唯一从事文学的人。

　　卡尔维诺的父母都是研究热带植物的，家里出了这样一个异类也是没有办法的事情。阅读卡尔维诺的小说时可以体会他对植物与动物文质彬彬的命名，他很少简单说某花、石头、鱼、鸟。他一一赋予它们准确的名称，如果可以的话，他连拉丁名都准备写上。这个行为能理解成对园艺家父亲或者植物学家母亲的致敬抑或嘲讽吗？

　　作为一个文学家，不管是通俗小说的作家还是纯文学的作家，相较于自然科学都显得像个二流子。举个例子，你如果要跟一个数学家讨论黎曼函数，他就有一个门槛在那里，达到这个水准才能跟你谈，否则你所说的只能是一个笑话。但《红楼梦》就不一样，俞平伯、周汝昌能谈，隔壁王大妈也能谈，她一边看《红楼梦》，一边大放厥词："林妹妹这样的姑娘不能娶了家来，处不好。心思太重，好哭不说，还爱生病。是她服侍我呀，还是我服侍她？天天给人脸色看，可怎么得了？"所以世间研究黎曼函数的人少，研究《红楼梦》的人多。

　　卡尔维诺本意也是子承父业的，他念都灵大学农学系的时候参加了抵抗组织，24 岁完成《通向蜘蛛巢的小路》，本书出版标志着他跟植物学渐行渐远了。卡尔维诺没有写过父母对他从事文学的态度，但从他把自己定义为家庭"败类"来说，可见多少还是不甘心的。

　　不管是穷是富，一个家里出了"文学败类"，那是相当麻烦的事情。

　　奥尔罕·帕慕克家算是比较有钱的了，他妈妈听说帕慕克有志文学吓得要死。他在回忆录里谈到自己不想上大学了，不想当建筑师，他真正的理想是当一个文学家。帕慕克的妈妈是个知识女性，原先她以为儿子想当一个画家。她告诫儿子："做个正常人、普通人，就像其他人一样。"他的妈妈说："你最后还是得想办法念完大学，画画没办法谋生，你得找一份工作，毕竟我们不像从前那样有钱。"帕慕克说："这不是真的，我老早算好，即使游手好闲，父母仍养得起我。"

　　最后他妈妈语重心长地跟帕慕克说："让不懂艺术的人接受你，让这些人买你的画，你得讨好政府，讨好有钱人，最糟的是，你还得讨好半文盲的新闻工作者，你认为你顶得住这些吗？好人家的女儿是不会嫁你的。若想昂首阔步，你得有钱。所以，别放弃建筑，儿子，否则你将痛苦至极。"但最后帕慕克告诉他妈妈，他要干的是比当画家更不靠谱的事业——当作家，你想象一下她的表情吧。

　　对另一些不那么富裕甚至穷困的家庭，出了这样一个文学败类，简直不亚于晴天霹雳。当马尔克斯有志于文学的时候，他的妈妈从家乡去找他。你大约会奇怪这个时候爸爸到哪里去了，爸爸已经跟这个倒霉儿子断交了，他被伤透了心，一句话也不想跟他说了。

　　谁家给孩子择业不反复考量？打算的全是这世界上体面光鲜的工作。帕慕克修的是建筑，马尔克斯学的是法律，家里希望他们学成以后做一个建筑师或大律师，又体面又挣钱。但这个时候文学女神的箭射在他们屁股上了。马尔克斯在一本书中写到：他大学期间终日游荡于街头的咖啡馆酒馆中，那儿有不同的文学社团争论文学与政治，晚上他抱着各国文学大师的经典一直读到天明。他们家里只能祭出最后的法宝——亲情攻势。他妈妈从老家镇子上来找他，在打听他住处时，有一个人告诉她："你可小心点儿，因为那些人都是精神错乱的家伙。"

后来在一艘船上，妈妈拐弯抹角地问他为什么不去念大学了。其实马尔克斯倒是心知肚明，他自己写道："我老爸老妈在我身上寄托了那么大的希望，花了那么多借来的钱，想说服他们接受这样的丧心病狂无异于浪费时间。尤其是我爸，我做什么他都能原谅我，就是不能原谅我不能弄张他自己没弄到的学位证书挂在墙壁上，我们无法再沟通了。"

在轮船这个窄小的空间里，马尔克斯被逼到死角。他妈妈开口道："你爸很难过。""难过什么？""因为你退学了。""我只不过换了个职业。"沉默，船的马达声响着。湖面上吹来腐烂水生植物的臭气。"再说我爸还不是一样，他自己不也逃学学拉小提琴去了吗？"他妈妈说："那不一样，他学小提琴是为到我家窗下拉。他有发电报的手艺，自己能养活自己。"马尔克斯撇嘴，他说："我也有一份工作，给报社写稿子。"他妈妈说："你这么说只是免得我伤心，但是人家老远就能看出你目前的状况，糟糕到我一眼都没认出你来。"看了看马尔克斯的凉鞋，她又补了一句，"连袜子都没得穿。"

这天晚上的谈话以争吵告终，因为在船上的马尔克斯，不能像帕慕克一样摔门走到街上去。我想，这个"文学败类"当时一定非常难受。

父母对子女的要求倒很简单：像普通人一样活着，找一份靠谱的工作，过体面的生活。但这些人终究不是普通人啊！卡尔维诺给他们身上打了标签"败类"，实在是一个好得不能再好的名称。如果这些败类当时听从了家人的劝告，卡尔维诺很可能会成为一个好的植物学家，因为这个人脑子长得非同常人，像他这样聪明的人干什么都会干出点名堂来，但是不是比他弄文学的成就更大就难说了。帕慕克会成为一个平庸的建筑师，而马尔克斯完全有可能会是一个坏律师，在南美这种地方，能不能守住法律的底线，那就很难说啦！

文／姬　霄

你让上帝如何分辨蚂蚁

　　第一次意识到这个问题，是在小学四年级的时候。家里买了当时很流行的平板电视，我好奇地凑近观察液晶屏幕，发现电视中的画面由无数细小但相似的闪光颗粒组成，这些颗粒在近处看只不过是闪着单调色彩的亮点，但组合到一起，却可以展现出绚丽多彩的世界。

　　那段时间正好在播放探索宇宙奥秘之类的纪录片，凝视着从几十万米高空拍摄到的地球，我不由得开始怀疑，上帝站在这么高的地方穿过厚重的云层往下看，能看到些什么？他的视力可以好到看见刘卡卡因为没写完暑假作业挨老师的竹尺吗？他的听觉可以灵敏到听见谢小文在操场上喊的那句"赐予我力量"吗？

　　大概都不可以。

　　尽管当时正处于中二病时期的我也曾一度认为自己是上天赋予特殊使命的与众不同的人，但仅有的思考能力告诉我：上帝于人类，就像我们在观察地上的蚂蚁、树上的叶片，还有液晶电视里的闪光点时一样。

　　在上帝的眼中，人与人之间百分之九十九都应该是相同的吧，渺小、脆弱、举止可笑，甚至随便指着一个人问他是男是女，上帝大概都无法一眼分辨，更别谈美丽和丑陋了，不信你来告诉我哪只蚂蚁更美一点？

如果在他老人家眼里，人类世界是这番景象，那么所谓的信仰、祭拜、仪式，以及我每天祈祷考试成绩晚点公布的意义又有多大呢？而人们的海誓山盟、光辉伟业、生老病死又算得上什么？如果是这样，那么当我小心翼翼地递出写着"放学后操场见"的纸条给暗恋的女孩时，当我郑重其事将"拯救世界"的愿望填在同学录上时，当我每每失意时安慰自己振作起来，以为浸浴在上帝的注视中时，他有看到我吗？即便有，他是会为之动容还是嘲弄蔑视？如果有，那么他也一定会看见刘卡卡的惨状、谢小文的呼喊，那时的他又会是怎样的心情呢？

影片《冒牌天神》中，金·凯瑞被上帝赐予在一天内自由行使其职能的权力，但除了用来满足自身享乐和报复他人之外，这份差事显然并不是万能的。当他对全世界的祷告一挥而就批量满足却搞到天下大乱时，当他竭尽全力利用能力挽回心灰意冷的女友时，他终于品尝到上帝也会失败的滋味。上帝万能，却依然无法左右人的意志。

我想，或许这份独立在外的意志对于上帝来说，正是那百分之一的差异。

但恰恰，这百分之一的微小差异影响着我们对待同类的看法，全世界的爱恨情仇都逃不开它的控制。任谁都有过一念之差，悖行千里的经历，在学校里学着相同的专业，转眼一个做了大腹便便的房产商，另一个在建筑工地吃 10 块钱的盒饭；感情路上爱着同样的姑娘，一不留神她已嫁作他人妻，追根溯源不过是某一次当她需要倾诉时你忘了开机。中考高考前，父母、老师、学校的大喇叭一起告诉你这是人生的重要抉择，但人生又何止这区区几个分岔路口。事实上，我们每一次前行，每一次停歇，每一次辗转反侧埋头思索，都在不断地与同类分道扬镳，将那百分之一的差异不断拉大，将隔壁的王二小变成王吹牛不打草稿，将楼下的李三万变成李妻管严……

上帝眼中的我们并没有差异，差异是我们亲手造就，渐行渐远的道路，我们一开始时不以为意，却在一个偶然间发现，曾经携手相伴的人面前，隔着一条难以逾越的天堑。

上帝眼中的我们是怎样的？也许这并不重要，因为作为个体的我们之间的差异、烦恼、感情、困惑，对上帝来说都不重要。但正如我小时候在平板电视上所看到的画面那样，也许上帝压根看不到人类世界中每一个类似像素的单体，而他却看得到这整个世界的美好与和平、肮脏和灾难。连同蚂蚁搬家、枝叶换季一样，兴许这是上帝眼中，我们所能贡献的唯一意义。

文 / 裴高翔

活着有意义吗

一

关于人生的意义，有这三种可能性：1. 人生有意义，意义就是赚大钱，当大官，和相爱的人在一起。2. 人生有意义，意义是 1 里面没提到的某个东西。3. 人生无意义。

什么是意义？就是能让你觉得这一辈子，因为有了"它"，所以没白活，人生达到了真正的满足，即使死去也毫无遗憾。

假如 1 是真的。

有一天你真的赚了大钱，可让你马上死，你愿意吗？

你会说：这不坑爹吗！至少先让我爽一阵子吧。要是这就死了，那我赚这些钱还有什么意义？

所以说你想要的并不仅仅是钱，而是有钱后的那种爽。

基本上所有成功学都可以归为这一类。成功学会不断暗示你，成功是人生唯一的目的和意义，假如没成功，则怪你不够努力，没有坚持梦想。然而常识告诉我们，努力和"成功"并没有必然联系，当官发财的毕竟是极少数。与其如此，不如干脆就不把"成功"当意义，这就引出了选项2。

<h2 style="text-align:center">二</h2>

假如2是真的。

人生有意义，意义是某个其他的东西。是什么呢？基本上所有心灵鸡汤都可以归为这一类。大致包括：1. 爱，尤其是给予爱。2. 享受生活中的点滴美好，比如好吃的好玩的好看的。3. 明白些道理，遇见有趣的事。4. 享受生命的过程。

你可能会说：那种爽只有金钱、地位还有深爱的人才能带来，吃点玩点看点怎么能相提并论！

其实，还有更爽的。以大脑分泌的多巴胺含量多少来量化爽的话，美食，可以提升多巴胺到150%；性，可以提升多巴胺到200%；吸毒，可以提升到350%。

你多半会觉得只有爽的人生过于低俗，你想要一个高大上的意义。

如果我说，你要为了你爱的人和爱你的人而活，你可能会问：凭什么？我多累啊！

如果我说，你要为了造福社会、为人类做贡献而活，比如比尔·盖茨做慈善，比如甘地和曼德拉为了和平……你可能会说：我自己还没活明白呢，哪有心情管别人，我要一个真正神圣而终极的意义。

这个问题我思考超过10年，才找到了答案——宗教。

你说：……我是无神论。

好！无神论者，最后的终极意义，也就是进化的终极意义，是推动人类向更高级的文明发展，我们一生也许只能推动这个历史进程往前走小小一步而已。

你说：太虚了，你能不能把注意力放在我身上？

三

到目前为止出现过的所有备选答案：

1. 成功，成为人上人。

2. 好吃好玩好看的。

3. 明白些道理，遇见有趣的事。

4. 享受生命的过程。

5. 为了我爱和爱我的人。

6. 为社会和他人做贡献。

7. 为神服务。

8. 推动人类进化。

当然，如果你不想，哪一项也没有足够的说服力让你为之而活，那就只剩最后一个可能性了——人活着没有任何意义。

但是作为万物灵长，你觉得自己应该有个意义。而且，你发现周围的人得过且过，而你需要意义，你觉得自己很特别。是的，不过你的特别之处仅仅在于——可能你目前的多巴胺水平比他们低而已。

当多巴胺偏低时，人就开始思考生命的意义，试图用理智来说服自己忍受不快乐的生活。如果多巴胺水平更低，会陷入抑郁情绪，抑郁症患者经常说的一句话就是：那又有什么意义？当多巴胺再低一点，人就想要自杀了。

如果多巴胺和普通人水平一样，你就会觉得，有那么多美好的事情，有好吃好玩好看的，这样的生活不是挺好吗？根本不需要什么意义，活着本身已是最大的幸运。

放心，多巴胺水平不是固定的。为什么所有心灵鸡汤都告诉你，在怀疑人生的时候，要去旅行，去爱别人？因为这样做了之后，你的多巴胺水平会升高啊！

所以，首先你要接受一个事实，那就是你活着。当你真正接受了这个事实，才会开始想：既然我活着，我可以做点什么？没有了意义的束缚，你应该更自由，你可以做想做的事情而不是意义让你做的事情，你可以真正掌控自己的生活。

所以不是先找到意义然后再活着，而是先努力生活，然后给自己赋予一个意义。

认真赚钱，认真去爱，认真体验生命的美好，认真学习，认真见识新世界，你想让你的人生在哪方面拓展就在哪方面加油。这就是热爱生活，然后你就会明白为什么活着。

这就是真正完全摆脱这种问题的困扰的方法，那就是积极、乐观、阳光地去拥抱生活！

文 / 池建强

给徘徊在大学内外的少年

上大学有什么用？大学毕业的，还不是要给高中没毕业的打工？类似的故事敲打着学生和家长的神经。莫慌，少年！不如来看看，我，一个三流大学的毕业生，大学四年都学到了什么。

找到方法

大学里会教你很多走出校门后再也用不到的知识，但总有些知识在你日后的生活中发挥作用。比如你上大学时一心想做个改变世界的程序员，于是你清晨在煎饼果子的感慨里复习算法，深夜在方便面的唏嘘中编写程序，毕业前已经是某个领域的行家里手，结果毕业没多久你突然决定改行去做律师了……即便如此，你也可能在某次案件的资料搜集中用到编程知识。另外，大学更多地提供的是环境、资源和时间，你可以通过不断地试错找到适合自己的学习方法。如果你在毕业时具备了快速学习新知识的技能，那么后续的道路上无论有多少艰难，都不能阻止你。

学会忍耐

入学之后，你就要和几个素不相识的人挤在一间屋子里过生活，你要学会共处，忍受磨牙、梦话和各种习惯。半夜惊醒看到对面床上的兄弟在盘腿打坐，不要尖叫，翻个身继续睡觉。要学会不早睡也能不迟到，学会在没有任何准备的情况下发言，学会收敛自己，善待他人。

我的大学专业是机械电子工程，当晚自习结束，已经完成绘图作业的同学们陆续离开教室的时候，我一边痛恨为什么要画这些一模一样的螺钉螺母和轴承，一边去买了方便面和水，用一晚上的时间去对付那些主视图、俯视图和断面图。焦头烂额的我经常拿着改了好几版的图纸告诉老师，这是我能画出的最好作品了，老师摇摇头说，你画得还不够多。当时我的心都碎了。在这个阶段，我学会了忍耐和面对。

天外有天

在大学里，你会发现总有比你更优秀的人，他们不但比你聪明，而且比你勤奋。当你早晨醒来时，对面的数学科代表已经去教室上自习了。当你过四级时，人家已经过六级了。你的围棋被杀到复盘，乒乓球打到崩盘，你在所有的优势项目里一败涂地。这时候，要承认天外有天，并认识到人生是长跑，曙光在前方。

大量阅读

在图书馆阅读大量有趣的书籍。它们让我站在历史的长河中看起落，在人类的文明中听潮汐，我知道了比学习某个技能更重要的事情，就是认知世界。

大学生活是一种值得让你回味一生的特殊生活，如果你还在上大学，好好珍惜。别忘了，还要爱上一两项运动、爱上一个姑娘，这两样很可能会陪伴你一生。

文 / 扶　南

不想一个人孤单

　　接豆丁放学回来的路上，表姐紧闭着嘴，脸色阴沉。豆丁被她拽着，一边东张西望，一边趔趔趄趄地往前走。

　　还没等我开口问她怎么了，她就一屁股坐在小区的石凳上叹气，啧啧地说："真是愁死了！我们家豆丁一点也不像我，唯唯诺诺的。每天带去的小玩具，不知道是被他送给别的小朋友了，还是被人抢了。今天老师还跟我说，他被班里的一个小男孩怂恿着，欺负另一个孩子。"

　　表姐说这段话的时候，豆丁就站在我跟前，我看了他一眼，他低下头，玩着手里的玩具挖掘机。就是这个小小的动作，让我想起了小时候妈妈跟邻居们抱怨我的情景。

　　并不是所有的小孩生来都很生猛，和豆丁一样，我也曾是个性格有点懦弱的小孩。开学的第一天，我被妈妈拖着去了姥姥家，没有参加开学典礼，等第二天我再去的时候，大家都已经有了自己的座位，只剩下墙角里最后一个位置。我走过去的时候，被桌子绊了一跤，猛地往前冲了几步，班里发出一阵笑声，就因为晚了这一天，让我失去了交朋友的最佳时机。

那时候每天上学，妈妈会给我兜里塞上一毛钱。那时候冰棍不过五分钱一根，为了讨好同桌，让她跳皮筋的时候可以带着我，这一毛钱，我几乎每天都拿来请她吃冰棍了。

但是好景不长，没多久就到了秋天，没有冰棍可以吃了。于是我就开始攒钱，把攒下来的钱都拿来买皮筋，邀请班里的女生一起玩。于是整个一年级留给我最深的印象就是：我把作业本正反面都写满了，就为了把一毛钱存下来买皮筋。皮筋玩坏了，大家又开始不理我了，直到我又拥有了新的皮筋。

遇见母亲跟邻居抱怨的那天，我刚好放学回到家，我清楚地听见她跟人说女儿太过老实、傻气，把零花钱都花在了买皮筋上，就为了讨好别人。邻居们看向我，我满脸通红地低下头，假装鞋子里有颗石子，使劲儿在地上磕打着鞋子。

直到后来我的成绩开始好起来，班里的同学才陆陆续续地开始跟我玩。等我长大一点，再回想这件事的时候，我把它总结为"只有自己变得优秀了，一切才会好起来，所有的讨好、奉承、顺从都没有用"。

让我对这件事情有了新想法的是另一件事。好朋友的妈妈在我们高考的那一年去世了，几年后，他的父亲疯狂地迷上了网络交友，甚至还约过几个女网友在小区见面。五六十岁的人上网，约见网友，在我们那个思想还非常保守的小县城一下子就成了丑闻。这让我这位朋友觉得十分难堪，这份难堪让他们父子的感情达到了冰点。

他不能理解，一个年过半百的男人，为什么要沉迷于网络，就那么迫不及待地想再娶个老婆吗？当然他没有娶到老婆——哪个女人愿意跟他呢？他有两个二十多岁、尚未结婚的儿子，没有住房，这是何等的负担？哪个女人愿意自己的后半辈子再背上这样的负担呢？

直到后来朋友开始连年不回家，老爷子于是四处找人劝说，希望儿子可以回家过年，电话里，我们跟他谈及朋友不愿意回去的原因，他叹着气说："孩子啊，我就是想给自己找个伴啊，我一个人活得太孤单了。两个孩子都在外面，我一个人从天明守到天黑，孤单啊。这里的人都知道我有两个儿子，负担重，哪有人给我介绍老伴啊。我上网是想自己碰碰运气，给自己找个老来伴啊。"

现在朋友早已经结婚生子，老爷子也早已不再上网了。他每天都抱着孙子从街头逛到街尾，乐呵呵的，好像这个小生命的诞生一下子就终结了他的孤单，让一切都变得好了起来。可是他那句"我一个人活得太孤单了"总是像一记拳头一样时不时地在我的心头砸上一下。

我想到了母亲。她一生都是个沉默寡言的人，可是从去年开始，她变得八卦起来，每次打电话，她都会絮絮叨叨地说很多：谁家娶了媳妇，谁家嫁了女儿，哪个老伙伴病倒了，哪家的孩子离婚。我开始觉得害怕，我明显地感觉到母亲老了，她越来越希望能找个人说话了，孤单在她身上扯的口子越来越大，她需要有人陪着了。甚至就连父亲那样性格开朗的人，一个人的时候，也开始自言自语。

我想到了豆丁，我问他是不是不喜欢一个人。他说想跟瀚仔他们一起玩，我突然就明白了他的心思。孤单这件事是不分年龄的，从我们一出生，就渴望有人陪伴，我们所谓的那些懦弱性格，其实也并非是真的懦弱，无非是为了摆脱孤单而做出的妥协与让步。孩子能有什么心机呢，他们的初衷简单而直接，就是想给自己找几个小伙伴。而我们不应该把问题留给孩子，我们应该尽力地帮助他们摆脱孤单，而不是从性格上分析他们的弱点。

一个人从出生到死亡，哪怕是在强壮的中年期，看到通讯录上可以拨打的名字越来越少，也会不禁惊恐失落，何况是未经世事的孩子和饱经沧桑的老人呢？

如果再有人跟你提及孩子的懦弱、老人的唠叨，先不要急着责备和忧愁，而是静下心来想想，怎么样才可以让他们不再孤单。

文 /（台湾）张晓风

给我一个解释

　　记得多年前，有次请人到家里屋顶阳台上种一棵树兰，并且事先说好了，不活包退费的。我付了钱，小小的树兰便栽在花圃正中间。一个礼拜后，它却死了，我对阳台上一片芬芳的期待算是彻底破灭了。

　　我去找那花匠，他到现场验了树尸，我向他保证自己浇的水既不多也不少，绝对不敢造次。他对着夭折的树苗偏着头呆看了半天，语调悲伤地说："可是，太太，它是一棵树呀！树为什么会死，理由多得很呢——譬如说，它原来是朝这方向种的，你把它拔起来，转了一个方向再种，它就可能要死！这有什么办法呢？"

　　他的话不知触动了我什么，我竟放弃退费的约定，一言不发地让他走了。大约，忽然之间，他的解释让我同意。

　　以后，每次走过别人墙头冒出来的花香如沸的树兰，微微的失怅里我总想起那花匠悲冷的声音，我想我总是肯同意别人的——只要给我一个好解释。

　　至于孩子小的时候，做母亲的糊里糊涂地便已就任了"解释者"的职位。记得小男孩初入幼稚园，穿着粉红色的小围兜来问我，为什么他的围兜是这种颜色。我说："因为你们正像玫瑰花瓣一样可爱呀！""那中班为什么就穿蓝兜？""蓝色是天空的颜色，蓝色又高又亮啊！""白围兜呢？大班穿白围兜。""白，就像天上的白云，是很干净很纯洁的意思。"他忽然开心地笑了，表情竟是惊喜，似乎没料到小小围兜里居然藏着那么多的神秘。我也吓了一跳，原来孩子要的只是那么少，只要一番小小的道理，就算信口说的，就够他着迷好几个月了。

十几年过去了，午夜灯下，那小男孩用当年玩积木的手在探索分子的结构，黑白小球结成奇异诡秘的勾连，像一扎紧紧的玫瑰花束，又像一篇布局繁复却条理井然、无懈可击的小说。

"这是正十二面烷。"他说，我惊讶这模拟的小球竟如此匀称优雅，黑球代表碳，白球代表氢，二者的盈虚消长便也算物华天宝了。

"这是赫素烯。""这是……"我满心感激，上天何其厚我，那个曾要求我把整个世界一一解释给他听的小男孩，现在居然用他化学方面的专业知识向我解释我所不了解的另一个世界。

如果有一天，我因生命衰竭而向上苍祈求一两年额外的岁月，其目的无非是让我回首再看看这可惊可叹的山川和人世。能多看它们一眼，便能多用悲壮的、虽注定失败却仍不肯放弃的努力再解释它们一次，并且也会欣喜地看到人如何用智慧、用言辞、用弦管、用丹青、用静穆、用爱，一一对这世界做其圆融的解释。

是的，物理学家可以说，给我一个支点、一根杠杆，就可以把地球撬起来；而我说，给我一个解释，我就可以再相信一次人世，我就可以接纳历史，可以义无反顾地拥抱这荒凉的城市。

文／王晶晶

不要吝惜向陌生人施以慈悲

　　四川青年小雷最近在网上公开向一名陌生女孩道歉，他不知道女孩的名字，甚至不知道她是否还活着。

　　2013 年 11 月 8 日晚上，小雷经过四川省广元市一座大桥，突然注意到一个穿红色衣服的女孩。她神情悲伤地趴在栏杆上抽烟，桥下是流淌的嘉陵江水。"她会不会跳江自杀？"这个念头在小雷脑子里闪了一下。他在远处看了几秒钟，最终没管这桩"闲事"。

　　大多数人的选择都会和小雷一样，管好自己的事，走好自己的路，几乎已经成为一种流行的人生态度。

　　然而，前后不过十几分钟时间，小雷办完事再次经过这座大桥时，红衣女孩不见了，取而代之的是消防车发出刺耳的警笛声，几个小姑娘在议论刚才有人跳江的场景。再一打听，跳江的正是那个穿红衣服的女孩。

　　小雷听完蒙了。他越想越愧疚，如果自己当时不是站在远处旁观，而是走过去问两句，说几句宽慰的话，或许她就不会想不开了。

　　他感到良心不安，尽管不认识这个女孩，也和这件事没有直接关系，但他希望探听到女孩的下落，并向她道歉。"我不知道你的名字，我也不知道你的年龄，我们是陌生人，但我真的对不起你。女孩对不起，不知道你在跳江前是怎么想的，可能觉得世界不够温暖……真的希望你能活下来，好好地活下来。"最后，小雷留下自己的电话号码和血型，希望能够帮上点忙。

这样一个道歉并不能挽回什么，但至少能让小雷感到一丝心安。在他看来，即使是路人，彼此之间也有道义责任，至少，也不应该吝惜向陌生人施以慈悲。

但另一些旁观者显然不这么看。小雷的道歉帖发表后，有人质疑这是炒作，有人问他："自杀这个过程有你啥事？"更多的人安慰他说，面对一个连自己的生命都不尊重的人，局外人有什么可内疚的？

我们无法要求那天经过的每个路人都像小雷一样道歉，因为这份来自陌生人的慈悲是一种更高的道德要求，况且，甘愿当这个世界里的路人甲，也并不是当今时代的独创。将近 80 年前，林语堂在《吾国与吾民》中就向西方人介绍，中国人的冷漠态度"就像是英国人随身携带的雨伞一样"。今天，人们除了继承这份小心谨慎，更多了"大城市"这种病，来去匆匆的过客、日益原子化的社会缺乏一种基本的共同体概念。

不久前，在北京海淀区，一名女子脖子卡在道路护栏上，窒息致死。那名女子以一种奇怪的姿势困在护栏缝隙中，20 多分钟里，也有很多像小雷一样的路人甲经过，多数人"非常害怕，只想赶紧离开"，有的目击者以为这是谋杀，"想着要保护现场，也就没上前"。那时，陌生女子尚有呼吸。

说得不客气一点，或许正是路人的无视，把这个年轻女子往缝隙里推了最后一把。他们是不是也应该像小雷一样道歉？法律上没这么说。有人在网上咨询："见死不救违法吗？"答案是否定的。但在法国可就不一定了，这些旁观者可能被判处 5 年监禁；就是在唐朝，如果人们遇到匪徒和火灾，避而不见、应告不告的，也要处以刑罚。

城市公共区域的安宁与美好，不仅仅靠警察等人来维持，很难保证，你就永远不会跌倒街头、身处风险之中。那时，路人甲也需要来自陌生人的慈悲，但前提是，这种慈悲是一种群体共识，并且在需要的时候能够得到支持。

小雷的道歉在这个时代是一种稀缺的声音，也是一种珍贵的反思。相信每个人心中都有这样的良善，只是不要总让这份慈悲来得太迟。

幸运的是，那天晚上，女孩翻越栏杆跳江时，另外两名小伙子恰好在场，他们迅速拨打了报警和救援电话，还参与到救援中。在媒体报道中，两个小伙子都没有名字，他们也是这个世界里的路人甲。

敬　启

《走到哪儿，哪儿就是你的路》由青年文摘图书中心编选，虽经多方努力，截至发稿时尚有部分作者未能取得联系。敬请未联系到的作者见谅并来电来函，我们将尽速奉寄样书和稿酬。

通讯地址：北京市东城区东四十二条 21 号中国青年出版社 305 室
邮编：100708　电话：010-57350371
邮箱：qnwzbc@163.com　联系人：吴老师

（京）新登字 83 号

图书在版编目（CIP）数据

走到哪儿，哪儿就是你的路 / 李钊平主编；青年文摘图书中心编.
— 北京：中国青年出版社，2015.9
（青年文摘彩虹书系 . 第 2 辑）
ISBN 978-7-5153-3826-2

Ⅰ . ①走… Ⅱ . ①李… ②青… Ⅲ . ①散文集－中国－当代 Ⅳ . ① I267

中国版本图书馆 CIP 数据核字（2015）第 213551 号

走到哪儿，哪儿就是你的路

青年文摘图书中心 编 李钊平 主编

责任编辑：彭慧芝
助理编辑：刘 莹 廉亚茹 余婷婷
内文摄影：可 描
装帧设计：后声 HOPESOUND
出版发行：中国青年出版社
社　　址：北京东四十二条 21 号
邮政编码：100708
网　　址：www.cyp.com.cn
编辑中心：010-57350371
营销中心：010-57350370
印　　装：三河市君旺印务有限公司
经　　销：新华书店
规　　格：880×1230mm
印　　张：11
字　　数：250 千
版　　次：2015 年 11 月北京第 1 版
印　　次：2015 年 11 月河北第 1 次印刷
印　　数：1-12000 册
定　　价：28.00 元

如有印装质量问题，请凭购书发票与质检部联系调换 联系电话：010-57350337

青年文摘图书中心精品书目

青年文摘白金作家系列

《我相信中国的未来》（梁晓声 著）
《给自己的头颅几分尊重》（梁晓声 著）
《困境赐予我的》（梁晓声 著）
定价：39元（平装）58元（精装）
《跨越百年的美丽》（梁衡 著）
定价：36元（平装）48元（精装）

毕淑敏作品珍藏系列

《女生，我悄悄对你说》（毕淑敏 著）
定价：32元（平装）48元（精装）
《男生，我大声对你说》（毕淑敏 著）
定价：32元（平装）48元（精装）
《青春当远行》（毕淑敏 著）
定价：32元（平装）48元（精装）
《出发和遇见》（毕淑敏 著）
定价：32元（平装）48元（精装）

青年文摘彩虹书系·第一辑

《亲爱的玛嘉烈》（恋情卷）
《年轻总免不了一场颠沛流离》（青春卷）
《别在能吃苦的时候选择安逸》（人生卷）
《谢谢你，让我成为更好的人》（智慧卷）
《成为所有地方的所有人》（旅行卷）
《每个人都有泪流满面的秘密》（暖爱卷）
《内心没有方向，去哪儿都是逃离》（励志卷）
定价：28元（单册）196元（套装）

青年文摘典藏系列·第一辑

《成为世界的光》（励志卷）
《爱吧，就像没有痛过》（爱情卷）
《平流层的小樱桃》（成长卷）
《生命灿烂如花》（人生卷）
《在有限的人生彼此相依》（温情卷）
《推开虚掩的智慧之门》（哲思卷）
定价：22元（单册）132元（套装）

青年文摘典藏系列·第二辑

《那段奋不顾身的日子，叫青春》（成长卷）
《当我已经知道爱》（爱情卷）
《赠我一段逆流路》（励志卷）
《爱是永不止息》（温情卷）
《梦想照耀未来》（人生卷）
《生命从不绝望》（哲思卷）
定价：22元（单册）132元（套装）

当当网、亚马逊、京东网、淘宝网及各大新华书店均有销售　**青年文摘**　中国青年出版社

青年文摘图书中心　电话：010-57350371　邮箱：qnwzbc@163.com　新浪微博：http://weibo.com/qnwzbook　腾讯微博：http://t.qq.com/qnwzbook